Dieter

Tod eines SA-Mannes

Dieter Heymann
Tod eines SA-Mannes
Der erste Fall für Kriminalsekretär Martin Voß

© 2024 Dieter Heymann
Herstellung und Verlag: BoD – Books on Demand, Norderstedt
ISBN: 9783759703415

Das Buch

Rheine, 30. Januar 1934: In der westfälischen Kleinstadt finden zum Jahrestag der Ernennung Adolf Hitlers zum Reichskanzler Feierlichkeiten statt, an denen sich auch die örtliche SA mit einem Fackelzug beteiligt. Nach dem feuchtfröhlichen Ausklang des Abends in der Gaststätte 'Emskrug' wird der SA-Mann Heinrich Plagemann am nächsten Morgen ermordet am Ufer der Ems gefunden. Kriminalsekretär Martin Voß bekommt mit Kommissar Althoff aus Münster prominente Unterstützung bei seinen Ermittlungen, doch will auch die SA in Person des Sturmführers Walbusch Einfluss auf die Untersuchungen nehmen. Nach ersten Befragungen in der politisch schwierigen Situation geschieht ein weiterer Mord: Die Kellnerin des 'Emskrugs' wird auf dem Weg zu ihrer Arbeitsstelle umgebracht. Musste die junge Frau sterben, weil sie dem Mörder Plagemanns gefährlich werden konnte?

Der Autor

Dieter Heymann wurde 1968 in Spelle (Kreis Emsland) geboren und wuchs in Rheine auf, wo er auch heute lebt. Nach dem Abitur kam er in die öffentliche Verwaltung, in der er noch immer tätig ist. Neben Schwimmen und Radfahren liest er gerne Spannendes und engagiert sich in der Vorstandsarbeit seines Schützenvereins.
„Tod eines SA-Mannes" ist der Auftaktroman der Martin Voß-Reihe. Ihm schließen sich die Kriminalromane „Blick ins Verderben", „Verhängnisvolle Verschwörung" und „Der Zündler" an. Außerdem verfasste der Autor die Inselkrimis „Das Sterben auf Neuwerk" und „Die Vergeltung auf Neuwerk".
Weitere Informationen gibt es auf der Facebook-Seite „Dieter Heymann (Autor)".

Dienstag, 30. Januar 1934

Er musste sich beeilen. Viel zu lange hatte er sich Zeit gelassen. Dabei wusste er doch, dass er gerade heute rechtzeitig zuhause sein sollte, bevor es losging. Wieder einmal ... Schon einige Zeit sah er sich und seiner Familie zunehmenden Anfeindungen ausgesetzt, doch seit dem letzten Jahr war es viel schlimmer geworden.
Die Schmierereien, eingeworfene Schaufenster, wüste Beschimpfungen und Beleidigungen auf offener Straße bedeuteten eine Steigerung der Aggressionen gegenüber seiner Glaubensgemeinschaft, während es vorher „nur" Getuschel oder Lästereien hinter vorgehaltener Hand gewesen waren. Einen guten Ruf hatten sie in Europa noch nie gehabt, schlecht geredet wurde seit Jahrhunderten über sie. Sie galten als Geizkragen und Wucherer, damit lebten sie schon seit vielen Generationen. Doch nun gab es schon viele Monate diese menschenverachtende Hetze – und die wurde nicht nur geduldet, sondern war sogar politisch legalisiert worden.
Sozialdemokraten, Kommunisten und Juden konnten zusammengeschlagen oder durften willkürlich verhaftet werden, ohne dass die Täter Konsequenzen zu befürchten hatten. Zeitweilig waren die Braunhemden gar als Hilfspolizisten eingesetzt worden, bis die politischen Gegner endlich ausgeschaltet waren. Wo sollte das noch hinführen?
Besonders schlimm waren sie, wenn sie getrunken hatten. Und heute würde der Alkohol in Strömen fließen, denn sie hatten ja einen Grund zum Feiern. Heute war ein Jahrestag, der erste dieser Art: Genau ein Jahr war Adolf Hitler im Amt des Reichskanzlers und wurde von einem immer größer werdenden Teil der Bevölkerung als der Retter der deutschen Nation und Erlöser des deutschen Volkes gefeiert. Das würden die braunen Horden heute gebührend begießen.
Mit einem Fackelmarsch durch die Straßen Rheines würde es anfangen; auf dem Marktplatz mit seiner mittelalterlich wirkenden Bebauung war dann eine Rede des Bürgermeisters Hubert Schüttemeyer geplant, der als früherer Zentrumspolitiker offenbar die Zeichen der Zeit rechtzeitig erkannt hatte und zwischenzeitlich der NSDAP beigetreten war. Danach würde auch der Kreisleiter der Nationalsozialistischen Deutschen Arbeiterpartei, Emil

Lewecke, zu den Einwohnern Rheines sprechen und, wenn die offizielle Feierstunde vorbei war, würden sich die Mitglieder der Sturmabteilung zu ihrem Stammlokal „Emskrug" in der Münsterstraße begeben und sich sinnlos betrinken, wobei sie sich vermutlich wieder gegenseitig aufstacheln und immer aggressiver werden würden.

Rheine war eine Kleinstadt im nördlichen Münsterland, in der preußischen Provinz Westfalen. Im Jahre 1327 mit den Stadtrechten ausgestattet, hatten ihre Bewohner vor allem im Dreißigjährigen Krieg sehr gelitten. Ein Jahr vor Beendigung der Kriegshandlungen war Rheine 1647 noch fast vollständig in Schutt und Asche gelegt worden. Mit dem Bau der ersten mechanisch betriebenen Textilfabrik im Münsterland und dem Anschluss an das Eisenbahnnetz Mitte des 19. Jahrhunderts begann die Industrialisierung und damit der wirtschaftliche Aufschwung der Region. Südlich vor den Toren der Stadt hatte die Reichsbahn nach dem Weltkrieg den einzigen Rangierbahnhof des Münsterlandes errichtet; Rheine war jetzt nicht mehr nur Textilzentrum, sondern auch Eisenbahnerstadt geworden. Mit dem Bau der 102,5 Meter hohen Kirche St. Antonius, einer Kirche, wie sie nicht einmal das viel größere Münster zu bieten hatte, kam das gestiegene Selbstbewusstsein der Einwohner zum Ausdruck.

Auch in Rheine hatten die Nationalsozialisten wie im ganzen Deutschen Reich durch die nach dem Berliner Reichstagsbrand verabschiedeten Gesetze, insbesondere der Reichstagsbrandverordnung und dem Ermächtigungsgesetz, mittels Verhaftungen oppositioneller Politiker und durch Verbote, beziehungsweise Selbstauflösungen anderer Parteien, schrittweise die Mehrheit in der Stadtverordnetenversammlung übernommen. Spätestens mit dem Inkrafttreten des Gemeindeverfassungsgesetzes vom 15.12.1933 war die Macht der NSDAP auch auf kommunaler Ebene vollkommen und damit die Machtergreifung abgeschlossen: Es gab nur noch eine Partei!

Keinesfalls wollte Bernhard Silberstein der braunen Meute beggnen, denn das konnte für ihn als Juden sehr ungemütlich werden. Außerdem wollte er rechtzeitig bei seiner Familie sein, um seine Frau Gerda und seine beiden Kinder Hans und Gisela zu beruhigen, denn der „Emskrug" lag seinem Wohn- und Geschäftshaus gleich schräg gegenüber.

Silberstein betrieb in vierter Generation ein Textilgeschäft mit eigener Schneiderei, das der Familie lange Zeit ein gesichertes Einkommen eingebracht hatte.

Der Urgroßvater hatte sich in Rheine an der Ems niedergelassen, um das Geschäft zu gründen. Die Silbersteins hatten es seitdem zu einigem Wohlstand gebracht und waren in der Emsstadt gut angesehen. Ihre Waren verkauften sich dank der hervorragenden Qualität selbst in der Zeit der großen Wirtschaftskrise sehr gut. Schon seit einigen Jahren hetzten allerdings die Anhänger der Nationalsozialisten gegen Juden und machten Silberstein und seiner Familie das Leben zunehmend schwerer. Gleich nach der Ernennung Hitlers zum Reichskanzler kam es sogar zu Boykottaufrufen jüdischer Geschäfte durch die SA. Mit Farbe wurden der Davidstern und hetzerische Parolen auf die beiden Schaufenster gepinselt; gleichzeitig zeigten die Braunhemden vor dem Eingang Präsenz und hielten damit potenzielle Kunden davon ab, das Geschäft zu betreten. Nur die Wenigsten trauten sich heute noch, neue Kleidung der Marke Silberstein anfertigen zu lassen.

Zwei der drei angestellten Näherinnen mussten im letzten Jahr aus Auftragsmangel schweren Herzens entlassen werden. Lediglich Agnes, die älteste der Mitarbeiterinnen, arbeitete noch für das Textilkaufhaus; trotz ihres christlichen Glaubens war sie stets stolz darauf gewesen, einem Modehaus mit derartigem Renommee zu dienen und betrachtete ihren Arbeitgeber als einen Künstler.

Eine Ausnahme vom Boykottverhalten der übrigen Bevölkerung machten die Große-Schulthoffs, deren Bauernhof vor den Toren Rheines im Stadtteil Altenrheine lag und die im Mai die Hochzeit ihrer zweitältesten Tochter feiern wollten. Sie hatten Bernhard Silberstein für heute auf ihren Hof eingeladen, damit dieser bei den Brauteltern Maß für das passende Kleid und einen neuen Anzug nehmen konnte. Außerdem mussten die Stoffe aus der mitgebrachten Mustersammlung ausgewählt werden.

Wenigstens einige der Kunden ließen sich in ihren Ansichten nicht beirren und hielten den Silbersteins trotz angedrohter Repressalien noch die Treue.

„Die Ersparnisse werden hoffentlich solange reichen, bis dieser Alptraum endlich zu Ende ist", hatte Silberstein auf dem Weg nach Altenrheine bitter gedacht. Seinen geliebten Opel Laubfrosch hatte der Textilkaufmann im Herbst verkauft, nachdem auch dieser mehrfach mit Schmierereien versehen worden war und er für sein Auto das Schlimmste befürchten musste. Den Erlös aus diesem Verkauf konnte er inzwischen gut für den Lebensunterhalt der Familie gebrauchen, er schmolz aber langsam dahin.

Somit war ihm heute für die etwa drei Kilometer lange Strecke nach Altenrheine trotz der ungemütlichen Kälte nur die Möglichkeit geblieben, den Weg zu Fuß zurückzulegen, denn im Besitz eines Fahrrades war er nicht.

Die Große-Schulthoffs hatten ihn freundlich auf ihrem Hof begrüßt.

„Bitte kommen Sie herein, Herr Silberstein", hatte ihn Frau Große-Schulhoff mit einem Lächeln im Gesicht empfangen. „Wir freuen uns schon seit heute Früh auf Ihren Besuch, denn neue Kleidung bestellt man sich ja schließlich nicht jeden Tag!"

Ihr Ehemann war hinzugekommen und hatte dem Modekaufmann fest die Hand geschüttelt. „Schön, dass Sie da sind. Meine Frau konnte Ihren Besuch gar nicht mehr erwarten."

Zusammen waren sie in die große Küche gegangen, wo Silberstein Maßband, Schreibblock und Bleistift aus seinem Koffer hervorgeholt hatte.

Während er bei seinen Kunden die Maße für Kleid und Anzug genommen hatte, hatten sie sich über die politische Situation in Rheine unterhalten.

„Nicht, dass ich die Roten besonders mag. Ich habe immer Zentrum gewählt, aber wer soll den Nationalsozialisten auf die Finger schauen, wenn alle Oppositionspolitiker im Falkenhof sitzen?", hatte sich Große-Schulthoff empört.

Die nicht ungefährliche Meinung des Hausherrn wurde nicht mehr öffentlich geäußert, denn Kritik an den Nationalsozialisten wurde in der Tat nur allzu schnell mit Verhaftung und Einkerkerung im mittlerweile zu diesem Zweck entfremdeten Falkenhof bestraft. Dieser war ursprünglich zur Sicherung der tiefer gelegenen damaligen Emsfurt angelegt worden und stammte vermutlich aus dem achten oder neunten Jahrhundert. Das Gebäude war einmal karolingisches Königsgut; als „Villa Reni" erbaut, galt sie als die Keimzelle Rheines. Später als Adelssitz genutzt, würden sich die früheren Bewohner wohl angesichts der heutigen Funktion des Gutes als Folterstube im Grabe umdrehen.

Große-Schulthoff hatte weiter gesprochen: „Was den Menschen

Ihres Glaubens in diesen Tagen an Hass entgegen schlägt, ist skandalös. Was haben Sie den Nationalsozialisten getan? Warum diese Hetze gegen Ihre Religion? Was bringt es, alle Juden aus dem Reich zu vertreiben? Ich habe angesichts unserer Regierung kein gutes Gefühl. Passen Sie nur gut auf sich und Ihre Familie auf, Herr Silberstein!"

Frau Große-Schulthoff hatte extra einen Kuchen gebacken, der zusammen mit einer Kanne Kaffee serviert worden war.

„Bitte greifen Sie zu, Herr Silberstein. Es kommt von Herzen", hatte sie mehrfach beteuert.

Zum Apfelkuchen war geschlagene Sahne serviert worden, für einige Zeit hatte der Geschäftsmann angesichts dieser Köstlichkeit seine Probleme vergessen können.

Leider sollte sich die zusätzliche Stunde unbeschwerten Beisammenseins mit netter Unterhaltung jetzt bitter rächen.

„Verflucht, es wird schon dunkel", schoss es ihm durch den Kopf. Gleich würden sie losmarschieren und er war noch nicht zuhause. Vermutlich machten sich seine Frau und die beiden Kinder schon Sorgen.

Er versuchte seine Schritte nochmals zu beschleunigen, als er die Hindenburgstraße, die bis vor wenigen Monaten noch Gasstraße hieß, überquerte und in die Ibbenbürener Straße einbog. Nach kurzer Zeit war er bereits in der Emsstraße, die ihn zur Nepomukbrücke führen würde.

„Vielleicht schaffe ich es noch, bevor sie sich treffen; es ist ja nicht mehr weit", machte er sich selbst Mut. Wegen der nasskalten Witterung eilten die Menschen mit schnellen Schritten von der Straße in die warmen Geschäfte, um dort ihre Einkäufe zu tätigen.

Silberstein war durch sein zügiges Tempo dennoch ins Schwitzen gekommen. Zum Glück – da war sie schon, die Brücke über die Ems. Dahinter nur noch einige dutzend Meter hoch bis zur Münsterstraße, dort nach links abbiegen und er hatte es geschafft.

Plötzlich sah er sie, sie schauten genau in seine Richtung. Sein Herz setzte vor Schreck aus, denn sie wussten nur zu genau, wer er war …

*

Im „Emskrug", einem im rustikalen Stil eingerichteten Lokal, war es zu dieser Zeit noch ruhig. Das Tagesgeschäft war verhalten gewesen, einige wenige Ältere hatten sich zu Skatrunden an den Tischen zusammengesetzt, die Arbeiter kamen auf ein Feierabendbier und ein Schwätzchen vorbei. Wirt Alfons Hergemöller hatte sich für den Abend eine zusätzliche Bedienung organisiert, die gerade eingetroffen war. Hier würde die SA heute den Jahrestag der Machtübernahme feiern und dementsprechend viel Arbeit anfallen. Die Männer der Sturmabteilung galten als rohe, trinkfeste Gesellen. „Hoffentlich gibt es am Abend nicht schon wieder eine Schlägerei", dachte Hergemöller. Er hatte in der Vergangenheit so seine Erfahrungen gemacht.

Die 19-jährige Johanna war die Tochter eines Bekannten und versuchte sich im „Emskrug" ein paar Groschen zu verdienen. Sie hatte ihre Aushilfsstelle als Kellnerin vor einigen Wochen probeweise angetreten. Anfangs sehr zurückhaltend, verrichtete sie ihre Arbeit inzwischen zur vollsten Zufriedenheit ihres Chefs. Sie war bei den Gästen schnell beliebt, wozu sicherlich neben ihrem freundlichen Wesen auch ihr sehr hübsches Äußeres beitrug.

Gerade hatte sie damit angefangen, die Gläser zu spülen, als sie die ersten braunen Uniformen hereinkommen sah.

„Heil Hitler! Alfons, mach uns mal drei Bier und drei Kurze", hörte sie einen der neu Angekommen rufen. Das Trio machte es sich am Tresen bequem.

„Ist schon in Arbeit", hörte sie Alfons antworten.

„Heute Abend werden wir allen zeigen, wer im Reich das Sagen hat. Erinnert euch nur daran, wie schnell wir mit den Roten fertig geworden sind", warf der Wortführer in die Runde und erntete lauten Zuspruch.

Der Wirt war noch damit beschäftigt, die Getränke einzuschenken, als Johanna erneut einen kalten Luftzug spürte. Die nächsten SA-Angehörigen betraten das Gasthaus.

„Heil Hitler", erklang es von allen Seiten.

Weitere Getränke wurden bestellt und Zigaretten angezündet. Schnell bestimmte die SA den Geräuschpegel im Gasthaus.

„Auf unseren Führer und unseren Stabschef", erklang es von einem anderen SA-Mann und Gläser wurden mit einem vielstimmigen „Prost" aneinander gestoßen.

Stabschef Ernst Röhm, oberster SA-Mann und enger Vertrauter Hitlers, hatte die Sturmabteilung nach einem längeren

Südamerikaaufenthalt ab 1931 zu einer breit angelegten Organisation ausgebaut und dabei die Mitgliedszahlen vervielfacht. Mit seiner paramilitärischen Truppe hatte Röhm die politischen Gegner terrorisiert und damit nicht unerheblich zur Machtübernahme der Nationalsozialisten beigetragen. Der Stabschef hatte dabei seine ganz eigenen Vorstellungen für das zukünftige Deutschland und machte seine Forderungen in letzter Zeit immer öfter und lauter geltend. Die nächsten Monate würden zeigen, inwieweit Hitler seinen Wünschen entgegen kam.
Während lauthals über die führende Rolle der Sturmabteilung im Reich, die Visionen und Forderungen Röhms diskutiert wurde, betraten immer mehr Uniformierte die Wirtschaft. An die Wände des Raumes waren Standarten, Fackeln und eine Fahne gelehnt, die später für den Marsch gebraucht würden.
„Hallo meine Süße. Du wirst ja immer hübscher!"
Johanna schreckte hoch. Ihr war bewusst, dass sie oftmals mit neugierigen Blicken des männlichen Geschlechts bedacht wurde, denn ihre weiblichen Reize zeigten sich mit zunehmendem Alter immer deutlicher. Sie hatte langes, blondes Haar, das sie heute zu einem Dutt gebunden hatte. Doch der Mann, der sie angesprochen hatte, konnte ihr Vater sein. Er hatte gelichtetes Haar und ein faltiges Gesicht. Zudem verursachte er mit seinem ungepflegten Äußeren und einem widerlichen Mundgeruch Ekel bei ihr.
Johanna versuchte ihn zu ignorieren und konzentrierte sich auf die bereits gespülten Gläser, die sie Hergemöller anreichen musste.
Doch in diesem Moment spürte sie sogar seine Hand auf ihrem für das Spülen entblößten Arm.
„Was meinst du, wir könnten uns später auf ein Bierchen zusammen setzen und dann schauen wir mal, was der Abend noch so bringt …"
Der Mann hatte sich weit über das Spülbecken gelehnt.
„Ewald, lass die Johanna in Ruhe und halte sie nicht von der Arbeit ab", versuchte der Wirt seiner attraktiven Angestellten zu helfen.
Doch der Mann gab sich so schnell nicht geschlagen.
„Ich wette, ich bin nicht der Erste, der es bei dir versucht. Wir könnten viel Spaß zusammen haben."
Entsetzt zog sie ihren Arm zurück, als eine laute Stimme durch das Gastzimmer schrie: „Nimm deine Finger weg von Johanna!"
In der Gaststube wurde es schlagartig ruhig. Die verbliebenen

übrigen Gäste schauten sich beunruhigt an und nahmen noch schnell einen Schluck aus ihren Gläsern, um das Lokal notfalls zügig verlassen zu können, falls die Situation eskalieren sollte.

Der andere Mann näherte sich langsam der Theke. Wie alle Angehörigen der SA war er mit brauner Hose und passendem Hemd mit Krawatte bekleidet und trug eine rot-weiße Armbinde mit schwarzem Hakenkreuz am linken Ärmel. Er war etwa Mitte zwanzig, hatte dunkles, zurückgekämmtes Haar und sah kräftig aus.

„Oh je", dachte Johanna. „Gleich schlagen sie sich um mich, das hat mir gerade noch gefehlt."

Dabei hatte sie absolut kein Interesse an dem arrogant wirkenden Erwin Jansen, der sich gerade aufspielte. Mit dem schmierigen Ewald Schmalstieg, der sie berührt hatte, würde sie schon alleine fertig werden.

„Wag es noch einmal sie anzufassen und du wirst mich kennen lernen! Die steht nicht auf alte Böcke wie dich. Die braucht was Jüngeres!"

Sie verdrehte angesichts dieser schrägen Worte die Augen. So mussten sich die Frauen auf einem arabischen Markt fühlen, auf dem sie meistbietend versteigert wurden!

Der Ältere hatte von Johanna abgelassen und wandte sich, sein Bier in der Hand, seinem Konkurrenten zu. Er wollte gerade zu einer Erwiderung ansetzen, als Sturmführer Alois Walbusch dazwischen ging: „Ruhig Blut, Jungs. Vertragt euch, wir wollen doch keinen Streit. Heute sind wir genau ein Jahr die Herrscher über unser Vaterland, deshalb haben wir doch wohl Wichtigeres zu tun als uns um einen Rock zu schlagen. Ich will, dass ihr euch auf eure Aufgaben konzentriert und keinen Ärger macht!"

Walbusch war Ende vierzig und hatte sich bei vielen Schlägereien mit den im katholischen Münsterland allerdings nicht sehr zahlreichen Kommunisten als sehr standhaft erwiesen und sich daher in der Sturmabteilung nicht nur seinen Führungsposten, sondern auch den damit verbundenen Respekt erarbeitet. Das war wohl der Grund, warum beide Streithähne einen Augenblick verharrten und sich mit unverständlichem Gemurmel voneinander abwandten.

„Achtung, alle: Das Horst-Wessel-Lied!", forderte der Sturmführer, um die Situation weiter zu beruhigen.

Sein Plan ging auf, denn sofort erklang aus vielen Kehlen: „Die Fahnen hoch, die Reihen dicht geschlossen ...", die Hymne der NSDAP, die nach ihrem Verfasser benannt worden war. Sturmbannführer Horst Wessel war vor vier Jahren von einem KPD-Mitglied ermordet worden und danach von der Partei zu einem Märtyrer hochstilisiert worden.

Johanna atmete durch und verrichtete wieder ihre Arbeit. „Das ist gerade noch mal gut gegangen", dachte sie dankbar.

Die SA-Männer waren für ihre Trinkfestigkeit bekannt und so hatte sie in der Folgezeit eine Menge zu tun.

Als sie nach einiger Zeit wieder aufblickte, öffnete sich die Tür und zwei weitere, etwa zwanzigjährige Uniformierte betraten den „Emskrug". Sie lief rot an, als sie Paul Kemper und Felix Baumann erkannte.

Während Paul sich gleich den übrigen Kameraden zuwandte, schaute Felix ihr in die Augen und nickte ihr kaum merklich zu.

Sie kannte Felix seit ihrer Schulzeit, er war einige Klassen über ihr. Schon damals schwärmte sie für ihn. Er war schlank, hatte dunkles, kurzes Haar und wirkte fast schüchtern. In seiner Gegenwart hatte sie immer das Gefühl, er denke gerade über irgendetwas nach. Das alles hatte wohl bewirkt, dass sie ihn in aller Heimlichkeit geradezu anhimmelte. „Männliche Poltergeister", wie sie Männer wie Erwin Jansen für sich nannte, hatte sie noch nie gemocht. Felix Baumann hatte sie allerdings zu ihrer großen Enttäuschung nie richtig wahrgenommen, obwohl sie sich immer wenn sie ihn sah Mühe gab, zumindest einen Blickkontakt zu ihm herzustellen. Sie war für ihn vermutlich einfach noch ein Kind, das nicht weiter beachtenswert war. Ihr Verhältnis hatte sich erst geändert, als sie sich vor einigen Monaten wiedergesehen hatten; sie waren sich zufällig im Spätherbst in der Innenstadt über den Weg gelaufen. „Jetzt oder nie", hatte sie sich gedacht und all ihren Mut zusammen genommen, um ihn anzusprechen. Er hatte freundlich reagiert und sie hatten eine geraume Zeit auf der Straße zusammengestanden, um miteinander zu reden. Seit diesem ersten Wiedersehen unterhielten sie sich stets eine Weile, wenn sie sich durch Zufall trafen. Felix war sehr an Literatur interessiert und hatte ihr verraten, seine große Leidenschaft für Bücher mit seiner Anstellung in einer Buchhandlung auch zu seinem Beruf gemacht zu haben. Sehnsüchtig, leider aber bis heute vergeblich wartete

Johanna auf eine Einladung ins Kino, zum sonntäglichen Spaziergang oder dergleichen. Lag es an seiner Schüchternheit? Sie glaubte, ihr Interesse an ihm genügend durchblicken lassen zu haben. Vielleicht musste tatsächlich sie die Dinge in die Hand nehmen und wenig damenhaft die Initiative ergreifen.

Für Johanna war es eine Riesenüberraschung gewesen, als sie Felix im „Emskrug" erstmals in der braunen Kleidung der SA sah. Er passte so gar nicht zu einer Horde roher Schlägertypen. Felix rechtfertigte seinen Eintritt in den Sturm damit, von einem nicht näher benannten Freund, vermutlich Paul, dazu überredet worden zu sein, in der Parteiorganisation mitzumachen. Zwar verabscheue er Gewalt, aber das Gefühl der Gemeinschaft und Kameradschaft gefalle ihm ausgesprochen gut. Zudem werde ihm das Gefühl vermittelt, seinen Teil zu den großen Veränderungen im Reich beizutragen.

Nachdem der Trubel im Gasthaus noch einige Zeit weitergegangen war, ergriff Sturmführer Alois Walbusch wieder das Wort und forderte seine Kameraden dazu auf, die Gläser leer zu trinken. Es sei Zeit, zum Treffpunkt aufzubrechen.

Als fast alle abmarschbereit waren, öffnete sich noch einmal die Eingangstür und drei Braunhemden traten ein.

Schon beim Eintreten rief einer der Neuankömmlinge mit lauter Stimme: „Dem Isidor haben wir's gezeigt. Der verzieht sich für die nächste Zeit in sein Rattenloch!" Der wohlbeleibteste von ihnen, ein Hüne von fast zwei Metern, hatte gesprochen und erntete dafür Gelächter. „Der wollte doch glatt über die Ems, ohne Wegezoll zu zahlen. Als wir mit ihm fertig waren, hatte er zwei blaue Augen und eine leere Geldbörse", verkündete er seinen johlenden Sturmleuten.

Dann drehte er seinen massigen Körper zum Tresen: „Schnell Alfons: Bevor wir gehen, noch eine Runde für alle; der Jude bezahlt schließlich!"

Dabei wedelte er unter dem Gegröle der anderen mit der erbeuteten Geldbörse.

Während die Gruppe ihn hochleben ließ, wandte er sich einem Braunhemd zu seiner rechten zu und flüsterte ihm leise ins Ohr: „Die Kameradschaftskasse hätte es ja wohl nicht mehr hergegeben, nicht wahr, Rudolf?" Der Angesprochene verzog das Gesicht und lief rot an. Außer der Getränke umher reichenden Johanna hatte

niemand diese Bemerkung gehört.
Schnell waren Heinrich Plagemann, Adolf Meyering und Ludger Bröker von ihren Kameraden umringt und mussten noch vor dem Abmarsch in allen Einzelheiten erzählen, wie sie einem Juden Geld abgepresst hatten.

*

Bernhard Silberstein erstarrte vor Schreck. Schnell zog er seinen Mantelkragen hoch und seinen Hut tiefer ins Gesicht, doch es war nicht mehr rechtzeitig genug. Sie waren bereits auf ihn aufmerksam geworden. Wenn er sie nur vorher schon gesehen hätte, hätte er sich noch nach links wenden können, denn dort war in einigen hundert Metern Entfernung die Hindenburgbrücke, über die er ebenfalls die Ems überqueren konnte; hinter der Brücke hätte er nur noch rechts in die Münsterstraße einzubiegen und sich am „Emskrug" vorbei zu mogeln brauchen. Doch dieser Gedanke war ihm erst gekommen, als es bereits zu spät war. Sie waren schon fast bei ihm – drei braun gekleidete Männer, deren Gesichter nichts Gutes verhießen.
Viele Male hatte dieses Trio in den letzten Monaten vor seinem Geschäft gestanden und seine Kunden durch Einschüchterungen und oftmals auch durch Beschimpfungen oder gar Drohungen davon abgehalten, seinen Laden zu betreten. Sie hatten Schilder mit der Aufschrift „Deutsche kauft nicht bei Juden" um ihre Körper gehängt und sein Schaufenster mit antijüdischen Parolen beschmiert. Dabei hatte sich der hier anwesende Hüne als besonders unangenehmer Zeitgenosse erwiesen. Silberstein war in der Vergangenheit jedes Mal erschauert, wenn er ihn gesehen hatte.
„Wo will denn der Jud' so schnell hin?", hörte er den Riesen überlaut sagen, so dass auch andere Passanten auf ihn aufmerksam wurden. „Das hier …", er zeigte dabei auf ein kleines, weiß verputztes Fachwerkhäuschen, das rechts am Anfang der Brücke errichtet worden war, „… ist der alte Zollposten. Jeder, der früher die Brücke nutzte, musste eine Gebühr entrichten. Für Juden gilt das noch heute!"
Silberstein versuchte, die drei nicht zu provozieren und erhob keinen Widerspruch, obwohl alles in ihm aufschrie. Würde er dieses Aufeinandertreffen heil überstehen?

Er hatte ein mulmiges Gefühl im Magen, als er antwortete: „Ja, ja. Natürlich, wie viel verlangen Sie denn?"
„Lass mich mal nachdenken, Jud'. Die Zollgebühr errechnet sich prozentual. Es kommt also darauf an, wie viel Geld du mitführst. Lass mal sehen, was du dabei hast!"
„Ja, selbstverständlich."
Der Kaufmann kramte daraufhin umständlich in den Taschen seines Mantels und zog schließlich seine Geldbörse hervor.
Die drei SA-Angehörigen waren noch einen Schritt näher an ihn herangetreten und umringten ihn von allen Seiten, als ihm der Wortführer die Geldbörse entriss und diese öffnete. Nachdem er einen Blick hineingeworfen und den Inhalt grob abgeschätzt hatte, verkündete er:
„Nicht schlecht, das Sümmchen. Wen hat unser Jud' denn um soviel Geld betrogen? Werdet ihr jüdischen Raffgeier euch denn nie ändern? Seit Jahrhunderten bringt ihr mit eurer Geldgier ehrliche Deutsche um ihr wohlverdientes Auskommen. Glaubst du allen Ernstes, dass das ewig so weitergeht? Der Führer wird euch einen Strich durch die Rechnung machen und unter euch Juden aufräumen! Die große Zeit des Judentums ist in Deutschland vorbei, wir werden schon mit euch fertig werden! Weil ihr Ratten schon Generationen meiner Vorfahren um ihr Geld betrogen habt, muss ich einen Aufschlag berechnen. Die Gebühr beträgt in diesem Fall einhundert Prozent."
„Wie bitte?"
Silberstein konnte es nicht glauben. Die SA-Männer wollten ihm sein komplettes Geld wegnehmen. Das war krimineller Straßenraub, und er konnte nichts dagegen tun.
„Ich habe heute lediglich einen Vorschuss für einen Auftrag bekommen. Sie können mir doch nicht meinen gerechten Lohn stehlen", protestierte er.
Dabei hatte er reflexartig versucht, nach seiner Geldbörse zu greifen. Daraufhin bekam er von einem der Männer einen Schlag ins Gesicht und war für einen Moment benommen. Er brauchte einen Moment, um zu begreifen, was gerade geschah. Schon hatte ihn die Faust ein zweites Mal getroffen und er ging angeschlagen zu Boden. Sein Musterkoffer glitt ihm dabei aus der Hand und der Inhalt quoll teilweise heraus, weil sich der Koffer beim Aufschlagen auf dem Straßenpflaster geöffnet hatte.

Einer der drei gab dem Gepäckstück einen Tritt, so dass dieser über das Pflaster schoss und sich Stoffproben, Stecknadeln und Maßband weiter auf der Brücke verteilten.
Vorübergehende Passanten versuchten das Geschehen zu ignorieren und eilten mit abgewandten Gesichtern vorbei. Bevor sich die SA-Männer mit ihrer Beute von ihm abwendeten, gab ihm einer von ihnen noch einen kräftigen Tritt in die Seite, der ihm die Tränen in die Augen trieb. Silberstein stöhnte vor Schmerz auf.
Doch dann war es endlich vorbei. Sie ließen von ihm ab und er hörte sich entfernende Schritte. Er atmete tief durch und spürte dabei einen stechenden Schmerz in seinem Brustkorb.
Er fühlte sich schrecklich; sein Gesicht war blutverschmiert und er fürchtete, sich eine oder gar mehrere Rippen gebrochen zu haben.
Der erste Versuch sich aufzurichten, schlug fehl. So gut es ging, sammelte er auf dem Boden krabbelnd seine Schneiderutensilien ein. Er sah sich hilfesuchend um, doch auch jetzt noch taten die Vorbeilaufenden so, als würden sie ihn nicht sehen.
Er robbte zum Brückengeländer und schaffte es unter großen Schmerzen, sich aufzurichten.
Mit der einen Hand den Koffer und mit der anderen Hand den eiskalten Stahl des Brückengeländers festhaltend kam er nur langsam voran; irgendwann hatte er sich an der namensgebenden Nepomukstatue vorbei gehangelt, die eigentlich Reisenden und Brücken Schutz gewähren sollte.
„Mir hast du deine schützende Hand verwehrt", dachte er verbittert.
Am Ende der Brücke stützte er sich an den Hauswänden der in diesem Bereich stark ansteigenden Emsstraße ab und kam die wenigen Meter bis zur Münsterstraße nur langsam voran.
Inzwischen war es dunkel geworden, er hoffte darauf, auf dem kurzen Restweg nach Hause nicht noch einmal auf SA-Leute zu treffen.
Was war nur geschehen?
Er war übelst zusammengeschlagen und beraubt worden. Vor einiger Zeit noch hätte er sich unverzüglich auf den Weg zur Polizeiwache gemacht und die Täter angezeigt. Doch hatte das jetzt noch einen Sinn? Als Jude war er inzwischen so gut wie ohne Rechte – und das in seinem eigenen Land. Man würde ihn höchstens auslachen und ohne weiter tätig zu werden wieder nach

Hause schicken. Es würde also nichts bringen, das Polizeirevier aufzusuchen.

Silberstein schleppte sich langsam die Emsstraße hoch und warf einen ängstlichen Blick in die Münsterstraße, als er die Kreuzung erreicht hatte.

Vor dem „Emskrug" waren keine braunen Gestalten zu sehen, also riskierte er es, die letzten Meter bis zu seinem Heim zu schleichen.

An der Haustür angekommen drückte er die Klinke und musste mit Schrecken feststellen, dass diese abgeschlossen war. Er war inzwischen durchgefroren, hatte immer stärker werdende Schmerzen und sehnte sich nach seinem Sofa.

Er hatte Gerda und den Kindern in den letzten Monaten immer wieder gepredigt, die Haustür aus Vorsicht vor judenfeindlichem Besuch stets sorgsam abzuschließen. Doch in diesem Augenblick bereute er seine Worte angesichts seiner heiklen Situation.

Vorsichtig klopfte er an die Haustür und schaute dabei wiederholt ängstlich nach links und rechts. Glücklicherweise sah er keine SA. Doch drinnen geschah nichts, also wiederholte er sein Klopfen, diesmal etwas lauter. Endlich hörte er im Haus Geräusche und schnelle Schritte kamen näher; er wartete einen Augenblick und sprach so leise wie möglich durch das Holz der Tür: „Gerda, ich bin es. Bitte lass mich schnell ein."

Der Schlüssel drehte sich um und der Einlass wurde einen Spalt breit geöffnet. Gerdas besorgtes Gesicht zeigte sich kurz, bevor sie die Tür voller Entsetzen ganz aufriss. Er wankte ins Haus, bevor sie die Tür zügig hinter ihm schloss.

Gerda schlug angesichts des blutüberströmten Kopfes ihres Mannes die Hände vor den Mund und fragte mit bebender Stimme: „Mein Gott, was ist passiert, wer hat dir das angetan?"

Sie musste ihn vorsichtig stützen, als beide durch den Verkaufsraum und über die Treppe in die Wohnung gingen, die das gesamte obere Stockwerk einnahm.

In der Küche setzte er sich unter schmerzhaftem Aufstöhnen und schilderte in kurzen Worten, was ihm widerfahren war. Immer wieder schüttelte er dabei den Kopf, als könne er es selber immer noch nicht glauben. Das Erlebte war ein einziger Albtraum!

Gerda hatte inzwischen Alkohol und Kompressen aus der Hausapotheke geholt und kümmerte sich liebevoll um die Wunde in seinem Gesicht.

„Was ist in diesem Land nur los? Warum machen die so etwas? Sind wir etwa Menschen zweiter Klasse? Ich halte das einfach nicht mehr aus!", sagte sie mit verzweifelter Stimme.
Er nahm ihren Arm und versuchte sie zu trösten: „So schnell wie sie gekommen sind, werden sie auch wieder verschwinden. Irgendwann ist es vorbei, dann können wir wieder ein normales Leben führen."
Er wusste selbst, wie hohl sich das anhörte. Seit einem Jahr waren die Nazis an der Macht und hatten praktisch alle verhaftet, die ihnen gefährlich werden konnten. Wer sollte sie nur wieder vertreiben?
Seine Frau fing an, leise zu schluchzen. Eine Träne lief über ihre Wange, als sie ihrem Mann in die Augen sah. Zu allem Überfluss hörten beide ein Geräusch aus dem Flur, das nur von ihren Kindern kommen konnte.
Langsam öffnete sich die Tür und der elfjährige Hans betrat Hand in Hand mit der siebenjährigen Gisela erschrockenen Gesichts die Küche. Beide ahnten, dass etwas Schlimmes passiert sein musste.
Zwar versuchten Gerda und Bernhard Silberstein, die Situation herunterzuspielen, um die Kinder zu beruhigen; aber diese bekamen ja jeden Tag in der Schule die Anfeindungen gegenüber Juden selbst zu spüren und ahnten nur zu genau, was passiert sein musste.
„Wie erklärt man unschuldigen Kindern, dass man als Mensch jüdischen Glaubens praktisch von heute auf morgen keinerlei Rechte mehr im eigenen Land hat", dachte der Textilkaufmann frustriert.

*

Die SA kam am späten Abend geschlossen zurück. Laut grölend betraten sie erneut den „Emskrug". Sie hatten sich zuvor auf dem Thie, einem Platz unweit des Marktes, getroffen und aufgestellt. Mit Fackeln versehen und eine Fahnenabordnung mitführend waren sie in einem Rundmarsch durch die Straßen Rheines gezogen und hatten dabei das Horst-Wessel- und das Deutschlandlied gesungen. An ihrem Ziel, dem mit vielen Menschen gut gefüllten mittelalterlichen Marktplatz, hatten sie sich vor dem schön anzusehenden Letterhaus-Hotel mit seinem von

Säulen gestützten Balkon aufgereiht. Das Hotel galt mit seinem imposanten Treppengiebel als das erste Haus am Platz und war in den letzten Jahren schon des Öfteren Bühne für die Reden lokaler Politiker gewesen.

Vom Balkon aus hatten Bürgermeister Schüttemeyer und Kreisleiter Lewecke zu ihren Zuhörern gesprochen und dabei den Aufbruch in eine neue Zeit hervorgehoben. Beide hatten von den Maßnahmen der Regierung gegen die Massenarbeitslosigkeit und den Investitionen des Staates berichtet, die den Menschen wieder Lohn und Brot gebracht hätten. Mit politischen Gegnern und Feinden Deutschlands sei im vergangenen Jahr aufgeräumt worden. Dem Land stehe unter der Führung des Reichskanzlers Adolf Hitler eine goldene Zukunft bevor; vor allem Lewecke beschwor die Menschen Rheines, sich in die neue Volksgemeinschaft einzubringen. Die Anwesenden hatten ihre stürmische Begeisterung für die neuen Machthaber mit vielfachen „Heil"-Rufen zum Ausdruck gebracht.

Nach der Kundgebung hatte sich der Marktplatz angesichts der ungemütlichen Temperaturen zügig geleert und die SA war auf der Münsterstraße zu ihrem Lokal abmarschiert. Schnell füllte sich der „Emskrug" und zahlreiche Getränkebestellungen wurden dem Wirt Alfons Hergemöller zugerufen.

Der kam mit dem Einschenken der Getränke kaum nach. Johanna machte beim Spülen Tempo; zwischendurch musste sie das Bier an den vielen Tischen ausliefern und leere Gläser abräumen.

Am einzigen Tisch rechts neben der Eingangstür hatten Felix Baumann und Paul Kemper Platz genommen. Zu ihnen gesellte sich ausgerechnet Erwin Jansen, vermutlich weil er von diesem Platz eine gute Sicht auf Johanna hatte.

„Wenn er wüsste, mit wem er da an einem Tisch sitzt", dachte sie mit einem flüchtigen Blick auf Felix und musste insgeheim lächeln.

Der Respekt einflößende Heinrich Plagemann betrat die Wirtsstube, schaute sich um und setzte sich ebenfalls dazu. Den letzten freien Stuhl am Tisch sicherte sich Ewald Schmalstieg, der sich offenbar wieder mit Erwin vertragen hatte.

Johanna beeilte sich, den Männern die erste Runde Bier zu servieren.

Als sie die Getränke auf den Tisch stellte, fühlte sie die Blicke

Erwins und Ewalds auf sich ruhen. Da sie beim Servieren Ewald ihren Rücken zuwandte, hatte sie bei ihm ein besonders unangenehmes Gefühl. Durch den Alkohol hatte er offenbar seine Hemmungen verloren und musterte unverhohlen ihren Allerwertesten. Sie befürchtete, im Laufe des Abends seine Hand auf ihrem Po zu spüren und nahm sich vor, bei der nächsten Runde von der anderen Seite des Tisches zu bedienen.
Sämtliche Sitzgelegenheiten im Schankraum waren besetzt, viele SA-Männer mussten stehen. Andere Gäste hatten die Wirtschaft bereits verlassen, als sich der Trupp näherte. Es herrschte ein gewaltiger Geräuschpegel und die Luft war von Zigarettenrauch durchzogen. Johanna war im Laufe des Abends pausenlos mit einem Tablett voller oder leerer Gläser unterwegs, zwischendurch musste sie immer wieder spülen.
Sie war froh, dass der Wirt sie nach einiger Zeit bat, aus der Vorratskammer im Innenhof drei neue Flaschen Weizenkorn zu holen.
Als sie dem Hinterausgang näher kam, spürte sie schon die kalte, aber erfrischende Luft. Zwei Männer kamen ihr entgegen, sie hatten sich vermutlich auf der Toilette, die sich ebenfalls im Innenhof befand, erleichtert.
Als sie die Außentür öffnete, sah sie Heinrich Plagemann, der Rudolf Fiedler am Kragen gepackt hatte und ihm etwas Bedrohliches ins Ohr brummte.
Fiedler hatte Johanna bemerkt, wandte seinen Kopf in ihre Richtung und riss die ohnehin entsetzten Augen noch weiter auf. Plagemann drehte sich langsam um und sagte nach einem kurzen Augenblick: „Ein Männergespräch … wir waren sowieso gerade fertig, oder Rudolf?"
„Ja, ja."
Fiedler beeilte sich, sichtlich erleichtert, ins Wirtshaus zurückzugehen.
Plagemann raunte ihr im Vorbeigehen mit strengem Blick zu: „Du hast nichts gesehen!"
Sie bekam kein Wort heraus; so nickte sie nur hastig, bevor auch der Riese im Gebäude verschwunden war.
Nachdem sie im Vorratsraum gewesen war und dem Wirt das Verlangte ausgehändigt hatte, begab sie sich wieder an ihre Arbeit.
Den ersten Gästen konnte man den ausschweifenden

Alkoholgenuss bereits deutlich anmerken. Lieder wurden gesungen und immer wieder auf Stabschef Röhm und Reichskanzler Hitler angestoßen.

Immer wenn sie Gläser zu spülen hatte, suchten Johannas Augen Felix. Dieser nahm in gewohnt zurückhaltender Art kaum an den Gesprächen an seinem Tisch teil und schien über etwas nachzudenken. Sein Sitznachbar Paul Kemper musste wohl gerade etwas Lustiges erzählt haben, denn alle anderen lachten auf einmal laut auf. Immerhin ließ sich auch Felix zu einem Lächeln hinreißen.

Die Gläser waren schon wieder leer und Erwin Jansen gab ihr ein Zeichen, Nachschub zu bringen, nicht ohne ihr einen Luftkuss zuzuwerfen.

Johanna verdrehte gedanklich die Augen. Sie konnte ihn einfach nicht ausstehen! Um ihm aus dem Weg zu gehen, vergaß sie ihren vorher gefassten Entschluss und kam mit fünf Gläsern Bier zwischen Heinrich Plagemann und Ewald Schmalstieg an den Tisch.

„Setz dich doch auf meinen Schoß, Schätzchen. Ich zahle die Runde anderweitig ab, du wirst es nicht bereuen", hörte sie einen schmutzig grinsenden Erwin sagen, als sie plötzlich etwas an ihrem Hinterteil spürte. Ewald streichelte ungeniert ihren Po und lächelte sie dabei unzweideutig an.

Von Panik erfasst trat sie einen Schritt zurück und schlug seine Hand weg. Dabei fiel ein Glas um und der Inhalt ergoss sich über Heinrich Plagemanns braune Hose. Dieser sprang auf, holte aus und gab Schmalstieg eine schallende Ohrfeige, dass dieser fast von seinem Stuhl fiel.

„Du alter Schmierfink, meinst du immer noch, das junge Gemüse steht auf einen ungepflegten Greis wie dich? Schau dich nur mal selbst an, du machst dich ja lächerlich!", machte Plagemann seinem Ärger Luft.

Schmalstieg hatte einen hochroten Kopf bekommen, seine Halsschlagader pulsierte heftig. Er konnte seinen Zorn nur mühsam unterdrücken, wusste aber, dass er bei einer Auseinandersetzung mit diesem Kraftprotz den Kürzeren ziehen würde.

„Lässt deine Frau dich zuhause nicht mehr ran oder warum musst du so junge Küken begrabschen", legte der Riese nach.

Die Gespräche waren verstummt, alle schauten Schmalstieg an.

Der murmelte irgendetwas Unverständliches, schnappte sich seinen Mantel und verließ beleidigt das Lokal, ohne Plagemann noch eines Blickes zu würdigen.
In der Stille erklang mit einem Mal ein lautes Lachen.
„Der Schmalstieg wird wohl Geld in einen Bordellbesuch investieren müssen, damit er heute Nacht seine innere Ruhe findet", amüsierte sich Erwin Jansen sichtlich. „Schätzchen, das Angebot von eben steht noch! Ich bin noch kein ausgedienter Wallach wie Schmalstieg, sondern ein junger wilder Hengst!"
Jetzt baute sich Plagemann, einmal in Rage, mit seinem mächtigen Körper vor Jansen auf: „Du mieses kleines Stück Dreck. Meinst du, wir wissen nicht, was mit deiner Verlobten war? Du hast ihr die Ehe versprochen und lagst gleichzeitig mit deiner Nachbarin im Bett. Auf ihre Kosten hast du gelebt; ausgenommen hast du sie, weil du selber nichts auf die Beine stellen kannst, du elender Versager! In den Selbstmord hast du sie getrieben, du Lump, weil sie mit der Schande, die du über sie gebracht hast, nicht mehr leben konnte. Wir brauchen in der Sturmabteilung richtige Männer, die Deutschland wieder zu dem machen, was es früher war und nicht solche elenden, schmarotzenden Kakerlaken wie dich! Nur damit du es weißt: Die Johanna wird meinen Neffen Willi heiraten und du wirst sie nicht ins Unglück stürzen, sondern dich von ihr fernhalten! Hast du mich verstanden?"
Jansen war in sich zusammengesunken. Er wusste nicht, wo er hinschauen sollte, also nahm er einen Schluck Bier.
„Hast du mich verstanden?", wiederholte Plagemann donnernd seine Frage.
Er brachte ein mühsames „Ja" heraus und nuckelte nochmals an seinem Glas.
Felix und Paul schauten sich derweil peinlich berührt an.
Johanna hingegen hatte den Disput unter den Männern dazu genutzt, sich zurückzuziehen. „Das wird ja immer besser", dachte sie sich. „Jetzt soll ich auch noch den Willi heiraten!"
Auch Jansen verließ nach kurzer Zeit kleinlaut das Wirtshaus, nachdem er sein Bier ausgetrunken hatte.
Nachdem sich die Situation nach einigen Minuten entspannt hatte, ging der Trubel noch eine ganze Weile weiter. Viele weitere Getränke wurden bestellt, ausgeliefert und getrunken; zu weiteren Auseinandersetzungen kam es an diesem Abend trotz des hohen

Alkoholkonsums nicht mehr.
Irgendwann wurden die meisten der Gäste müde und verabschiedeten sich. Das Wirtshaus leerte sich zusehends.
Auch der Tisch rechts neben der Tür war inzwischen verwaist. Johanna war so beschäftigt gewesen, dass sie nicht mitbekommen hatte, dass die drei verbliebenen SA-Angehörigen gegangen waren. Sie bedauerte, dass sich Felix nicht von ihr verabschiedet hatte.
Sie dachte über den Disput der Männer heute Abend nach. Was bildeten sich diese Kerle nur ein! Seit sie im „Emskrug" arbeitete, hatte sie sich so manchen Spruch gefallen lassen müssen. Als Bedienung musste sie stets freundlich bleiben, auch wenn sie manchmal am Verstand der Gäste zweifelte. Heute aber amüsierte sie sich fast über das Gehörte: Der Willi wollte sie also ehelichen! Sie wusste zwar, dass sich der Neffe Heinrich Plagemanns Hoffnungen machte, aber der war ihr nicht mehr als ein guter Freund, sie hatte keinerlei weitergehende Gefühle für Wilhelm Plagemann. „Wenn Felix nur endlich sein Interesse zeigen würde …"
Kopfschüttelnd räumte sie das Leergut von den Tischen und brachte es zum Spültisch, als Heinrich Plagemann plötzlich vom Innenhof her das Wirtshaus betrat und wie in Trance durch den Gastraum schritt. Er war also noch nicht gegangen, sondern hatte offenbar lediglich die Toilette aufgesucht.
„Ich fasse es nicht … das wird ein Kameradschaftsabend … da werden die Fetzen fliegen … Unglaublich, skandalös …", stammelte er vor sich hin.
Alfons Hergemöller kam hinter der Theke hervor, um seinem Gast die Tür zu öffnen. „Heinrich, ist alles in Ordnung mit dir? Kommst du auch heil nach Hause?"
Plagemann schaute ihn an, klopfte ihm stumm auf die Schulter und ging weiter. Alle noch Anwesenden blickten verdutzt hinter ihm her, als er hinaus trat. Nachdem sich die Tür hinter ihm wieder geschlossen hatte, blickte der Wirt fragend in die Runde, doch alle zuckten mit den Schultern; niemand hatte eine Erklärung für das seltsame Verhalten des SA-Mannes.
„War wohl doch ein Bierchen zu viel. Wird älter, unser Heinrich", kommentierte Hergemöller und wandte sich wieder dem Tresen zu.
„Räum noch schnell die letzten Gläser ab", wies er Johanna an.
Sie wollte sich gerade an die Arbeit machen, als auf einmal Felix

neben ihr stand. Sie wäre fast vor Schreck zusammen gezuckt. Sie fragte sich, wo er jetzt herkam.

„Felix, ich dachte ... wo warst du ... ich meine ... ich dachte, du seiest schon nach Hause gegangen", stammelte sie und merkte, wie sie rot anlief. Seine Anwesenheit machte sie immer wieder aufs Neue nervös.

Er war seltsam blass im Gesicht und seine Frisur war in Unordnung geraten. „Ich war gerade draußen, ich habe wohl etwas zu viel getrunken. Ich vertrage nicht so viel ... mir geht es nicht gut."

Sie schaute in den Gang zum Innenhof und fragte leise: „Musstest du dich übergeben? Kann ich irgendetwas für dich tun?"

Paul trat auf einmal hinter ihn und sagte: „Ich kümmere mich um ihn. Ich werde Felix schon heil nach Hause bringen. Ist ja nicht so weit, wir schaffen das, nicht wahr, Felix?"

Dabei blickte Paul pausenlos zwischen der Eingangstür und Felix hin und her. Auch er wirkte verwirrt.

Sie fragte: „Felix, möchtest du vielleicht noch ein Glas Wasser?"

Paul antwortete schnell für ihn: „Wir gehen jetzt besser. Es ist schon spät und wir müssen morgen früh wieder zur Arbeit. Gute Nacht, Fräulein Hembrock." Mit diesen Worten zog er Felix zügig mit zur Tür.

„Gute Nacht", murmelte sie vor sich hin und blickte den beiden irritiert nach.

*

Nachdem Johanna die verbliebenen Aufräumarbeiten erledigt und ihren Lohn erhalten hatte, machte auch sie sich kurze Zeit später auf den Heimweg. Vor dem Wirtshaus spürte sie die winterliche Kälte und dachte mit Grauen an die bevorstehende Radfahrt zum Stadtteil Gellendorf, der auf der anderen Emsseite im Südosten Rheines lag. Dort teilte sie sich mit ihrer jüngeren Schwester ein Schlafzimmer in der elterlichen Wohnung.

Sie legte Schal und Mütze an und zog die Handschuhe über, bevor sie auf ihr Fahrrad stieg. Die Fahrt würde sie im Dunkeln bewältigen müssen, weil das Licht an ihrem Gefährt schon seit Wochen defekt war. Ihr Weg führte sie über die Hindenburgbrücke, hinter der sie rechts abbiegen würde.

Fast wäre sie ausgerutscht, als sie auf die Hindenburgstraße einbog, die über die Ems führte. Auf der Brücke merkte sie schnell, dass es durch die von der Ems heraufziehende Nässe spiegelglatt war. Vorsichtig bremste sie und stieg ab, um die Brücke, das Fahrrad mit der Hand schiebend, zu überqueren. Hoffentlich waren die Straßenverhältnisse auf der Mackensenstraße, vormals Hemelter Straße, und der darauf folgenden Elter Straße in Richtung Gellendorf besser.
Sie wollte angesichts der ungemütlichen Kälte nur ganz schnell unter ihrer warmen Bettdecke sein.
Fast hatte sie die Brücke schon geschafft.
Da war doch etwas! Sie registrierte auf der anderen Straßenseite umher huschende Schatten, konnte aber aufgrund der schlechten Straßenbeleuchtung nichts Genaueres erkennen. Ihr wurde mulmig in der Magengegend, ihr Herzschlag beschleunigte sich und sie ging schneller.
Sie schaute angstvoll nach links, im dämmrigen Licht einer Laterne konnte sie mit einem Mal sehen, wer ihr diesen Schrecken eingejagt hatte. Schnell stieg sie wieder auf ihr Rad und setzte ihren Weg fort.
Der Furcht folgten viele Fragezeichen in ihren Kopf …

*

Heinrich Plagemann schlenderte nachdenklich die Emsstraße hinunter. Er spürte die Kälte nicht, denn zu viel war heute Abend passiert, über das er auf seinem Weg nach Hause nachdenken musste. In seinem Kopf spielte sich das Geschehen noch einmal ab. Was hatte das alles zu bedeuten und wie sollte er reagieren? Völlig in seine Gedanken versunken wandelte er über die Nepomukbrücke. Er blieb stehen, um kurz zu verweilen. An dieser Stelle hatten sie dem Juden Silberstein heute am frühen Abend klargemacht, wer in Rheine inzwischen das Sagen hatte. Mit unnachgiebiger Härte würden sie die Juden schon aus Deutschland vertreiben! Da war die Welt noch in Ordnung gewesen.
Aber nach dem später Passierten dachte er über verschiedene Dinge anders als noch vor wenigen Stunden …
Langsam stieg er hinter der Brücke die Treppe zum Timmermanufer hinunter, einem engen Weg, der ihn an der Ems

entlang und unter der Hindenburgbrücke hindurch zu seiner Wohnung in der Nähe der Mühle am Hemelter Bach führen würde.
Das Ufer war nach dem früheren Unternehmer und Reichstagsabgeordneten Carl Timmerman benannt, der sich im vorigen Jahrhundert bei der Industrialisierung Rheines einen Namen gemacht hatte.
Der SA-Mann legte sich einen Plan zurecht, der seine Stellung innerhalb der Truppe erheblich steigern würde. Er würde alles offenlegen und kein Blatt vor den Mund nehmen, sie würden ihn schon kennenlernen! Bereits beim Kameradschaftsabend am Donnerstag würde er berichten, was er wusste. Danach wäre nichts mehr, wie es war! Es würden Köpfe rollen …
Er musste seine Gedanken unterbrechen, denn die Natur rief.
Er war inzwischen unter dem Bogen der Hindenburgbrücke angekommen und kam im Dunkeln auf dem unebenen Pflaster plötzlich ins Straucheln. Er konnte sich zwar fangen, verlor dabei allerdings seine Mütze. Egal, die würde er anschließend vom Boden aufheben, zunächst musste er dringend seine Blase entleeren.
„Tut mir leid, Herr Generalfeldmarschall, aber es muss sein", dachte Plagemann im Hinblick auf den Namensgeber der Brücke, der im Weltkrieg zum Nationalhelden aufgestiegen und vor neun Jahren zum Reichspräsidenten gewählt worden war. Er stellte sich an die steinerne Wand des Brückenbogens und öffnete seine Hose.
Nachdem er sich erleichtert hatte, hörte er hinter sich ein Geräusch. Waren das Schritte? Schnell schloss er die Knopfleiste seiner Hose. Er konnte sich gerade noch halb nach hinten drehen, als ein furchtbarer Schmerz seinen Kopf durchzog. Das Letzte, was er in seinem Leben wahrnahm, war das Einknicken seiner Beine, dann wurde alles schwarz um ihn …

*

Etwa zweihundert Meter südlich machte ein älterer Mann mit seinem kleinen Mischlingshund seine allabendliche Runde. Da seine Schwester und ihr Mann heute Abend zu Besuch gekommen waren, waren die beiden später als üblich unterwegs. Sein Weg führte ihn stets ein kurzes Stück über das Timmernaufer.
Sein Hund schnüffelte aufgeregt nach den Spuren anderer

Artgenossen und hob hin und wieder sein Hinterbein. Doch plötzlich blieb er stehen, sein Kopf schoss in die Höhe; er drehte sich nach hinten und knurrte erst leise, bevor er schließlich laut anschlug.

Auch sein Herrchen bemerkte jetzt leise Geräusche von hinten; doch als er sich umdrehte, konnte er wegen der Dunkelheit nichts erkennen.

„Aus, Maxe", versuchte er seinen Hund zu beruhigen. Er musste kräftig an der Leine ziehen, um das immer noch nach hinten schauende Tier zum Weitergehen zu bewegen. Es dauerte einige Zeit, bis sich Maxe wieder auf den vor ihnen liegenden Weg konzentrierte.

Als der Mann sich nach einigen Metern noch einmal umwandte, bemerkte er auf der Hindenburgbrücke schnelle Bewegungen. Er dachte sich nichts weiter dabei und setzte zusammen mit Maxe seinen Gang fort.

Mittwoch, 31. Januar 1934

Albert Hartwig war an diesem Tag früh unterwegs. Mit der Morgendämmerung hatte er sich auf sein Fahrrad geschwungen, um sich vorab seinen heutigen Arbeitsplatz anzusehen.

Immer wieder machten die Handkurbeln Ärger und mussten repariert oder ersetzt werden. Diesmal war es ein Schütz an der ersten Schleuse, das sich nicht mehr bedienen ließ. Hartwig wollte sich einen Überblick verschaffen, ob nur die eine als defekt gemeldete oder möglicherweise noch andere Kurbeln nicht funktionstüchtig waren, denn bei dieser lausigen Kälte wollte er nicht mehr als einmal zur Schleuse hinausfahren.

Noch im Innenstadtbereich, am Emswehr und unterhalb der Textilfabrik, lag die erste von drei Schleusen in Rheine. Gegenüber, auf der anderen Uferseite, lag die Emsmühle, die allerdings gleich zweimal in den letzten Jahren abgebrannt war.

Zwar hatte die Ems mit der Einweihung des parallel verlaufenden Dortmund-Ems-Kanals im Jahr 1899 praktisch ihre Bedeutung als Wasserweg verloren, aber kleinere Schiffe befuhren sie noch heute. Das Wasserbauamt Rheine als Arbeitgeber Hartwigs war für das funktionieren der Emsschleusen zuständig.

Der Arbeiter befuhr das Timmermanufer in nördlicher Richtung und konnte schon die Kirche St. Dionysius auf der anderen Uferseite erkennen, die das Stadtbild Rheines beherrschte. In einigen hundert Metern würde er sein Ziel erreicht haben.
Er durchfuhr den Bogen unter der Hindenburgbrücke und bremste plötzlich scharf. Er hatte etwas auf dem Kopfsteinpflaster gesehen, was ihn stutzig hatte werden lassen; da war etwas Rotes, war das etwa Blut?
Als Hartwig vom Rad gestiegen war, näherte er sich tatsächlich einer roten Lache, die etwa die Größe eines Apfels hatte und von einer dünnen Eisschicht überzogen war. Weitere kleine, vereiste Tropfen führten zum Fluss. Konnte das menschliches Blut sein? Da auf der Straße niemand zu sehen war, warf er einen Blick auf das steil abfallende Ufer der Ems und erschrak: Dort lag ein Mensch, der Kopf bis zu den Schultern im Wasser, die Füße dem Kopf nach oben entgegengestreckt.
Es gab keinen Zweifel: Es handelte sich um einen Toten.
Nachdem er den ersten Schreck überwunden hatte, nahm er sich sein Fahrrad und trug es so schnell wie es ihm möglich war die Treppe zur Hindenburgbrücke hinauf. Dort angekommen schwang er sich auf sein Gefährt und fuhr in halsbrecherischem Tempo über den Fluss.
Sein Ziel war nicht weit entfernt, gleich hinter der Münsterstraße befand sich das Polizeirevier.

*

Er schlief schlecht. Albträume sorgten wieder einmal für einen unruhigen Schlaf, mehrmals in der Nacht war er schweißgebadet aufgewacht. Es waren immer dieselben Bilder, die sich in seinem Kopf abspielten: Sie lagen im Dreck, die Artillerie feuerte pausenlos auf ihre Stellungen. Sie hatten sich in ihre Schützengräben zurückgezogen und warteten auf den Angriff der Franzosen. Da kamen sie plötzlich: Eine riesige Masse von blau uniformierten Männern erhob sich aus den Gräben und stürmte mit zornigen Gesichtern und auf sie gerichteten Bajonetten auf sie zu. Sie waren abwehrbereit und erwarteten den feindlichen Vorstoß in ihren Stellungen. Das Maschinengewehr legte los: Tack, tack, tack. Er schlug die Augen auf und schaute sich einen Augenblick

orientierungslos um, es war noch dunkel, so dass er den Schalter der Nachttischlampe betätigte. Das Maschinengewehr entpuppte sich als ein heftiges Klopfen an seiner Wohnungstür.
Dabei hörte er die Stimme seiner Vermieterin, Frau Kiehlhorn, die immer wieder rief: „Herr Voß, bitte wachen Sie auf. Herr Voß, so antworten Sie doch bitte."
Er schlug die Bettdecke zurück und warf sich schnell den Mantel über, bevor er die Tür öffnete.
Frau Kielhorn hatte sich ebenfalls nur notdürftig angezogen und sagte jetzt mit sich fast überschlagender Stimme: „Beeilung, Herr Voß. Das Revier hat angerufen, Sie sollen sofort zum Timmermanufer kommen. Es ist etwas passiert."
Seine Vermieterin hatte bereits einen Telefonanschluss, dessen Nummer er auf dem Revier hinterlegt hatte.
Martin Voß rieb sich den Schlaf aus den Augen. „Hat man gesagt, was geschehen ist?"
„Nein, nur, dass Sie sich beeilen sollen. Sie möchten sich umgehend zum Timmermanufer an der Hindenburgbrücke begeben."
„Ist der Kollege noch dran? Sagen Sie ihm bitte, ich mache mich sofort auf den Weg."
Er schloss die Tür und zog sich zügig an. Im Etagenbad warf er sich noch schnell eine Handvoll Wasser ins Gesicht und richtete seine Frisur. Dann eilte er aus dem Haus.
Inzwischen schien die Stadt zu erwachen. Unterwegs begegneten ihm die ersten Menschen, die auf dem Weg zur ihren Arbeitsstätten waren.
Zwei Unterwachtmeister waren damit beschäftigt, den Tatort abzuriegeln, ein dritter trieb Neugierige auf der Hindenburgbrücke zum Weitergehen an. Der vierte Schutzpolizist, Gustav Kleinschmidt, unterhielt sich etwas abseits der Leiche mit einem Zivilisten. Der Polizeifotograf hatte sein Stativ aufgebaut und machte bereits Bilder vom Tatort.
Kriminalsekretär Martin Voß stieg die Treppe von der Brücke zum Ufer hinab. Wachtmeister Kleinschmidt wandte sich von seinem Gesprächspartner ab und kam ihm entgegen.
„Heil Hitler, Herr Kriminalsekretär. Wir haben hier einen Toten, der Spurenlage nach wurde er ermordet."
„Heil Hitler, Kleinschmidt. Wer ist der Herr dort?" Er zeigte dabei

auf den Zivilisten.

„Das ist Herr Hartwig, er hat das Opfer gefunden. Er ist mit den Nerven völlig fertig."

„Haben Sie seine Personalien? Ich möchte gleich noch kurz mit ihm sprechen, danach können wir ihn entlassen. Der muss ja völlig durchgefroren sein."

„Dann zeige ich Ihnen jetzt den Tatort. Der Polizeiarzt wurde bereits benachrichtigt und ist auf dem Weg hierher. Bitte kommen Sie."

Sie gingen einige Meter weiter.

„Hier", sagte Kleinschmidt „sehen Sie das Blut auf dem Pflaster?" Tatsächlich war vereistes Blut zu erkennen.

„Und jetzt schauen Sie auf die Böschung."

Voß ging zum Straßenrand und schaute vorsichtig zum steilen Ufer hinunter. Dort lag ein sehr imposanter, männlicher Körper in brauner SA-Uniform. Das Wasser der Ems umfloss seinen Oberkörper, der Kopf hing im Wasser.

„Bitte holen Sie ihn aus dem Wasser, sowie der Fotograf fertig ist und suchen Sie nach weiteren Hinweisen in der näheren Umgebung. Fragen Sie auch unter den Neugierigen nach möglichen Zeugen. Vielleicht hat irgendjemand ja etwas gesehen. Angesichts der Spurenlage scheint es sich tatsächlich um einen Mord zu handeln."

Wachtmeister Kleinschmidt schlug die Hacken zusammen und antwortete: „Jawohl, Herr Kriminalsekretär!"

Rheine war eine Kleinstadt mit rund 30.000 Einwohnern. Diebstahl, Einbruch und Raub gab es auch hier. Aber einen Mord? So etwas hatte es hier lange nicht mehr gegeben. Das würde in der Stadt Wellen schlagen; die Tatsache, dass es sich bei dem Toten offensichtlich um ein Mitglied der SA handelte, würde die Ermittlung nicht gerade einfacher machen.

Voß vermutete, bei einem Tötungsdelikt würde es Unterstützung aus der übergeordneten Dienststelle in Münster und in diesem speziellen Fall außerdem Einmischungen seitens der Sturmabteilung geben. Doch bis dahin war er verantwortlich. Er ging auf den Zivilisten zu, der sich inzwischen immer wieder die Arme um den Körper schlug, um die Kälte zu vertreiben.

„Sie sind Herr Hartwig?"

„Ja, ich habe den Mann gefunden. Es hätte mich vor Schreck fast

vom Fahrrad geworfen." Er zündete sich eine Zigarette an.
„Kommen Sie jeden Morgen hier vorbei?"
„Nein, das war eine Ausnahme. Normalerweise bin ich auch etwas später dran. Ich wollte heute nur nach den Handkurbeln an der Schleuse sehen."
„Handkurbeln?"
„Das muss ich Ihnen erklären: Die Schleusen müssen funktionstüchtig gehalten werden, auch wenn sie nicht mehr so häufig genutzt werden. Alle drei Schleusen werden manuell, also mit Handkurbeln, bedient. Stellen Sie sich vor, ein Boot will flussabwärts fahren. Zuerst wird die Kammer gefüllt, indem die Schütze in den Toren oberhalb per Kurbel geöffnet werden. Dann werden beide Torhälften, ebenfalls mit der Handkurbel, geöffnet. Das Boot fährt ein, Tor und Schütze werden wieder geschlossen. Die Schütze unterhalb werden geöffnet und das Wasser fließt aus der Schleusenkammer, bis das untere Niveau erreicht ist. Dann die Tore …"
„Ja, ich glaube, ich habe es verstanden", unterbrach Voß ihn. „Aber was hat das mit den Kurbeln auf sich?"
„Eine der Handkurbeln wurde uns als defekt gemeldet. Für diesen Fall haben wir immer einen Vorrat an funktionstüchtigen Kurbeln in der Werkstatt, die jederzeit eingebaut werden können. Damit ich nicht womöglich ein zweites Mal in die Kälte muss, weil vielleicht doch mehr als eine Kurbel defekt ist, wollte ich die Schleuse vor Arbeitsbeginn inspizieren."
„Das ist verständlich. Der Tote ist von der Straße nicht zu sehen. Warum haben Sie ihn dennoch gefunden?"
„Da war das Blut auf der Straße. Da stimmte was nicht, also habe ich angehalten und genauer nachgesehen. Dort unten lag er dann."
Inzwischen waren weitere Schutzmänner eingetroffen und mit ihrer Hilfe wurde der Tote vorsichtig geborgen.
„Haben Sie irgendjemanden gesehen, als Sie gestoppt hatten?"
„Nein, da war niemand."
„Nur noch eines, dann können Sie gehen. Bitte schauen Sie sich den Toten an und sagen Sie mir, ob Sie ihn kennen."
Die Leiche lag mittlerweile auf dem Rücken am Straßenrand. Hartwig ging hin, warf einen Blick auf den leblosen Körper und schüttelte den Kopf.
„Danke Herr Hartwig, Sie können gehen."

Dankbar ging dieser zu seinem Fahrrad und radelte davon.
Voß ging vor der Leiche in die Hocke. Ein massiger Körper lag vor ihm, bekleidet mit brauner Jacke und ebensolcher Hose, an den Füßen schwere Stiefel. Die Augen des Mannes waren vor Schreck geweitet und blickten ins Leere. In seinem nassen Haar klebte Blut.
„Dreht ihn um", ordnete er an.
Auf dem Hinterkopf wurde eine tiefe Wunde sichtbar. Das erklärte das Blut auf der Straße. Oberflächlich untersuchte Voß die Kleidung und den Körper, konnte aber keine weiteren äußeren Verletzungen feststellen. In den Taschen des Mannes fand er einen Schlüssel und seltsamerweise zwei Geldbörsen, in denen sich jeweils ein größerer und ein kleiner Barbetrag befanden. Ausweispapiere waren nicht vorhanden.
„Kleinschmidt?"
Der Wachtmeister kam zu ihm.
„Bitte fertigen Sie eine Tatortskizze an. Doktor Pullmann wird sich den Mann noch am Tatort anschauen wollen, anschließend kann er für eine genaue gerichtsmedizinische Untersuchung in das Mathias-Spital gebracht werden."
Das Mathias-Spital war ein vor vier Jahren neu erbautes Krankenhaus am westlichen Stadtrand Rheines. Das alte Mathias-Spital genügte den Anforderungen einer schnell wachsenden industriellen Kleinstadt nicht mehr; weitere bauliche Erweiterungen waren am bisherigen Standort nicht möglich. Die sternenförmige Anlage des neuen Gebäudes mit südlicher Ausrichtung der Krankenzimmer galt als wegweisend für den Hospitalneubau in Deutschland. Hier war auch dem Polizeiarzt die Möglichkeit eingeräumt worden, sich den Leichnam des Ermordeten unter gerichtsmedizinischen Aspekten genauer anzusehen.
Ein anderer Schutzmann kam näher und betrachtete den Toten.
„Entschuldigen Sie, Herr Voß, aber ich glaube, den habe ich schon gesehen. Als die SA im letzten Jahr zur Hilfspolizei ernannt wurde, ist der ein paar Mal mit uns Streife gelaufen. Der heißt Plagmeier oder Plagmann."
Zur Ausschaltung der politischen Opposition war die SA für einige Monate tatsächlich der Schutzpolizei an die Seite gestellt worden und hatte sich in dieser Zeit durch besondere Brutalität bei der Verhaftung von KPD- und später auch SPD-Mitgliedern

ausgezeichnet. Inzwischen wurde keine Hilfspolizei mehr benötigt, weil oppositionelle Politiker durchweg in den Konzentrationslagern eingesperrt waren.

„Danke Wachtmeister, aber über die Identität des Toten mache ich mir die geringsten Sorgen. Die finden wir über seine Organisation ganz schnell heraus."

Weitere Bilder wurden gemacht.

Der Kriminalsekretär unterdrückte unterdessen ein Gähnen. Seit Langem litt er unter Schlafmangel. In seinem Unterbewusstsein waren die schrecklichen Erlebnisse aus dem Weltkrieg noch immer präsent. Von einem auf den anderen Tag war seine Jugend vorbei gewesen und er wurde als 18-Jähriger in einen schon verlorenen Krieg geworfen. Als er den ersten Kameraden sterben sah, war er dermaßen geschockt, dass es Tage dauerte, bis das Zittern in seinen Gliedmaßen nachließ. Jeden Tag litt er unter ständiger Todesangst. Er war nicht zum Helden geboren, er wollte nur eines: Überleben. Im Gegensatz zu allzu vielen anderen schaffte er es, zumindest körperlich heil zurück in die Heimat zu kommen. Er hatte einfach Glück gehabt. Doch was er Schreckliches erlebt hatte, würde ihn sein ganzes Leben verfolgen.

Viele Jahre hatte es gebraucht, bis er den Mut fand, sich für das weibliche Geschlecht zu interessieren. Knapp zwei Jahre war er verlobt gewesen. Er hatte eine liebevolle Frau gefunden, um die er von vielen beneidet wurde. Doch dann lösten sie die Verlobung auf ihren Wunsch wieder auf. Er musste einsehen, dass der Krieg ihn verändert und für eine Ehe untauglich gemacht hatte. Zu oft kamen die bösen Erinnerungen zurück, er merkte selbst, wie seltsam er dann wurde. Das konnte er niemandem an seiner Seite zumuten. Hätte sie nicht um die Beendigung ihrer Verbindung gebeten, hätte er es getan.

Seine frühere Braut war schon lange mit einem anderen Mann verheiratet und inzwischen mehrfache Mutter. Er gönnte ihr das Glück; er hingegen hatte es nicht mehr gefunden.

Ein weiterer Schutzmann traf mit dem Polizeiarzt ein.

Während Doktor Pullman sofort zum Leichnam ging, um diesen in Augenschein zu nehmen, unterhielt sich Voß weiter mit Wachtmeister Kleinschmidt.

Dieser teilte ihm mit, dass es unter den Schaulustigen keine Zeugen der Tat gebe und er keine weiteren Auffälligkeiten am

Tatort gefunden habe.
Als schließlich auch der Polizeiarzt mit dem Abtransport des Toten einverstanden war, freuten sich alle Beteiligten auf ein heißes Getränk im Revier.

*

Fräulein Hubbert, eine vollschlanke Mittvierzigerin, servierte heißen Kaffee. Seit vielen Jahren war sie im Polizeirevier Rheine als Schreibkraft beschäftigt.
Doktor Pullman, Wachtmeister Kleinschmidt und Kriminalsekretär Voß saßen im Büro des Revierleiters, Kriminalbezirkssekretär Lammerskitten, zusammen und diskutierten über den Mord an dem SA-Angehörigen. An der Wand hingen sowohl ein Bild des Reichspräsidenten Hindenburg als auch des Reichskanzlers Hitler.
Allen war die Brisanz der Situation bewusst. Als erste Maßnahme beschloss die Runde die Einbestellung des örtlichen Sturmführers Walbusch in das Mathias-Spital, um den Toten zu identifizieren. Kleinschmidt sollte ihn an seiner Arbeitsstätte aufsuchen und zum Krankenhaus begleiten.
Danach sollte der Polizeiarzt den Leichnam obduzieren.
Eine Mitteilung an den „Rheiner Beobachter", der örtlichen Zeitung, wurde verfasst und mit einem Aufruf versehen, dass sich Zeugen der Geschehnisse bei der Polizei melden sollten.
Lammerskitten hatte mit der übergeordneten Dienststelle in Münster telefoniert und sagte jetzt zu Voß: „Der Kriminalpolizeirat Münster schickt einen erfahrenen Ermittler. Sie möchten bitte zum Bahnhof gehen und Kriminalkommissar Althoff in Empfang nehmen. Der Eilzug aus Münster trifft um 11 Uhr 13 ein. Das ist in etwa einer Viertelstunde. Ich weise Fräulein Hubbert an, telefonisch ein Zimmer im Hotel Hartmann für den Kommissar zu reservieren. Bitte geleiten Sie ihn nach seiner Ankunft dorthin."
„Gut, ich mache mich sofort auf den Weg."
Althoff? Das war ein schweres Kaliber! Vor einigen Jahren hatte es in der Innenstadt und den Außenbezirken Münsters eine Serie von sexuell motivierten Verbrechen an Frauen gegeben. Drei der Opfer waren dabei ermordet worden, eine vierte konnte dem Täter entfliehen. Nach jahrelangen Ermittlungen konnte Kommissar Althoff den Mörder schließlich ermitteln und dingfest machen. Das

hatte ihn über die Stadtgrenzen Münsters hinaus bekannt gemacht.
Mit diesen Gedanken im Kopf überquerte Voß die Hindenburgstraße, die Rheines Stadtkern halbkreisförmig umschloss, und ging auf das neue Bahnhofsgebäude zu.
Dieses war zum sechshundertjährigen Stadtjubiläum vor sieben Jahren fertig gestellt worden und machte das massive alte Empfangsgebäude links neben dem Nachfolgebau, das noch für eine ebenerdige Gleisanlage ausgerichtet war, überflüssig. Es wurde von der Reichsbahn mittlerweile für andere Zwecke genutzt. Durch das Anheben des Schienenniveaus um vier Meter waren die Bahnsteige nun durch einen Personentunnel zu erreichen. Der zunehmende Straßenverkehr durchfuhr die Bahnhofstraße seit dem Umbau durch eine tunnelartige Unterführung direkt neben dem Bahnhof, statt wie zuvor vor allzu lange geschlossenen Schranken warten zu müssen.
Voß ließ Fahrkarten- und Gepäckschalter links liegen und ging durch den Personentunnel zum Treppenaufgang zu Gleis 3, wo der Eilzug aus Münster einfahren sollte. An der Sperre zeigte er seine Marke, die ihn als Kriminalpolizist auswies, und betrat den Bahnsteig.
Aus südlicher Richtung näherte sich eine Rauchwolke. Schon bald war das Stampfen der Dampflokomotive zu hören und der Zug fuhr kurze Zeit später laut bremsend in den Bahnhof ein. Die Türen der dunkelgrünen Waggons öffneten sich und eine große Masse an Menschen glitt an Voß vorbei, der sich unweit der Treppe postiert hatte.
Den Kommissar erkannte er sofort, er hatte sein Bild oft genug in den Zeitungen gesehen.
Er ging auf einen etwa sechzigjährigen Mann in dunkelbraunem Mantel mit dazu passendem Hut und einem kleinen Koffer in der Hand zu und sagte höflich:„Kriminalkommissar Althoff? Ich bin Kriminalsekretär Voß von der hiesigen Polizei. Seien Sie willkommen in Rheine, ich begleite Sie zu Ihrem Hotel und führe Sie anschließend zum Revier."
„Voß? Freut mich sehr, guten Tag."
Sie gaben sich die Hand. Der Kriminalsekretär hatte überrascht registriert, dass der Gast nicht mit „Heil Hitler" gegrüßt hatte.
„Sagen Sie, Voß", sie stiegen die Treppe hinab „waren Sie heute Früh am Tatort?"

„Ja, ich war bis jetzt zuständig."

„Dann erzählen Sie mir auf dem Weg zum Hotel schon mal, was Sie bis jetzt herausgefunden haben."

Auf den wenigen Metern zum Hotel Hartmann in der Bahnhofstraße sprach Voß über die Geschehnisse nach dem Auffinden der Leiche.

„SA sagen Sie? Ich konnte es erst nicht glauben. Dann stimmt es also tatsächlich", sagte Althoff, als sie vor dem Eingang des schmucken Hotels standen.

„Das riecht geradezu nach Ärger. Warten Sie einen Augenblick, ich gebe nur kurz mein Gepäck ab. Mein Zimmer kann ich später beziehen."

Voß holte eine Eckstein aus der Packung, zündete sie sich an und wartete auf der Straße.

Als Althoff nach wenigen Minuten aus dem Hotel trat, sagte er zu Voß: „Ich habe mir sagen lassen, die Wege hier in Rheine seien kurz. Lassen Sie mich zunächst einen Blick auf den Fundort der Leiche werfen, anschließend können wir zum Revier gehen."

„Selbstverständlich", antwortete Voß. Der Kommissar schien es eilig zu haben, sich ein umfassendes Bild über das Geschehen zu machen.

Sie gingen an Post und Rathaus vorbei in die Emsstraße, die hinab zur Nepomukbrücke führte. Von dort war es nicht mehr weit zu der Stelle an der Ems, wo der Ermordete gefunden worden war.

Althoff ließ sich die Stelle zeigen und die Situation nach dem Auffinden genau schildern. „Heute Nachmittag dürfte unser Polizeifotograf die Bilder fertig entwickelt haben. Sie werden anhand der Fotos einen noch genaueren Eindruck von der Situation bekommen", ergänzte Voß.

„Gestern ist die SA doch sicherlich auch in Rheine anlässlich des Jahrestages marschiert, oder etwa nicht?" wollte der Kommissar wissen.

„Ja, natürlich. Laut Zeitung war ein Fackelmarsch der SA zur Kundgebung auf dem Marktplatz geplant. Wir werden das noch genau recherchieren."

„Dann wäre für uns interessant zu wissen, wo, wie und mit wem der Tote den Abend verbracht hat."

„Ich glaube, beim Wo habe ich so eine Ahnung", sagte der Kriminalsekretär nachdenklich.

Sie gingen über die Hindenburgbrücke in Richtung Polizeirevier. Einige Automobile befuhren die Straße, auch ein Pferdekutschwerk war dabei.

Althoff fragte auf einmal: „Sind Sie eigentlich Parteimitglied?"

„Ja", antwortete Voß. „Ich bin in die NSDAP eingetreten, nachdem Hitler Reichskanzler geworden war. Allerdings waren die Gründe bei mir eher pragmatisch. Ich hatte Angst um meine Stellung im Polizeidienst. Nach den ganzen Verhaftungen der Andersdenkenden frage ich mich mittlerweile, ob das die richtige Entscheidung war."

Es war ihm so heraus gerutscht, erst jetzt merkte er, was er da gesagt hatte. Vorsichtig schielte er zu Althoff.

„Mein lieber Voß, ich gebe Ihnen den guten Rat: Seien Sie behutsam mit dem, was Sie sagen. Menschen verschwinden von einem auf den anderen Tag. Passen Sie gut auf sich auf!"

Während Voß aufgrund seiner vorschnellen Worte innerlich mit sich haderte, war der Kommissar mitten auf der Brücke stehen geblieben.

„Unter uns: Ich fürchte, die SA wird versuchen, Einfluss auf die Ermittlungen zu nehmen. Den Mord an einen der Ihren wird man nicht einfach so hinnehmen. Sie werden versuchen, schnell einen Schuldigen zu präsentieren, der in ihr Konzept passt. Diese Leute schlagen erst zu und stellen danach ihre Fragen. Wir müssen bei unseren Ermittlungen höllisch aufpassen. Die Braunen haben Rückendeckung von oben."

Sie setzten ihren Weg fort.

„Auf keinen Fall brauchen wir einen zweiten Märtyrer wie den Wessel. Ich werde versuchen, die SA bei unseren Ermittlungen zu bändigen. Bei aller Bescheidenheit: Ich habe ein gewisses Ansehen und denke, ich kann meinen Einfluss an gewisser Stelle geltend und von meiner Autorität Gebrauch machen. Tun Sie mir aber den Gefallen und legen Sie sich nicht mit den Nazis an, Voß. Wir werden den Mörder schon kriegen – mit unseren Mitteln."

Sie überquerten die Münsterstraße. Auf der linken Seite bildeten auf den Eckgrundstücken die Gelbe und die gegenüberliegende Rote Villa ein elegantes Portal. Auf dem Grundstück ersterer war ein Baugerüst am Mauerwerk aufgebaut und Baumaterialien in der Gartenanlage zu sehen; offenbar wurde das Dach derzeit neu eingedeckt. Voß zeigte jedoch in die entgegengesetzte Richtung

und erklärte: „Die Münsterstraße mündet auf dem Marktplatz, wo gestern Abend die Kundgebung zum Jahrestag der Machtübernahme der Nationalsozialisten stattfand. Sehen Sie den „Emskrug" dort vorne?" Er zeigte auf ein Gebäude. „Das ist das Stammlokal der SA. Vermutlich waren sie auch gestern nach der Veranstaltung dort. Wir sollten uns erkundigen."
„Hoffentlich gibt es im „Emskrug" ein vernünftiges Mittagsgericht. Allmählich knurrt mir der Magen."
„Dann schlage ich vor, wir gehen kurz ins Revier und begeben uns dann zu Tisch."
Sie betraten die Polizeidienststelle und wurden gleich von Fräulein Hubbert in das Büro des Bezirkssekretärs gebeten.
Nach der Begrüßung des Kommissars brachte dieser die beiden auf den neuesten Stand: „Ich erhielt einen sehr unangenehmen Anruf von Kreisleiter Lewecke. Er besteht auf die Mitwirkung der SA bei den Ermittlungen. Sturmführer Alois Walbusch wird sie unterstützen. Ich mag solche Aktionen überhaupt nicht und habe protestiert, aber in diesem Fall sind mir die Hände gebunden."
„Das kann ja heiter werden", murmelte Voß vor sich hin und erntete dafür einen warnenden Blick von Althoff.
„Nun, das war angesichts des Opfers zu erwarten", meinte der Kommissar. „Ich hoffe nur, dass die Sturmabteilung auch an der Überführung des wirklichen Mörders interessiert ist und nicht nur aus politischen Gründen irgendeinen Übeltäter zu präsentieren versucht."
„Mir gefällt das auch nicht, aber immerhin konnte der Sturmführer den Toten identifizieren. Kollege Kleinschmidt hat sich telefonisch aus dem Mathias-Spital gemeldet. Walbusch hat den Mann als ...", er schaute auf einen Zettel, „... Heinrich Plagemann erkannt. 41 Jahre alt, nicht verheiratet und wohnhaft in der Surenburgstraße in der Nähe des Hemelter Bachs."
Beide Kriminalisten hatten mitgeschrieben.
„Walbusch bittet darum, dass Sie im Revier auf ihn warten."
Althoff antwortete: „Wir werden gleich zum „Emskrug" hinübergehen und dort zu Mittag essen, anschließend werden wir das Personal zum gestrigen Abend befragen. Bitte richten Sie ihm aus, er möchte einfach dorthin nachkommen, den Weg kennt er ja."

*

Das Mittagsgeschäft war schon fast gelaufen, nur noch wenige Gäste saßen im „Emskrug". Althoff und Voß nahmen an einem freien Tisch Platz.

Nach einigen Minuten kam der Wirt zu ihnen, um ihre Bestellung aufzunehmen. Althoff zeigte seine Polizeimarke und stellte zunächst sich, dann seinen Begleiter vor: „Ich bin Kriminalkommissar Althoff und das ist mein Kollege, Kriminalsekretär Voß. Wir ermitteln in einem Mordfall und haben ein paar Fragen an Sie. Doch zunächst: Wir möchten gerne zu Mittag speisen."

„Nun, es gibt heute Schweinebraten, Kartoffeln und Möhren", stammelte Alfons Hergemöller sichtlich nervös. „Was ist denn passiert?"

„Das hört sich doch gut an! Wir nehmen zweimal das Tagesgericht, dazu zwei Bier." Althoff schaute kurz zu seinem Kollegen. „Voß, Sie sind natürlich eingeladen".

Er wandte sich wieder dem Wirt zu: „Bitte geben Sie in der Küche Bescheid und dann nehmen Sie sich ein paar Minuten Zeit und setzen sich zu uns."

Während der Angesprochene sich beeilte, die Bestellung in die Küche zu geben, sagte Althoff leise: „Ich möchte gerne vorab ein paar Worte mit dem Hausherrn sprechen, ohne Beeinflussung oder gar Einschüchterung durch einen Vertreter der SA. Ich glaube, so erfahren wir glaubhafter, wie der gestrige Abend hier ablief."

Nachdem Hergemöller zurück war, begann der Kommissar: „Sind Sie der Besitzer des „Emskrugs"? Haben Sie gestern Abend auch gearbeitet?"

„Ja, mir gehört die Wirtschaft. Mein Name ist Alfons Hergemöller. Ich stehe jeden Tag hinter der Theke, also auch gestern."

„Wir haben heute Früh das SA-Mitglied Heinrich Plagemann aus der Ems gefischt. Es gibt keinen Zweifel, er wurde ermordet. Kennen Sie ihn und war er gestern Abend hier?"

„Der Heinrich war das? Oh Gott!"

Der Wirt war sichtlich geschockt.

„Sie haben von dem Todesfall gehört?"

„Den ganzen Morgen schon gehen die wildesten Gerüchte durch die Stadt. Ja, den Heinrich kannte ich, der war hier Stammgast. Der kam nicht nur zu den Kameradschaftsabenden, sondern auch an anderen Tagen. Und gestern war er auch hier, das heißt, der war

sogar zweimal hier. Vor und nach dem Fackelmarsch. Aber irgendwie war der gestern komisch …"
„Was genau meinen Sie mit komisch?"
„Zuerst kam er freudestrahlend herein. Hatte wohl einen Juden vermöbelt, ich glaube, den Silberstein von gegenüber. Das war bei seinem ersten Besuch. Dann kam die SA später nach der Feierstunde auf dem Marktplatz geschlossen hierher zurück, und Heinrich legte sich mit einigen Kameraden seiner Truppe an."
„Er hatte Streit mit jemandem? Kam es zu Handgreiflichkeiten?"
„Mit dem hat sich niemand geschlagen, das hat sich keiner getraut. Mit einem solchen Muskelprotz käme das einem Selbstmord gleich."
Voß hatte Block und Bleistift aus der Manteltasche gezogen und schrieb fleißig mit. Während er seine Packung Eckstein aus der Tasche zog, fragte er: „Mit wem hat er sich denn gestritten? Und was waren die Gründe?" Er zündete sich eine Zigarette an.
„Da war zuerst dieser Schmalstieg. Ewald Schmalstieg. Der stellt schon länger der Johanna nach. Dabei könnte er ihr Vater sein. Er macht sich einfach nur lächerlich, wahrscheinlich läuft bei ihm Zuhause mit seiner Frau nichts mehr. Den hat der Heinrich dermaßen zur Sau gemacht, dass er zur Tür raus ist."
„Johanna? Wer ist das?", wollte Althoff wissen.
„Sie ist die Tochter eines Freundes. Hat ein wenig Pech gehabt, na ja, ich wollte meinem Kumpel einen Gefallen tun und habe sie als Bedienung eingestellt. Ist aber eigentlich nicht gut für sie, sie macht die Gäste mit ihrem Aussehen ganz schön verrückt. Sie können sich vielleicht vorstellen, was diese wilden Burschen sich nach zwanzig Bierchen so alles ausmalen … sie muss sich von diesen Kerlen so einiges anhören, dabei ist sie absolut nicht auf ein Abenteuer aus. Sie ist eher die ruhige Person und wartet noch auf den Richtigen …"
„Wir werden noch mit ihr sprechen. Bitte schreiben Sie uns ihre Adresse auf. Was ist gestern noch passiert?"
„Kurz danach fing der Erwin Jansen an. Hatte sich auch in Johanna verguckt und machte eindeutige Bemerkungen. Da ist der Heinrich völlig ausgerastet und hat den Erwin vor versammelter Mannschaft niedergemacht. Mit dem Jansen muss vor Jahren mal was gewesen sein. Seine Verlobte hat sich wohl vor einen Zug geworfen. Das hat ihm Heinrich gestern aufs Brot geschmiert. Erwin ist dann auch

mit eingezogenem Schwanz raus."

„Wo hat Plagemann denn gesessen?"

„Die haben alle drei an dem Tisch rechts neben der Tür gesessen. Der Paul Kemper und Felix Baumann waren auch noch dabei."

„Ist Ihnen außerdem noch etwas aufgefallen? Ist sonst noch etwas Besonderes geschehen?"

„Nein, das war es. Reicht ja auch … das heißt: Etwas war noch seltsam."

„Seltsam? Was meinen Sie damit?"

„Na, als er raus ging. Er war wohl draußen im Hof auf der Toilette gewesen. Als er zurück kam, ging er schnurstracks auf die Außentür zu und murmelte etwas vor sich hin. Der war auf einmal völlig durch den Wind. Ich fragte ihn noch, ob mit ihm alles in Ordnung sei, aber er ging einfach hinaus, ohne noch etwas zu sagen. Der Heinrich trinkt normalerweise alle anderen unter den Tisch, aber gestern hatte er wohl mächtig einen im Schuh."

Die beiden Polizisten tauschten einen Blick, bevor Althoff fortfuhr: „Also Schmalstieg und …", er schaute kurz in die Notizen seines Kollegen „Jansen hatten das Lokal vor ihm verlassen. Die anderen beiden, Kemper und Baumann waren noch hier, als Plagemann ging?"

„Ja, die sind kurz nach ihm verschwunden. Wir haben dann auch bald Feierabend gemacht und ich habe die Johanna nach Hause geschickt."

„Wie spät war es denn, als Plagemann sich auf den Heimweg machte?"

„Das muss gegen 23 Uhr gewesen sein. Genauer kann ich es nicht sagen, ich habe nicht auf die Uhr geschaut."

„Wie lange waren Jansen und Schmalstieg da schon weg?"

„Lange, bestimmt eine Stunde, eher noch länger."

„Und die anderen beiden? Wie lange dauerte es noch, bis sich Kemper und Baumann verabschiedeten?"

„Die sind kurz nach ihm gegangen. Vielleicht fünf Minuten später. Kemper musste Baumann stützen, der Baumann hatte ebenfalls mächtig Schlagseite. Der verträgt nicht viel. Sie können die ganze Truppe übrigens morgen Abend beim Kameradschaftsabend sehen. Die sind ab 19 Uhr hier."

Aus der Küche wurde nach Hergemöller gerufen.

„Ich glaube, Ihr Essen ist fertig."

Als die beiden aßen, unterhielten sie sich leise über das Gehörte.
„Plagemann hat sich gestern Abend keine Freunde gemacht", begann Voß. „Aber bringt man ihn deshalb um?"
Althoff antwortete: „Wir werden viele Fragen stellen müssen. Vielleicht steckt mehr dahinter, als wir im Augenblick ahnen. Auf jeden Fall werden wir einigen Leuten der SA auf den Zahn fühlen müssen."
„Ich bin gespannt, was Schmalstieg und Jansen zu sagen haben. Beide müssen sehr wütend auf Plagemann gewesen sein. Außerdem müssen wir die alten Akten hervor holen. Diese Geschichte mit dem Selbstmord der Braut vom Jansen interessiert mich."
„Sehr richtig. Vergessen Sie auch den Juden nicht, diesen Silberstein. Ich kann mir beim besten Willen nicht vorstellen, dass er es riskieren würde, sich mit einem SA-Mann anzulegen oder ihn gar zu ermorden. Er weiß sicherlich nur zu genau, was ihm in diesem Fall blühen würde. Aber wir werden auch ihn zu der Auseinandersetzung mit Plagemann gestern vor dem Treffen der SA befragen. Ich habe sein Geschäft beim Hereingehen gleich auf der anderen Straßenseite gesehen."
„Ja genau, das Textilhaus Silberstein hatte in Rheine immer einen hervorragenden Ruf. Wer seine Kleidung bei Silberstein anfertigen ließ, galt in der Stadt als was."
Voß nahm einen Schluck Bier.
„Vor einigen Jahren riefen die Nationalsozialisten zu den ersten Boykottmaßnahmen auf. Seitdem wird der Laden vom Großteil der nichtjüdischen Kundschaft gemieden."
Als die Teller fast geleert waren, öffnete sich die Tür und ein Mann von knapp fünfzig Jahren betrat das Wirtshaus. Seine Uniform wies in als Mitglied der SA aus. Er sah sich um, sah die beiden Kriminalbeamten und kam näher.
„Heil Hitler, Sie müssen die beiden Beamten sein, die im Mordfall an dem Kameraden Plagemann ermitteln. Mein Name ist Alois Walbusch, ich bin Sturmführer der SA und von Kreisleiter Lewecke damit beauftragt worden, bei der Morduntersuchung mit Ihnen zusammenzuarbeiten."
Althoff und Voß sahen sich flüchtig an. Ersterer ergriff das Wort: „Heil Hitler, dann setzen Sie sich bitte zu uns. Mein Name ist Althoff, Kriminalkommissar aus Münster und das hier", er wies

auf seinen Kollegen, „ist Kriminalsekretär Voß vom hiesigen Polizeirevier. Soweit ich informiert bin, haben Sie das Opfer identifiziert?"

Beide aßen rasch zu Ende und schoben die leeren Teller von sich, während der Neuankömmling antwortete: „Richtig, ich wurde ins Mathias-Spital beordert und habe den Heinrich sofort erkannt. Das war natürlich ein großer Schock für mich. Gestern haben wir noch gemeinsam das neue Zeitalter des Nationalsozialismus gefeiert und am nächsten Tag findet man den Heinrich ermordet in der Ems. Das ist einfach nicht zu glauben."

„Wie lange kannten Sie das Opfer?"

„Lassen Sie mich überlegen. Ich glaube, der Heinrich ist seit Frühjahr 1931 in der Truppe. Er hat es immerhin bis zum Rottenführer gebracht."

„Und wie war er so? Ich meine als Mensch?"

„Er war schwer in Ordnung. Klar, er konnte schon mal aufbrausend sein, wenn man ihn provozierte, aber ich konnte mich stets auf ihn verlassen. Er machte immer alles zum Wohle des Sturms."

„Wir haben mit dem Wirt schon kurz über den gestrigen Abend gesprochen. Sie waren doch auch dabei?"

„Ja natürlich. Ein Jahr lenkt der Führer jetzt die Geschicke unseres Landes und eine Menge Dinge im Reich haben sich in dieser Zeit zum Positiven gewandelt. Die Feiern zu diesem Anlass konnte ich mir ja schlecht entgehen lassen. Die Sturmabteilung hat sich mit einem Fackelzug in das Programm eingebracht."

„Wir haben gehört, dass die Stimmung hier gestern Abend nicht ganz so euphorisch war. Es gab einige verbale Auseinandersetzungen und Plagemann war der Mittelpunkt dieses Streites."

„Das waren harmlose Meinungsverschiedenheiten unter Kameraden. Alle hatten wohl etwas zu viel getrunken."

„Wann haben Sie persönlich denn das Lokal verlassen?"

„Ich? Nun ja, nachdem die Differenzen ausgeräumt waren, bin ich nach Hause gegangen. Also um etwa 22 Uhr."

Voß brachte sich in das Gespräch ein: „So harmlos, wie Sie sagen, war es aber wohl nicht. Wie wir gehört haben, waren sowohl Schmalstieg als auch Jansen sehr verärgert über Plagemann, als sie das Lokal verließen. Er hatte beide doch regelrecht zusammen gestaucht, oder etwa nicht?"

„So schlimm war das nicht. Das waren ganz normale Männergespräche unter Alkoholeinfluss. Ich hoffe, Sie machen nicht den Fehler und suchen den Täter in unserer Organisation. Ein Mord innerhalb der Sturmabteilung ist undenkbar. Bei uns steht einer für den anderen ein. Meinungsverschiedenheiten? Ja, wo gibt es die nicht? Aber Ihren Mörder müssen Sie schon woanders finden."

Voß schaute vorsichtig zu Althoff hinüber, der das Gleiche zu denken schien wie er. Sowohl die Partei als auch die SA wollten ihre eigene Hütte sauber halten und würden sich notfalls wohl tatsächlich auch mit einem Unschuldigen als Täter zufrieden geben, wie sie schon befürchtet hatten. Das würde mit ihnen allerdings nicht zu machen sein; Reibereien zwischen Kriminalpolizei und Sturmabteilung waren damit vorprogrammiert. Die nächste Bemerkung des Sturmführers ging in ebendiese Richtung: „Wir sollten uns zunächst einmal mit diesem Juden Silberstein unterhalten. Dem hat der Heinrich mit zwei weiteren Kameraden gestern klargemacht, was er und seine Familie sind: Dreckige Schmarotzer, die mit ihrer Raffgier jahrhundertelang ehrlich arbeitende Deutsche um ihr Geld gebracht haben. Der hatte allen Grund, einen Hass auf Heinrich zu haben und dürfte damit auf der Liste der Verdächtigen ganz oben stehen. Aber das wird ihm noch leid tun, unter diesem Pack werden wir noch aufräumen, da können Sie sich sicher sein! "

„Wir werden selbstverständlich auch mit ihm sprechen", beeilte sich Althoff zu versichern. „Aber eines steht fest: Am Ende unserer Ermittlungen werden wir den Schuldigen präsentieren und nicht jemanden, der ihnen oder der Partei genehm wäre. Ich bin Kriminalpolizist, ich kann und werde einen Mord nicht dem wahren Täter durchgehen lassen, weil das, wem auch immer, nicht in den Kram passt und stattdessen einen Unschuldigen verhaften. Falls der Mörder also Angehöriger der Sturmabteilung sein sollte, werde ich keine Rücksicht darauf nehmen und ihn verhaften! Nur, damit das klar ist."

Für einige Momente herrschte eisiges Schweigen.

„Ist Ihnen denn gestern Abend irgendetwas aufgefallen?" Voß versuchte, das Gespräch wieder in Gang zu bringen. „Wie war das mit dem Streit zwischen Plagemann und den beiden anderen genau?"

„Wie gesagt, das war harmlos", antwortete Walbusch etwas kleinlauter. „Es ging um die Kellnerin, Johanna heißt die. Ein steiler Zahn, wenn sie mir diese Bemerkung gestatten. Sowohl Schmalstieg als auch Jansen haben wohl ein Auge auf sie geworfen und machten ein paar dumme Sprüche, wie das nach ein paar Bierchen eben so ist. Dabei hat Heinrich einen Neffen, der sich ebenfalls für die Johanna interessiert. Deshalb hat er gestern mal mit der Faust auf den Tisch gehauen und den beiden klar gemacht, dass sie sich zurückhalten sollen. Das war alles."
„Also gut", meinte Voß, „wir werden auf jeden Fall mit beiden sprechen müssen. Sorgen Sie dafür, dass Schmalstieg und Jansen morgen früh ins Revier kommen. Sagen wir um elf Uhr."
„Einverstanden, ich werde dafür sorgen, dass beide pünktlich erscheinen werden. Sie werden sehen, Ihr Verdacht wird sich als völlig unbegründet erweisen."
„Dann schlage ich vor, wir trinken noch ein Bier und befragen dann diesen Silberstein."

*

Als sie vor die Tür traten, hatte es zu schneien begonnen. Ein kalter Wind zog durch die Münsterstraße. Glücklicherweise hatten sie ja nicht weit zu laufen, das Textilhaus Silberstein lag nur wenige Meter weiter auf der gegenüberliegenden Seite.
An einem der beiden Schaufenster waren noch Farbreste zu erkennen. Jemand hatte einen gelben Davidstern auf das Glas gemalt. Man hatte zwar versucht, die Farbe abzuwischen, aber dennoch waren die Umrisse noch gut zu erkennen. Die Schmierereien daneben waren hingegen nicht mehr zu entziffern.
Althoff ermahnte den Sturmführer vor der Tür: „Ihnen ist hoffentlich klar, wie argwöhnisch man Sie empfangen wird. Wenn wir in diesem Haus überhaupt etwas erfahren wollen, bedarf es äußerster Sensibilität. Ich darf Sie also dringend bitten, die Gesprächsführung uns zu überlassen."
„Sie wollen mir den Mund verbieten?", fragte Walbusch. „Das kann nicht Ihr Ernst sein!"
„Ich bitte Sie lediglich um Zurückhaltung. Wenn Sie wirklich wollen, dass wir ehrliche Antworten bekommen, sollten Sie es uns überlassen, die Fragen zu stellen, sonst können wir uns diesen

Besuch auch gleich schenken. Können wir uns auf Sie verlassen?"
„Auch ich hätte diesem Juden einiges zu sagen. Lassen Sie mich zehn Minuten mit ihm alleine, und wir haben unseren Mörder."
„Sehen Sie, das meinte ich. Wollen Sie wirklich den Mörder Ihres Kameraden überführen? Oder missbrauchen Sie diese Ermittlung für Ihre Ziele? Halten Sie sich zurück, wenn Sie Ihrem toten Freund einen letzten Dienst erweisen wollen. Also noch einmal, können wir uns auf Sie verlassen?"
Walbusch dachte einen Augenblick nach und versprach dann widerstrebend: „Also gut, ich werde versuchen, mich ruhig zu verhalten."
Voß wollte die Geschäftstür öffnen, die allerdings verriegelt war. Er klopfte daraufhin an. Nach einer Weile wurde die Gardine an der Tür von einer älteren Frau vorsichtig zurückgeschoben. Die drei Männer wurden neugierig gemustert, doch als ihr Blick auf den SA-Mann fiel, schob sie den Vorhang schnell wieder in seine Position. Voß klopfte nochmals an und hielt jetzt seine Polizeimarke in Kopfhöhe vor das Glas. Die Gardine bewegte sich erneut zur Seite und jetzt wurde der Schlüssel im Schloss gedreht. Die Tür öffnete sich langsam, die Frau trat langsam heraus und sagte mit zorniger Stimme: „Habt ihr noch nicht genug? Reicht es euch noch nicht, Herrn Silberstein auszurauben und halbtot zu schlagen?"
Althoff antwortete ruhig: „Mein Name ist Althoff und das ist mein Kollege Voß. Wir sind von der Kriminalpolizei. Herr Walbusch wurde uns von der SA zugeteilt. Wir ermitteln in einem Mordfall und müssen dringend mit Herrn Silberstein sprechen, um einen Sachverhalt aufzuklären."
„Herr Silberstein ist gesundheitlich außerstande, Ihre Fragen zu beantworten." Sie schaute Walbusch feindselig an. „Sie werden ja wohl wissen, warum."
Der Angesprochene wollte gerade zu einer wütenden Antwort ansetzen, als Althoff schnell weitersprach: „Wir möchten von Herrn Silberstein erfahren, was gestern am frühen Abend passiert ist. Bitte bringen Sie uns zu ihm. Ich denke, es ist in seinem Interesse."
Wenig überzeugt machte sie Platz. „Es bleibt mir ja wohl nichts anderes übrig. Kommen Sie ins Geschäft, aber warten Sie hier. Ich sage oben Bescheid."

Sie ging in den hinteren Teil des Hauses, von wo kurz darauf Schritte auf einer Holztreppe zu hören waren.

Die drei sahen sich um. Nur wenige Kleidungsstücke waren in den Auslagen zu sehen.

„Tja, läuft nicht mehr so, das Geschäft, seit Deutsche bei Deutschen kaufen", höhnte der Sturmführer.

„Seien Sie still und halten Sie sich an unsere Abmachung", zischte ihm Althoff zu.

Von oben kamen Schritte die Treppe hinunter. Eine hübsche Mittdreißigerin mit langem schwarzen Haar betrat die Verkaufsfläche. Sie machte ein ernstes Gesicht und hatte verweinte rote Ränder unter ihren Augen.

„Mein Name ist Gerda Silberstein. Agnes sagte mir, Sie möchten meinen Mann sprechen. Worum geht es dabei?"

„Das würden wir gerne mit ihm persönlich besprechen. Ist er dazu in der Lage?", fragte der Kommissar.

„Ich denke, Sie wissen was ihm widerfahren ist", antwortete sie mit kühler Stimme. „Er ist schwer verletzt worden, ich muss Sie deshalb bitten, das Haus wieder zu verlassen. Er hat ein völlig zerschundenes Gesicht und zwei gebrochene Rippen." Mit Blick auf Walbusch schob sie bissig nach: „Ich hoffe, das stellt Sie zufrieden."

„Frau Silberstein, es hat einen Mord gegeben. Es ist auch für Ihren Mann sehr wichtig, dass wir mit ihm sprechen. Ich möchte Ihnen eine Aufzählung dessen, was in unserer Macht steht, um mit ihm reden zu können, ersparen. Also lassen Sie uns bitte zu ihm."

„Ich weiß, ich kann Sie nicht daran hindern, meinen Mann zu befragen. Aber wenn Sie noch einen Rest von Menschlichkeit haben, ersparen Sie meinem Gatten den Anblick einer Uniform, deren Träger ihm schlimmste Dinge angetan haben."

Sie schaute Althoff dabei fest in die Augen. Dieser blickte sich zum SA-Mann um und bemerkte, dass dieser keine Anstalten machte, sich zu entfernen, sondern kampfeslustig zu einer Erwiderung ansetzen wollte. Schnell sprach er seinen Kollegen an: „Ich glaube, Voß, Sie wollten mit dem Sturmführer die Tatortfotos auf dem Revier durchgehen. Die müssten doch inzwischen fertig entwickelt sein?"

Voß schaltete sofort: „Aber natürlich. Kommen Sie, Walbusch. Der Kommissar hat Recht, die Bilder müssen ausgewertet werden.

Außerdem wird Doktor Pullman den Autopsiebericht erstellt haben. Es gibt für uns einiges zu tun!"
Der Angesprochene hatte schon protestierend den Mund geöffnet, doch ehe er zu einer Schimpftirade ansetzen konnte, hatte Voß ihn schon am Arm gepackt und dezent zum Ausgang geführt.
Erleichtert atmete Gerda Silberstein auf, als sich die Tür hinter ihnen geschlossen hatte. Um das Eis zwischen ihnen zu brechen, wollte der Kommissar bedächtig beginnen: „Frau Silberstein, mir ist bewusst, dass es schwierige Zeiten für Ihre Familie sind, aber die sind irgendwann auch wieder …"
„Schwierige Zeiten, sagen Sie?" Wütend fiel sie ihm ins Wort. „Unsere Schaufenster werden mit diffamierenden Sprüchen übelster Art beschmiert und das Geschäft boykottiert. Die Kinder mussten wir von der jüdischen Schule nehmen, weil sie nicht mehr betrieben werden durfte, nur damit sie nun in der Volksschule von den anderen Kindern und sogar Lehrern beleidigt werden können. Uns wird systematisch die wirtschaftliche Grundlage für unser Leben entzogen und, als Höhepunkt des Ganzen, wird mein Ehemann mitten in der Innenstadt von der SA zusammengeschlagen, beraubt und wie ein Stück Vieh auf der Straße liegen gelassen. Das Allerschlimmste dabei ist: Es ist den Menschen egal, alle schauen weg. Meinen Sie das mit ‚schwierigen Zeiten'?
Wir sind genauso in diesem Land aufgewachsen wie alle anderen. Auch wir haben jahrhundertelang geholfen, dieses Land aufzubauen und im Weltkrieg für unsere Nation gekämpft. Seit Monaten sind wir schon dem braunen Terror ausgeliefert und ich frage Sie, warum werden wir wie Aussätzige behandelt? Die Antwort ist so banal wie paradox: Weil wir einen anderen Glauben haben, weil wir Juden sind!"
Sie war immer lauter geworden, doch jetzt kamen ihr vor Erschöpfung die Tränen. Sie schluchzte plötzlich und verbarg ihr Gesicht in den Händen. Mit weinerlicher Stimme flüsterte sie: „Es tut mir leid, aber ich verstehe das alles einfach nicht. Wir haben doch niemandem etwas getan. Es wird von Tag zu Tag schlimmer, ich kann einfach nicht mehr."
Althoff schluckte. Er konnte sie nur allzu gut verstehen. Plötzlich fühlte er sich unwohl in seiner Haut und hatte ein schlechtes Gewissen.

Zwar hatte er die NSDAP nie gewählt, aber hatte er irgendetwas gegen den braunen Mob in den Straßen und den von der Politik geduldeten Verbrechen an Andersdenkenden oder Angehörigen des jüdischen Glaubens getan? Hatte er gegen die von den Nationalsozialisten veranlasste massive Abschaffung von Grundrechten protestiert?

Vorsichtig sagte er: „Frau Silberstein, bitte beruhigen Sie sich. Ich schließe jetzt die Außentür ab und dann führen Sie mich zu Ihrem Mann. Sind Sie damit einverstanden?"

Sie nickte zustimmend und sagte leise: „Kommen Sie!"

Nachdem er den Schlüssel in der Eingangstür umgedreht hatte, führte sie ihn in zum Treppenhaus. Oben angekommen öffnete sie die Wohnungstür und sie traten in einen kleinen Flur. Sie hatte sich inzwischen wieder gefangen.

„Bitte legen Sie ab."

Sie nahm Mantel, Schal und Hut entgegen und wies auf eine Tür.

„Bitte treten Sie ein, aber erschrecken Sie nicht über das Aussehen meines Mannes."

Sie kamen in ein geräumiges Wohnzimmer. Auf einem flachen Schrank sah er einen siebenarmigen Leuchter mit Kerzen, die Menora. An der Wand darüber hing eine bronzene Kette mit dem Davidstern als Anhänger. Ansonsten unterschied sich die Räumlichkeit nicht von den Wohnzimmern anderer Haushalte.

Auf der rechten Seite stand ein Sofa, auf dem jemand unter einer Decke lag. Daneben waren einige Stühle um einen halbrunden Tisch angeordnet. Zwei der Stühle waren besetzt; von dort schauten ihn vier Kinderaugen ängstlich an.

„Unsere Kinder Hans und Gisela und das ist mein Mann Bernhard", stellte Frau Silberstein vor.

Auf dem Sofa wurde die Decke vorsichtig zurückgeschlagen. Ein Mann erhob sich mühevoll, dessen Gesicht stark geschwollen und von gelblich-bläulicher Farbe war. Unter dem rechten Auge war ein Pflaster angebracht.

„Schatz, das ist Herr ...?"

„Althoff, Kriminalkommissar Althoff", beeilte sich der Ermittler zu sagen. „Guten Tag, Herr Silberstein, mir ist bewusst, dass mein Besuch zu einem sehr unglücklichen Zeitpunkt kommt. Ich werde mich angesichts Ihres Zustandes versuchen, kurz zu fassen. Aber ich möchte Ihnen im Zusammenhang mit einer Untersuchung einige Fragen stellen."

Mit Blick auf die Kinder ergänzte er: „Vielleicht können wir alleine sprechen."

„Ja, natürlich. Hans, Gisela, bitte geht in euer Zimmer. Wir haben mit dem Herrn Althoff etwas zu besprechen", ordnete Frau Silberstein an.

Die beiden erhoben sich sofort und verließen ohne jede Widerrede den Raum.

„Ihre Kinder sind sehr gut erzogen", bemerkte Althoff. Dann wandte er sich dem inzwischen sitzenden Hausherren zu.

„Herr Silberstein, ich habe gehört, was Ihnen gestern passiert ist und glauben Sie mir, es tut mir sehr leid. Dennoch muss ich Ihnen einige Fragen im Zusammenhang mit einer Mordermittlung stellen."

Gerda Silberstein hatte Althoff einen Stuhl angeboten und selber auf einem der Stühle Platz genommen. Jetzt hörte sie dem Gespräch aufmerksam zu.

„Das Opfer ist der Mann, der Ihnen das angetan hat: Heinrich Plagemann. Haben Sie von dem Mord gehört?"

Zum ersten Mal war Bernhard Silbersteins krächzende Stimme zu hören. Der Kommissar merkte, wie schwer ihm das Sprechen fiel.

„Nein, bislang nicht. Ich hoffe, Sie erwarten jetzt kein Mitleid von mir."

Die Frau, die ihnen die Tür geöffnet hatte, erschien mit einem Tablett und verteilte Teegeschirr auf dem Tisch. Während sie eingoss, erklärte Frau Silberstein: „Das ist Agnes Gillhaus, eine unserer Näherinnen. Wir hatten früher drei Angestellte, leider mussten wir zwei unserer Mitarbeiterinnen entlassen, als die Aufträge ausblieben. Wenigstens die Agnes konnten wir bei uns behalten. Sie ist uns nicht nur an der Nähmaschine eine große Stütze."

„Es ist eine Schande, wie mit ehrbaren Leuten wie den Silbersteins umgegangen wird", empörte sich die Erwähnte. „Was sind das nur für barbarische Zeiten, in denen wir leben?"

„Danke, Agnes. Bitte lassen Sie uns jetzt mit dem Herrn Kommissar alleine", bat die Hausherrin.

Als diese in die Küche gegangen war, begann Althoff: „Herr Silberstein, fangen wir mit dem Überfall der SA-Leute an. Was genau ist gestern passiert?"

„Mir sitzt der Schreck jetzt noch in den Gliedern. Ich bin noch immer von der Brutalität geschockt, die ich erlebt habe. Gerda und ich", er schaute seine Frau sorgenvoll an „haben die ganze Nacht diskutiert, welche Zukunft wir in diesem Land noch haben. All diese Hetze in der letzten Zeit war schon schlimm für uns, vor allem für Hans und Gisela; aber gestern haben diese Leute eine Grenze überschritten. Wir glauben nach diesem Vorfall, dass wir in Deutschland keine Perspektive mehr haben. Deshalb überlegen wir ernsthaft, unsere Heimat für immer zu verlassen."

Er versuchte, es sich auf seinem Stuhl etwas bequemer zu machen.

„Aber Sie wollten wissen, was sich gestern ereignet hat. Ich war am Nachmittag bei Kunden in Altenrheine. Eine der wenigen Familien, denen es nichts ausmacht, sich auch heute noch festliche Kleidung von einem Juden anfertigen zu lassen", sagte er bedrückt. „Es war später geworden, als ich gedacht hatte. An der Nepomukbrücke lief ich der SA praktisch genau in die Arme. Drei gegen einen – unsere neue Elite besteht aus echten Helden!"

Mit zittrigen Händen nahm er vorsichtig einen Schluck von seinem Tee und fuhr fort: „Ich kannte sie, sie haben in den letzten Monaten oft vor unserem Geschäft gestanden und aufgepasst, dass ja kein Deutscher mehr den Laden betritt. Der Wortführer war ein Hüne, alleine er hätte schon ausgereicht, um mir die Verletzungen zuzufügen. Ist er der Mann, der ermordet wurde?"

„Ja, die Beschreibung passt auf Heinrich Plagemann, den Ermordeten."

„Vermutlich denken Sie jetzt, ich hätte ihn umgebracht. Schauen Sie mich an: Glauben Sie allen Ernstes, ich hätte dieses Muskelpaket in meinem Zustand umbringen können?"

„Wir kommen später noch auf diese Frage zurück. Bitte erzählen Sie erst zu Ende."

„Also gut. Sie umringten mich und verlangten Geld, Wegezoll nannten sie das. Ich musste ihnen meine Geldbörse aushändigen. Darin befand sich der Vorschuss der Große-Schulthoffs für Kleid und Anzug, die sie bei der Hochzeit ihrer Tochter tragen wollen, also eine nicht ganz unbedeutende Summe. Als ich protestierte, bekam ich einige Schläge ins Gesicht und ging zu Boden. Mein Koffer entglitt mir dabei, es folgte ein sehr schmerzhafter Tritt in den Oberkörper, der meine Rippen brechen ließ. Als sie endlich von mir abließen, sammelte ich meine Sachen zusammen und

schleppte mich nach Hause."
Für einen Moment herrschte betretenes Schweigen, nur das Schlagen der Uhr war zu hören.
„Wissen Sie, Herr Kommissar, was das Schlimmste ist? Was viel schwerer wiegt als meine Verletzungen?"
Althoff spürte einen Kloß im Hals und konnte nicht antworten, ahnte er doch, was er gleich hören würde.
„Niemand hat sich für mein Schicksal interessiert. Die Menschen gingen vorüber, als sei nichts geschehen. Sie haben mir nicht einmal geholfen, als die Schläger schon weg waren und ich in meinem Zustand versuchte, wieder auf die Beine zu kommen!"
Silberstein schlug die Hände frustriert vor das Gesicht.
„Mir ist klar, dass Sie mich für verdächtig halten müssen. Aber bitte erkundigen Sie sich bei Doktor Friedmann nach meinen Verletzungen. Meine Frau hat ihn noch gestern Abend angerufen und er ist dankenswerterweise gleich zu uns gekommen, um mich zu behandeln. Wie Sie sich vorstellen können, ist der Doktor Jude; ein arischer Arzt hätte ja wohl kaum meine Wunden versorgt. Sie können ihn gleich unten aus dem Geschäft anrufen, dort haben wir ein Telefon. Er wird Ihnen nicht nur von meinen Verwundungen im Gesicht, sondern auch von den zwei gebrochenen Rippen berichten. Wenn Sie jemals in ihrem Leben auch nur eine geprellte Rippe hatten, werden Sie wissen, wie schmerzhaft eine solche Verletzung ist. Glauben Sie mir, jede Bewegung ist eine Qual. Da geht man nicht mehr aus dem Haus, um seinen Peiniger umzubringen."
Althoff fragte Frau Silberstein: „Nur der Form halber: Sie werden vermutlich bestätigen, dass Ihr Mann das Haus gestern Abend nicht mehr verlassen hat?"
„Ja, selbstverständlich. Ich habe mich nach dem Besuch des Doktors den ganzen Abend um meinen Mann gekümmert und ihm später beim Zubettgehen geholfen. Da war es schon fast zwölf."
„Dann danke ich Ihnen für den Tee. Ich möchte von Ihrem Angebot Gebrauch machen und kurz mit dem Doktor sprechen. Ich gehe davon aus, dass er Ihre Angaben bestätigen wird. Das hieße dann für Sie, ich werde Sie vermutlich nicht mehr belästigen müssen, aber halten Sie sich bitte in den nächsten Tagen dennoch zu unserer Verfügung."
„Keine Angst, ich laufe Ihnen garantiert nicht weg. Mein Geschäft

wird allerdings umständehalber einige Tage geschlossen bleiben müssen."
„Auf Wiedersehen, Herr Silberstein. Ich wünsche Ihnen eine schnelle Genesung. Ach, fast hätte ich es vergessen: Wir haben bei dem Toten eine zweite Geldbörse sichergestellt. Es handelt sich vermutlich dabei um Ihre, wir werden uns diesbezüglich noch mit Ihnen in Verbindung setzen."
Gerda Silberstein begleitete den Kommissar in die unteren Geschäftsräume. Dort ließ sie sich telefonisch mit Doktor Friedmann verbinden. Als die Leitung stand, übergab sie an Althoff, der sich bestätigten ließ, dass der Arzt Silberstein gestern bis etwa halb zehn in dessen Haus behandelt hatte. Seine Diagnose stimmte bezüglich der Verletzungen mit der Aussage seines Patienten überein.
Damit war die Sache für den Kommissar klar: Sie würden ihren Mörder woanders suchen müssen. Er bedankte sich nochmals bei der Hausherrin und verließ das Gebäude.
Es war inzwischen dunkel geworden, als er die Straße betrat. Er machte sich auf den kurzen Weg zum Polizeirevier.

*

Kriminalsekretär Voß und Sturmführer Walbusch waren zur Dienststelle zurückgegangen.
Der SA-Mann hatte Beschimpfungen und Drohungen ausgestoßen, ihm missfiel noch immer sein unfreiwilliger Ausschluss von der Befragung des Juden Silberstein. Seine wüsten Beschimpfungen gegen „die jüdische Rasse" standen den Hasstiraden Hitlers oder seines Propagandaministers Goebbels in nichts nach. Voß bemühte sich während des kurzen Weges erfolglos, den aufgebrachten Sturmführer zu beruhigen.
Im Revier angekommen wurden sie von Fräulein Hubbert in das Büro des Revierleiters gebeten, wo dieser in einem Gespräch mit Doktor Pullman vertieft war.
„Ah, die Kollegen, bitte nehmen Sie Platz", begrüßte sie Lammerskitten. „Der Doktor hat den Leichnam obduziert und wird Sie gleich über das Ergebnis informieren. Der schriftliche Bericht liegt bereits auf Ihrem Schreibtisch, aber Doktor Pullman möchte vorab persönlich mit Ihnen sprechen. Bitte, Doktor."

„Heil Hitler, meine Herren. Ich beginne mit der Todesursache: Der Tote ist ertrunken."
Die Ermittler schauten sich fragend an.
„Herr Doktor, Sie wollen sagen, Plagemann ist nicht am Schlag auf den Kopf gestorben? Mir schien, der wurde mit großer Wucht ausgeführt", wunderte sich Voß.
„Sie haben vollkommen recht. Der Schlag war gewaltig und hat Teile des hinteren Schädels zertrümmert. Aber ich habe Wasser in der Lunge gefunden, das heißt: Das Opfer war betäubt, als der Kopf in das Wasser tauchte und ist erst danach gestorben, indem er ertrank."
„Würde er nicht reflexartig den Kopf aus dem Wasser heben?"
„Der Gedanke ist natürlich naheliegend. Sie müssen sich vorstellen, der Schlag war so heftig, dass er vermutlich sofort bewusstlos war. Selbst wenn er unter Wasser wieder zur Besinnung gekommen wäre, hätte er sich in einem Zustand völliger Orientierungslosigkeit befunden. Wahrscheinlich wäre er eher mit dem ganzen Körper ins Wasser gerutscht, als dass er sich hätte retten können. Doch dazu ist es nicht mehr gekommen. Er ist ertrunken, bevor er wieder zur Besinnung kam."
Walbusch hatte bis jetzt nichts gesagt. Es rumorte wohl immer noch in ihm. Deshalb stellte Voß auch die nächste Frage: „War er zuvor dazu in der Lage, über den Boden zum Steilufer zu kriechen?"
„Sie meinen, er ist von alleine ins Wasser gefallen? Obwohl es nur einen guten Meter bis zum steil abfallenden Gewässerrand war, kann ich das mit hundertprozentiger Sicherheit ausschließen. Nein, das war ihm aufgrund seiner Ohnmacht nicht möglich. Es gab auch keinerlei diesbezügliche Spuren am Tatort. Dafür muss ein anderer verantwortlich sein."
„Das heißt, er wurde hinunter gestoßen."
„Ja, es hat jemand nachgeholfen. Ganz sicher."
„Können Sie sagen, mit welchem Gegenstand der Schlag ausgeführt wurde?"
„Ich habe feinste Holzsplitter in der Wunde gefunden. Sie sollten nach einem stumpfen, hölzernen Gegenstand suchen."
„Können Sie etwas zum Todeszeitpunkt sagen?"
„Der Tote war völlig ausgekühlt, was natürlich bei dem Wetter auch kein Wunder ist. Aber Sie können davon ausgehen, dass er

schon Stunden tot war, bevor er gefunden wurde."
„Noch eine letzte Frage: Wie viel wog der Tote?"
„Er wog zweihundertvierundsechzig Pfund bei einem Meter sechsundneunzig Körpergröße."
„Also ein ziemlicher Brocken! Vielen Dank, Herr Doktor."
Nachdenklich ging Voß in sein Dienstzimmer, wo er auf seinem Schreibtisch neben dem Bericht des Arztes einen weiteren geschlossenen Umschlag vorfand.

*

Walbusch hatte dem Bericht des Doktors kaum zugehört. Das zuvor Geschehene bei dem tatverdächtigen Juden empfand er als Demütigung und brachte ihn noch immer auf. Er war von Angehörigen einer in seinen Augen minderen Rasse praktisch des Hauses verwiesen worden und die beiden Kriminalpolizisten hatten in ihrem Sinne mitgespielt.
Er blieb im Büro Lammerskittens, nachdem Voß sich verabschiedet hatte und beschwerte sich dort lautstark über das Verhalten der beiden Beamten.
„Herr Kriminalbezirkssekretär, ich verbitte mir, von einem Verhör mit einem tatverdächtigen Juden ausgeschlossen zu werden. Ich protestiere auf das Schärfste gegen diese Maßnahme. Das Verhalten Ihrer Mitarbeiter ist nicht hinnehmbar und wird Konsequenzen haben. Ich werde Bezirksleiter Lewecke über diesen ungeheuerlichen Vorfall informieren."
„Herr Walbusch, ich bin mir sicher, dass meine Mitarbeiter im Zuge ihrer Ermittlungen die richtigen Maßnahmen ergreifen. Mit dem Kollegen Althoff haben wir einen erfahrenen Mordermittler aus Münster als Unterstützung bekommen. Ich bitte Sie um Verständnis für Herrn Althoffs Entscheidung, beim Gespräch mit den Silbersteins auf Ihr Beisein zu verzichten. Glauben Sie mir, er hat über die Polizeikreise hinaus einen hervorragenden Ruf und weiß genau, was er tut. Er wird Sie selbstverständlich über das Ergebnis seiner Befragung in Kenntnis setzen und sich dann mit Ihnen und dem Kollegen Voß beraten, was weiter zu veranlassen ist. Ich bitte Sie darum, seine vielleicht manchmal seltsam anmutenden Methoden zu akzeptieren. Glauben Sie mir, er wird nach dem Gespräch mit der Familie Silberstein wissen, ob diese

Spur weiter zu verfolgen ist oder ob in eine ganz andere Richtung ermittelt werden sollte. Ich bin mir sicher, am Ende wird er den Schuldigen zur Strecke bringen. Und das ist doch schließlich auch Ihr Anliegen, oder nicht?"
Lammerskitten hoffte, sein Gegenüber mit seinen Worten besänftigt zu haben. Die Einmischung der SA war an sich schon lästig genug, eine Eskalation des Kompetenzgerangels wäre für die laufende Ermittlung ein Albtraum. Erleichtert registrierte er bei seinem Gegenüber ein unzufriedenes Schnaufen, was immerhin besser als eine erneute Schimpftirade des Sturmführers war.
Es klopfte an der Tür und Fräulein Hubbert schaute zur Tür hinein.
„Entschuldigen Sie, Herr Bezirkssekretär, Kommissar Althoff ist zurück im Haus."
„Gut, Fräulein Hubbert, bitten Sie ihn zusammen mit Voß in mein Büro. Uns interessiert, was er herausgefunden hat, nicht wahr, Herr Sturmführer?"
Walbusch hatte sich tatsächlich ein wenig beruhigt und murmelte etwas Zustimmendes.
Als die vier schließlich zusammen saßen, ergriff Althoff sofort das Wort: „Das Gespräch mit der Familie Silberstein war sehr aufschlussreich. Um es kurz zu machen: Wir können Herrn Silberstein als Täter ausschließen."
Der SA-Mann sprang empört auf.
„Nein, Herr Walbusch, regen Sie sich nicht unnötig auf, wir wollen es ganz sachlich betrachten: Silberstein kann es wirklich nicht gewesen sein, und das gleich aus mehreren Gründen: Erstens hat er Verletzungen, die es ihm unmöglich machen würden, einen Hünen wie Plagemann niederzuschlagen. Unter anderem hat er zwei gebrochene Rippen, aufgrund dessen er sich nur unter großen Schmerzen bewegen kann. Diese Tatsache wird durch Doktor Friedmann bestätigt."
„Pah, ein Judenarzt, die halten doch zusammen", warf Walbusch ein. „Der würde einem Angehörigen seiner Rasse alles Mögliche bescheinigen!"
„Ich konnte mich vom körperlichen Zustand Silbersteins persönlich überzeugen. Glauben Sie mir, er war nach der Auseinandersetzung mit Plagemann und seinen Leuten nicht mehr dazu in der Lage, sein Haus zu verlassen. Sein Alibi wird zudem durch seine Ehefrau bestätigt."

„Sie glauben diesem Judenpack? Juden lügen, wenn sie den Mund aufmachen!"

„Herr Walbusch, ich bitte Sie. Wir wollen uns doch auf die Fakten konzentrieren", warf Lammerskitten ein.

„Außerdem hatte Plagemann eine äußerst stattliche Figur", argumentierte Althoff weiter. „Doktor Pullman hat ausgeschlossen, wie mir Kollege Voß soeben mitteilte, dass sich das Opfer nach dem Schlag auf den Kopf noch selbstständig bewegen konnte. Das bedeutet, er wurde von mindestens einer anderen Person das Steilufer hinuntergeworfen. Diese Person hätte allerdings schon außergewöhnliche Kräfte haben müssen. Alleine hätte der eher schmächtige Silberstein das, zumal in seinem Zustand, niemals schaffen können. Ich bin mir ganz sicher, angesichts der Statur des Toten haben wir es mit mindestens zwei Tätern zu tun."

Die vier schwiegen einen Moment, bevor der Kommissar sich nochmals an Walbusch wandte: „Ich danke Ihnen jedenfalls für Ihr Verständnis im Hause Silberstein, Herr Sturmführer. Glauben Sie mir, es war besser, dass ich dieses Gespräch alleine führen konnte. So ist zumindest sichergestellt, dass wir nicht einer falsche Fährte folgen, während der wahre Täter frei herumläuft."

Der Angesprochene schaute unentschlossen in die Runde, entspannte sich aber offenbar etwas. „Also gut, wie geht es jetzt weiter?"

Voß schaltete sich ein: „Unser Fotograf hat eine Sonderschicht in der Dunkelkammer eingelegt und uns die Fotografien vom Tatort schon zukommen lassen." Er öffnete den mitgebrachten Umschlag. Auf den Bildern war der Tote aus verschiedenen Blickwinkeln zu sehen. Zunächst lag er so da, wie er von Albert Hartwig, dem Mitarbeiter des Wasserbauamtes, aufgefunden worden war. Dann folgten die Fotos, nachdem er geborgen war. Auch Großaufnahmen, auf dem der zertrümmerte Hinterkopf zu sehen war, waren dabei. Die Fotografien wurden in der Runde herumgereicht, so dass sie von allen betrachtet werden konnten. Nach einiger Zeit sagte Lammerskitten: „Ich gebe Ihnen recht, Herr Kommissar. Der Mörder muss einen Helfer gehabt haben, um das Opfer in die Ems zu bugsieren. Der Mann war zu schwer, um von nur einer Person getragen worden zu sein."

Althoff fragte, ein Foto aufmerksam betrachtend, in die Runde: „Fällt Ihnen sonst noch etwas auf?" Er schaute dabei die anderen

drei fragend an. „Betrachten Sie noch einmal ganz genau die Bilder. Sehen Sie es?"
Auch nach nochmaligem Studium der Fotos blickten sich Lammerskitten, Voß und Walbusch ratlos an.
„Ich sollte besser sagen: Erkennen Sie etwas, das nicht zu sehen ist? Oder noch genauer: Etwas, das scheinbar verschwunden ist?"
Es dauerte einen Augenblick, bis Voß sich mit der Hand vor den Kopf schlug. „Ich Idiot! Natürlich, die Mütze. Wo ist die Mütze des Toten?"
„Sehr gut, Voß", lobte Althoff. „Es fehlt die Mütze. Das Opfer kam von einer offiziellen Veranstaltung der Sturmabteilung. Ihre Organisation, Herr Walbusch, hatte zu einem Fackelzug durch Rheine aufgerufen. Dazu trugen Ihre Mitglieder natürlich ihre Uniformen, zu der auch eine Mütze gehört. Wo kann die geblieben sein?"
„Klar, die ist ins Wasser gefallen, als man Plagemann in die Ems warf. Wir müssen die Ufer absuchen", sagte Voß.
„Es ist schon dunkel und die meisten Kollegen haben bereits Feierabend. Veranlassen Sie das gleich morgen früh, Voß", bestimmte Lammerskitten.
„Ich werde Wachtmeister Kleinschmidt mit einigen Unterwachtmeistern losschicken. Sie werden die Mütze hoffentlich finden, bevor sie in Salzbergen ankommt."
Auf den fragenden Blick des Kriminalkommissars ergänzte er: „Salzbergen ist der nächste Ort emsabwärts. Aber so weit ist die Mütze sicherlich nicht gekommen, die wird vorher an irgendeinem Ufergestrüpp hängen geblieben sein."
Althoff legte die Maßnahmen für den morgigen Tag fest: „Also gut, es ist spät, machen wir für heute Schluss. Morgen treffen wir uns um acht Uhr im Revier. Als Erstes möchte ich dann die Wohnung des Opfers sehen und danach zu erfahren suchen, ob die Kellnerin vom „Emskrug" gestern Abend etwas beobachtet hat. Wenn wir Glück haben, sind wir anschließend im Besitz neuer Erkenntnisse. Können wir für die Fahrten ein Automobil bekommen?"
„Ich werde veranlassen, dass ein Wagen bereit steht", sagte der Revierleiter. „Ich habe übrigens heute mit einem Redakteur der Zeitung gesprochen. In der morgigen Ausgabe des „Rheiner Beobachters" wird ausführlich über die Tat berichtet. Der Bericht

enthält auch einen Aufruf an mögliche Zeugen, sich bei uns zu melden. Hoffentlich bringt es etwas."
„Gut, um elf Uhr kommen dann die beiden Angehörigen der SA auf das Revier, die gestern Streit mit dem Verstorbenen hatten, die hießen … Herr Walbusch?"
„Jansen und Schmalstieg", beeilte sich dieser zu sagen.
„Ich möchte auch die anderen Teilnehmer des gestrigen Abends befragen, insbesondere alle, die mit Plagemann am gleichen Tisch gesessen haben. Diese anderen beiden …"
Walbusch sprang wieder ein: „Baumann und Kemper."
„Genau, ich möchte mit der ganzen Truppe sprechen. Irgendjemand muss doch etwas gesehen haben."
Der SA-Mann sagte: „Wir wollen alle, dass der Mörder unseres Kameraden gefasst wird und am Galgen baumelt. Sie können den gesamten Sturm am besten morgen Abend beim Kameradschaftsabend im Emskrug antreffen. Ich werde dafür sorgen, dass jeder, der etwas beobachtet hat, mit Ihnen spricht."
„Vielen Dank, Herr Sturmführer. Außerdem, Herr Lammerskitten, möchte ich, dass Fräulein Hubbert eine alte Akte heraussucht. Ich möchte wissen, was damals mit der Verlobten von Jansen geschehen ist. Bitte veranlassen Sie auch das."
Der Sturmführer wollte etwas sagen, doch Althoff blieb hartnäckig: „Ich möchte mir ein umfassendes Bild machen. Dazu gehören auch unangenehme Dinge, wie der Selbstmord der Braut eines Zeugen. Wir sehen uns dann alle morgen früh, ich wünsche Ihnen eine gute Nacht."
Voß versprach: „Ich kümmere mich um die Akte. Ich werde gleich morgen früh mit Fräulein Hubbert sprechen."

*

Der Kommissar war danach noch mit Voß in dessen Büro gegangen. Dort fragte er: „Wo kann man denn als Zugereister in dieser Stadt ein gemütliches Bier trinken? Und nennen Sie jetzt bitte nicht den „Emskrug"!"
Voß musste lachen. „Na, ein paar Alternativen haben wir in Rheine schon. Ich würde Ihnen die „Marktschänke" empfehlen, ein nettes Lokal am Marktplatz. Es ist zwar klein, aber sehr gemütlich. Sie können dort auch noch eine Kleinigkeit essen."

„Haben Sie Lust, mich zu begleiten? Alleine schmeckt das Bier nicht so gut und wir könnten noch ein wenig über den Fall sprechen."
Voß war überrascht, aber warum eigentlich nicht? Zuhause wartete schließlich niemand auf ihn.
„Sie nehmen mir den Lapsus mit der Mütze nicht mehr übel?"
„Nun ja, vielleicht kann ich Ihnen als erfahrener, um nicht zu sagen älterer Kollege noch ein paar Dinge beibringen. Zum Beispiel die alte Binsenweisheit: Aus Fehlern lernt man!"
Voß war froh, dass sein Kollege nicht so steif war, wie er erwartet hatte. Er bekam zusehends gute Laune.
„Abgemacht, ich begleite Sie gerne. Allerdings nur unter der Bedingung, dass ich mich für das Mittagessen revanchieren darf."
Sie machten sich auf den Weg zum Marktplatz. Inzwischen waren die engen Gassen der Innenstadt von einer dünnen Schneeschicht überzogen. Nach einigen hundert Metern standen sie vor einem einladenden Wirtshaus, das sie betraten.
Drinnen zogen Rauchschwaden durch die Luft, nach der unangenehmen Kälte draußen empfing sie im Lokal angenehme Wärme. Viele Arbeiter gönnten sich ihr Feierabendbier, bevor sie nach Hause gingen. Im hinteren Bereich gab es noch einen freien Tisch, an den sich die beiden Kriminalbeamten setzten. Nachdem das erste Bier auf dem Tisch stand und die Bestellung des Essens aufgegeben war, begann der Kommissar das Gespräch mit leisen Worten: „Wissen Sie, wie ich mich heute im Haus des zusammengeschlagenen Juden Silberstein gefühlt habe? Ich habe mich zutiefst für meine Mitmenschen geschämt! Da werden diese Leute mit einem Schlag aus der Gesellschaft gedrängt, als hätten sie nie dazu gehört. Sie werden auf offener Straße überfallen und niemanden interessiert es, nur weil sie Juden sind. Was ist nur aus unserer einst so stolzen Nation geworden? Silberstein hätte allen Grund, einen Hass auf diese Schläger zu haben. Aber ermordet hat er seinen Peiniger definitiv nicht, denn dazu war er gesundheitlich nicht in der Lage. Und wissen Sie was? Ich bin sehr froh darüber, dass wir ihn ausschließen können!"
„Die jüdische Bevölkerung Deutschlands hat es wirklich nicht einfach in diesen Zeiten. Ich frage mich, wohin diese Hetze noch führen soll. Will die Regierung diese Menschen denn allesamt aus dem Land jagen?"

„Ich habe die Familie Silberstein kennengelernt. Es sind wirklich ehrbare Leute. Hoffentlich finden sie für sich eine gute Lösung. Die Frage, die ich mir stelle, ist: Wer hatte, abgesehen vom jüdischen Teil der Bevölkerung, eine solche Wut auf Plagemann, dass er ihn umbrachte?"

„Unser Opfer hat sich ja alleine gestern Abend einige Feinde geschaffen. Ein angenehmer Zeitgenosse war er scheinbar nicht. Vermutlich gab es in seinem Leben den einen oder anderen Gegner, von dem wir noch nichts wissen. Wir sollten sein ganzes Umfeld durchleuchten."

„Das werden wir tun. Sagen sie Voß, hatten Sie schon einmal mit einem Mord zu tun?"

„Ich bekomme die fehlende Uniformmütze also doch noch vorgehalten", sagte dieser lächelnd. „Aber Sie haben ja recht, ich habe normalerweise mit gestohlenen Fahrrädern, Schlägereien oder Wohnungseinbrüchen zu tun. Rheine ist nun mal nicht Berlin, meistens ist es hier friedlich. Ich kann also wirklich noch einiges von Ihnen lernen."

„Das sollte kein Vorwurf sein", auch Althoff lächelte jetzt. „Es ist keineswegs so, dass ich als erfahrener Ermittler geboren wurde. Ich musste, wie jeder andere, die ungeliebte Polizeiausbildung durchlaufen. Ich hatte den Ehrgeiz, weiterzukommen. Erst kurz vor dem Weltkrieg hatte ich das Glück, zur Kriminalpolizei wechseln zu können. Ich wurde einem Kollegen alter preußischer Schule an die Seite gestellt, für den ich jahrelang die Fußarbeit erledigen musste. Sie können sich vielleicht vorstellen, wie ausgeprägt das Obrigkeitsdenken damals war. Ich musste mich sputen, sobald er ein Kommando gab. Er quälte mich bei den Ermittlungsarbeiten mit pedantischem Kleinkram, ich habe ihn tausendmal dafür verflucht. Aber an seinem letzten Arbeitstag nahm er mich zur Seite und sagte mir: ‚Ich habe Sie durch die Hölle geschickt, weil ich Ihr Talent sah. Eines Tages werden Sie mir dankbar sein, dass ich Sie so hart in die Mangel genommen habe. Das wird Ihnen auf Ihrem Weg helfen.' Rückblickend muss ich zugeben, dass er recht hatte. Ich habe seitdem oft von diesen Erfahrungen profitiert. Lehrjahre sind nun mal keine Herrenjahre, wie man so schön sagt."

„Sie haben vor einigen Jahren das ‚Monster von Münster' gefasst ..."

„Auch da hat mir diese Zeit der Erfahrungssammlung geholfen.

Eines der Opfer konnte dem Frauenmörder entkommen; in absolut hartnäckiger Kleinarbeit konnten wir den Täterkreis aufgrund ihrer Angaben und unserer daraufhin eingeleiteten Nachforschungen immer weiter einkreisen, bis am Ende nur noch eine Person übrig blieb. Der Mann war übrigens verheiratet und Vater von fünf Kindern."
„Das klingt sehr beeindruckend. Glauben Sie, wir werden auch in unserem Fall erfolgreich sein?"
„Ganz sicher. Da das Opfer beim Auffinden gleich zwei Geldbörsen mit Geld bei sich trug, können wir eine räuberische Absicht ausschließen. Bleibt also nur ein persönliches Mordmotiv, und in diesem Fall bringen wir den Mörder fast immer zur Strecke – eben mit penibler Ermittlungsarbeit."
Sie unterbrachen ihr Gespräch für das Essen, das ihnen serviert wurde. Anschließend bestellten sie sich noch zwei Bier. Während Voß seine Packung Eckstein hervorholte und sich eine Zigarette anzündete, gönnte sich Althoff eine Zigarre.
Als sie sich später auf dem Marktplatz voneinander verabschiedeten, sagte der Kommissar: „Bleiben Sie ehrgeizig, Voß. Sie erinnern mich an meine damalige Lehrzeit. Aus Ihnen kann einmal ein sehr guter Kriminalpolizist werden."

Donnerstag, 1. Februar 1934

Kriminalsekretär Voß erwachte früh. Auch in der vergangenen Nacht hatte er wieder schlimme Träume gehabt. Diesmal waren es Männer in braunen Uniformen mit entstellten Köpfen, die ihre Stellungen zu stürmen versuchten. Kurz vor ihrem Ziel fielen sie mit den Köpfen in einen Wassergraben, doch ihre Bajonette kamen seinem Gesicht immer näher. Er konnte nicht zurückweichen, weil ihn jemand festhielt ...
Voß schreckte hoch und brauchte einen Moment, um zu erfassen, dass er in seinem Bett lag. Er hatte sich derart in seinem Oberbett verwickelt, dass er kurz brauchte, um sich zu befreien.
Er erhob sich, entzündete den Herd und setzte in der kleinen Küche zunächst heißes Wasser auf, um sich einen Kaffee zu kochen. Mit dem heißen Getränk in der Hand setzte er sich an den Tisch und zündete sich eine Eckstein an, um seine Gedanken zu ordnen.

Als ihn der Kaffee einigermaßen wachgerüttelt hatte, ging er aus der Wohnung, stieg die Treppe hinunter und öffnete die Haustür, um die Tageszeitung hereinzuholen. Es war noch früh, so dass er sich beim Frühstück Zeit zum Lesen des „Rheiner Beobachters" nehmen konnte.

Auf der Titelseite wurde ausführlich über den Mord an dem SA-Rottenführer Heinrich Plagemann berichtet. Im Artikel bat auch die Kriminalpolizei die Bevölkerung um ihre Mithilfe und rief dazu auf, dass sich potentielle Zeugen umgehend auf dem Polizeirevier melden sollten.

Voß hoffte, dass es jemanden gab, der irgendetwas beobachtet hatte, das sie weiterbrachte. Vielleicht ergab sich ja auch aus den für heute geplanten Befragungen die entscheidende Spur, die zum Täter führte.

War der Mord an Plagemann tatsächlich aus persönlichen Motiven geschehen? Hatte jemand einen solchen Hass auf diesen, zugegebenermaßen, nicht sehr sympathischen SA-Angehörigen entwickelt, dass sich die ganze aufgestaute Wut in einem heftigen Schlag auf den Kopf des Opfers entlud? Oder gab es doch einen anderen Grund? War der Ermordete vielleicht ein Zufallsopfer, das einfach zur falschen Zeit am falschen Ort gewesen war?

Voß stellte sich vor, wie es sein musste, einen Menschen umzubringen. „Kann man so einfach ein Leben gewaltsam auslöschen? Wie soll die eigene Zukunft danach aussehen, wenn die Erinnerung an die Tat nie verschwindet? Die Last der Schuld muss für den Rest des Lebens tonnenschwer auf der Seele lasten", dachte er für sich.

„Wie war das im Krieg? Als es nur darum ging: Du oder ich. Damit bin ich bis heute nicht fertig geworden, es beschäftigt mich jede Nacht. Wäre der Krieg nicht gewesen, wäre ich heute vermutlich mit Annegret verheiratet und hätte zwei oder drei Kinder mit ihr", dachte er bitter.

Da waren sie wieder, die wehmütigen Gedanken an seine frühere Verlobte. Er sah ihr Gesicht vor sich. Annegret hatte ein fröhliches Wesen gehabt, als sie sich auf der Rheiner Kirmes kennen lernten. Sie war mit einer Freundin unterwegs gewesen und hatte anfangs belustigt reagiert, als er sie vor einem Karussell angesprochen hatte. Als sie die Einladung zu einer Karussellfahrt nicht ausschlug, hatte er gemerkt, dass ihr sein Werben um sie nicht unangenehm

war. Mit einem Paradiesapfel in der Hand hatten sie sich später lange unterhalten und für den kommenden Sonntag zu einem Spaziergang an der Ems verabredet. Dort hatte er sie heimlich hinter einem dichten Gebüsch zum ersten Mal geküsst. Wenn sie lachte, hatte sie immer einen leicht spöttischen Gesichtsausdruck, in den er sich so verliebt hatte. Das war vor sieben Jahren gewesen. Da dachte er, er könnte alles, was er Schlimmes erlebt hatte, hinter sich lassen und würde sich nie wieder damit beschäftigen müssen.
Doch der Krieg hatte ihn irgendwann wieder eingeholt. Die schrecklichen Bilder bis zur Unkenntlichkeit verstümmelter Körper und das Gefühl ständiger Todesangst kehrten zurück und veränderten ihn. Seine Unbeschwertheit, Lockerheit und Fröhlichkeit waren immer mehr verschwunden.
Längst überwunden geglaubte Ängste kehrten zurück und veränderten sein Wesen immer mehr. Aus einem fröhlichen jungen Mann war ein ernster, immerzu grübelnder Einsiedler geworden. Annegret merkte schnell, was in ihm vorging. Sie versuchte, ihm zu helfen, wo sie nur konnte.
Doch er zog sich trotz ihrer aufopferungsvollen Bemühungen immer weiter zurück.
Am Ende hatte sie ihr spöttisches Lächeln, das er in guten Zeiten am liebsten den ganzen Tag beobachtet hätte, verloren und bat ihn um die Auflösung ihrer Verlobung.
Er hatte die Veränderung, die in ihm vorgegangen war, durchaus bemerkt und liebte sie zu sehr, als dass er ihr ein Leben an seiner Seite noch zumuten konnte und so stimmte er schweren Herzens zu.
Seitdem hatten sie sich einige Male zufällig getroffen. Diese Begegnungen waren immer von einer Beklemmung zwischen ihnen gekennzeichnet; es wurden nur Belanglosigkeiten ausgetauscht und manchmal gab Annegret bissige Kommentare von sich, die er ihr angesichts seines schlechten Gewissens nicht übel nehmen konnte. Immerhin konnten sie noch miteinander reden.
Irgendwann hatte er sie mit einem gut gekleideten Mann an ihrer Seite gesehen. Zumindest schien sie eine gute Partie gemacht zu haben, er freute sich ehrlich für sie.
Mittlerweile war sie Mutter von zwei Söhnen, wie sie ihm im letzten Jahr erzählt hatte, als sie sich wieder einmal zufällig über

den Weg gelaufen waren. Er hoffte, dass ihr Gatte ihr das geben konnte, wozu er nicht in der Lage gewesen war.
Inzwischen war er froh, dass er niemanden mehr mit seinen Problemen belasten musste und hatte mit den Jahren gelernt, sich gegen seine nächtlichen Ängste zu wehren, indem er sie mit zunehmendem Erfolg ausblendete. Zumindest tagsüber konnte er sich von den dunklen Bildern seiner Vergangenheit lösen.
Ein Blick auf die Uhr ermahnte Voß, sich von seinen trübseligen Gedanken zu trennen. Er ging ins Etagenbad und zog sich anschließend an, um den Arbeitstag zu beginnen.

*

Der Kommissar war schon auf dem Revier, als Voß eintraf. Sturmführer Walbusch kam kurz nach ihm.
Der Kriminalsekretär ließ Wachtmeister Kleinschmidt in sein Büro kommen und erklärte ihm: „Wir haben eine sehr wichtige Aufgabe für Sie. Der Tote muss seine Uniformmütze verloren haben, als er die Böschung hinuntergeworfen wurde. Vermutlich ist die Mütze ins Wasser gefallen, das Emswehr hinab gespült worden und irgendwann im Ufergestrüpp hängen geblieben. Holen Sie sich drei Unterwachtmeister zusammen und suchen Sie danach und wenn Sie dafür bis Salzbergen gehen müssen. Vergessen Sie dabei nicht, an Schleuse und Mühle sowie an beiden Dämmen gründlich nachzusehen."
Die Ems teilte sich in Rheine kurz in drei Teile: In der Mitte nahm der Fluss seinen Lauf über das Wehr; auf der westlichen Seite wurde das Wasser in die Mühle geleitet, um sich schon bald wieder mit der Ems zu vereinigen. An der östlichen Uferseite begann mit der Stadtschleuse der Schiffskanal, der erst hinter der zweiten Schleuse nach etwa zwei Kilometern wieder dem Fluss zugeführt wurde.
Kleinschmidt salutierte und versprach, den Auftrag auszuführen.
Danach wandte sich Voß an Fräulein Hubbert: „Bitte suchen Sie uns eine alte Akte heraus. Vor einigen Jahren hat die Verlobte eines gewissen Erwin Jansen Selbstmord begangen. Fragen Sie bitte auch bei den Kollegen der Bahnpolizei nach, sie hat sich wohl vor einen Zug geworfen. Genauere Angaben kann ich Ihnen leider nicht machen. Es wäre schön, wenn wir vor elf Uhr noch Einblick

in die Unterlagen nehmen könnten, denn zu dieser Uhrzeit erwarten wir Jansen zu einer Befragung auf dem Revier."
„Ich schaue, was ich machen kann, Herr Kriminalsekretär."
Die drei Ermittler machten sich abfahrbereit.
Als Erstes stand die Inspektion der Wohnung des Ermordeten auf dem Programm.
Vor dem Gebäude stand ein grauer DKW V 800 bereit. Voß setzte sich hinter das Lenkrad, Althoff klappte den Beifahrersitz nach vorne, um Walbusch den Einstieg auf den Rücksitz zu ermöglichen und nahm anschließend auf dem Beifahrersitz Platz. Aufgrund der kalten Temperaturen dauerte es eine Weile, bis der Motor ansprang, doch dann steuerte Voß den Wagen vorsichtig auf die Hindenburgstraße. Schon auf den ersten Metern merkte er, dass die Straßen glatt waren, so dass er langsam fuhr.
Ihr Ziel lag in der Surenburgstraße, die östlich aus der Stadt hinaus führte.
Als sie an ihrem Ziel angekommen waren, betraten sie ein dreistöckiges Mehrfamilienhaus mit vergilbtem Außenputz. Sie erkundigten sich bei einer älteren Hausbewohnerin im Erdgeschoss nach der Wohnung Plagemanns. Die Todesnachricht nahm sie gleichgültig zur Kenntnis. Auf die Frage, ob sie mit diesem bekannt gewesen sei, antwortete sie: „Der Plagemann hat nie viel geredet. Der hat oft nicht einmal gegrüßt, wenn er mir im Treppenhaus begegnete. Er machte immer einen mürrischen Eindruck."
„Wissen Sie, ob er häufiger Besuch in seiner Wohnung bekam?" fragte Althoff.
„Nicht, das ich wüsste. Der war doch bei den Braunen, die haben sich wohl immer woanders getroffen. Hin und wieder kam ein junger Mann zu ihm, Frau Linnemann aus der dritten Etage meinte, dass das ein Neffe von ihm war."
„Hieß der Neffe zufällig Willi?", wollte Walbusch wissen. Auf die fragenden Blicke der beiden Polizisten erklärte er: „Von dem hat er manchmal erzählt. Er war, glaube ich, sein einziger noch lebender Verwandter. Ich hatte Ihnen gestern schon angedeutet, dass er sich auch für Johanna, die Kellnerin, interessierte. Deshalb ist Heinrich gestern vermutlich so hoch gegangen."
„Das könnte sein Name sein", meinte die Nachbarin.
„Wir werden uns auch mit ihm noch unterhalten. Aber jetzt lassen

Sie uns in die Wohnung des Toten gehen. Vielen Dank, meine Dame."

Sie schaute ihnen neugierig nach, als die drei die Stufen hochstiegen.

Oben angekommen sahen sie ein ausgeblichenes, handgeschriebenes und mit Reißzwecken angebrachtes Schild mit Plagemanns Namen an einer der Wohnungstüren. Voß öffnete diese mit dem in den Taschen des Ermordeten gefundenen Schlüssel und sie traten in eine kleine, karg eingerichtete Einzimmerwohnung. Es roch nach abgestandener Luft, so dass Walbusch sich beeilte, ein Fenster zu öffnen. Althoff hatte bereits einen antik aussehenden Kleiderschrank geöffnet und betrachtete die wenigen Kleidungsstücke. Neben Unterwäsche und Strümpfen hingen zwei Hosen, einige Hemden und eine Anzugjacke, die schon bessere Tage gesehen hatte, in dem Möbelstück. Das Durchsuchen der Taschen ergab außer ein paar Münzen und der Passkarte sowie dem SA-Mitgliedsausweis kein Ergebnis.

Voß hatte inzwischen ebenso ergebnislos das Bett untersucht und dabei auch unter der Matratze nachgesehen. Jetzt schaute er allerlei Kleinkram auf dem kleinen Tisch durch, der zusammen mit einem Stuhl an der Zimmerwand aufgestellt war. Neben einer benutzen Tasse lagen ein Haufen alter Zeitungen, eine Sammlung loser Zettel verschiedener Größe und mehrere Bleistifte herum. Aus der Unordnung zog er ein Blatt Papier heraus und warf einen Blick darauf. Er stutzte kurz und sagte: „Vielleicht habe ich hier etwas, meine Herren."

Er zeigte den anderen beiden seinen Fund. Auf einem offensichtlich aus einer Zeitung ausgeschnittenem, nur halb bedrucktem Blatt Papier waren in einem wilden Gekritzel, teilweise durchgestrichen und offensichtlich ohne Ordnung, allerlei Zahlen vermerkt.

Althoff befasste sich einige Zeit mit den Notizen und fragte dann Walbusch: „Können Sie sich aus diesen Hieroglyphen einen Reim machen?"

„Nein, tut mir leid. Das sagt mir nichts", antwortete dieser.

„Was hat Plagemann denn beruflich gemacht?"

„Ich glaube, er hatte eine Anstellung bei einer Tankstelle an der Neuenkichener Straße gefunden. Er hat länger auf eine Arbeitsstelle warten müssen."

„Vielleicht kann uns der Neffe etwas zu diesem Papier sagen. Wir werden ihn danach fragen. Fräulein Hubbert kann uns die Adresse später auf dem Revier heraussuchen. Mit seinem Arbeitgeber werden wir auch noch sprechen müssen. Lassen Sie uns jetzt zu dieser Johanna fahren, meine Herren. Den Zettel nehmen wir mit."

*

Johanna Hembrock lebte in der Wohnung ihrer Eltern in einer Werkssiedlung, die die in Rheine allmächtige Textilindustrie im südöstlichen Stadtteil Gellendorf erbaut hatte, um ihren Arbeitern ein dem Arbeitsplatz nahes Heim zu bieten.
Auf ihr Klopfen wurde ihnen von einer nervös wirkenden älteren Frau die Tür geöffnet. Sie brachten ihr Anliegen vor und wurden beim Eintreten kritisch beäugt. Sie wurden in die Küche geführt, in der eine mit einem Kittel bekleidete junge Frau ihnen den Rücken zuwandte und offensichtlich gerade Wäsche zusammenlegte.
Als sie sich umdrehte, blickten die drei in ein schönes, aber überrascht schauendes Gesicht, das von langen, blonden Haaren eingefasst wurde.
„Johanna, da ist Besuch für dich. Die Herren sind von der Polizei und wollen dich sprechen. Hast du etwas angestellt?"
„Natürlich nicht, Mama."
„Vergiss später die Socken aber nicht, die müssen noch gestopft werden."
„Das mache ich gleich, nachdem ich die übrige Wäsche eingeräumt habe."
Als die Mutter den Raum verlassen hatte, wandte sie sich dem Besuch zu: „Ich mache Ihnen Platz auf den Stühlen und räume nur schnell die Wäsche weg, damit Sie sich an den Tisch setzen können. Ich glaube, ich weiß, warum Sie hier sind. Es geht um den Mord an Heinrich Plagemann, stimmt's?"
„Ja, in der Tat, das ist der Grund unseres Besuchs", antwortete Althoff.
Während sie Tisch und Stühle frei räumte, dachte Voß bei sich: „Sie ist tatsächlich wunderschön. Ich kann verstehen, dass bei ihrem Anblick die Männer reihenweise verrückt werden."
Althoff schien das Gleiche gedacht zu haben, denn er warf den anderen beiden mit hochgezogenen Augenbrauen einen Blick zu,

räusperte sich und fragte: „Ihre Familie lebt noch komplett zusammen in dieser Wohnung?"
„Nein, meine drei älteren Geschwister sind allesamt verheiratet und leben mit ihren Familien zusammen in ihren eigenen Wohnungen. Nur meine jüngere Schwester Angelika und ich wohnen noch bei Papa und Mama zuhause. Angelika geht noch bis zum Sommer zur Schule und mein Vater ist jetzt bei der Arbeit."
„Ihr Vater arbeitet im Textilwerk?"
„Ja, genau. Sonst dürften wir nicht hier in der Werkssiedlung leben, sondern müssten uns etwas anderes suchen."
„Und Sie? Ich meine, arbeiten Sie neben ihrer Tätigkeit als Kellnerin noch anderswo?"
Johanna lief rot an und senkte den Kopf, bevor sie antwortete: „Ich habe eine Ausbildung als Hauswirtschafterin bei einer sehr bekannten Unternehmerfamilie hier in Rheine begonnen. Ich glaube, den Namen dieser Familie lasse ich besser weg. Die Arbeit machte mir Spaß, das Verhältnis zu den anderen Angestellten war sehr gut. Es war ein wunderbares Gefühl, das erste eigene Geld zu verdienen, auch wenn es natürlich nicht viel war. Zum ersten Mal wohnte ich nicht bei den Eltern und fühlte mich erwachsen. Und dann ...", sie stockte „... bedrängte mich der Hausherr. Es fing mit harmlosen Komplimenten an, wenn seine Frau außer Haus war. Es folgten Berührungen meines Körpers, zum Schluss machte er mir unzweideutig klar, was er wollte. Ich konnte nachts vor Kummer nicht mehr schlafen und schloss aus Angst die Tür zu meinem Zimmer ab. Als ich es nicht mehr aushielt, bin ich irgendwann einfach davon gerannt. Meine Eltern waren natürlich wenig begeistert, als ich plötzlich wieder vor ihrer Tür stand und wollten zunächst nicht glauben, was mir widerfahren war. Aber nachdem ich genau geschildert hatte, mit welchen Worten mich der Hausherr zu sich ins Schlafzimmer locken wollte, hatte ich meinen Vater überzeugt. Er hat mir versichert, dass er mich nie wieder in die Nähe dieses Lüstlings lassen würde. Vielleicht kann Papa mich irgendwann im Textilwerk unterbringen, er meint, die stellen demnächst wieder ein. Bis dahin verdiene ich mir im „Emskrug" ein paar Mark. Herr Hergemöller ist ein alter Freund meines Vaters und war so nett, mich als Hilfskraft zu beschäftigen."
Der Kommissar wartete einen Augenblick, bevor er sagte: „Fräulein Hembrock, wissen Sie, ich bin ein alter Mann. Auch mir

ist Ihre Schönheit nicht entgangen. Keine Bange", er machte eine beschwichtigende Geste, „ich meine das lediglich als Kompliment. Aber Ihr Aussehen scheint die Männerwelt häufiger durcheinander zu bringen?"
„Damit spielen Sie wohl auf den gestrigen Abend an, oder nicht?"
„Unter anderem. Wir haben bei unseren Befragungen erfahren, dass Sie eine Verbindung mit dem Neffen des Verstorbenen haben, Willi Plagemann."
„Eine Verbindung? Ich kenne den Willi zwar schon lange, aber mehr als Freundschaft ist es nicht. Da hat der Herr Plagemann wohl etwas falsch verstanden. Es gibt keine solche Verbindung."
„Also gut, damit sind wir schon fast beim Thema. Im „Emskrug" hat es Ihretwegen vorgestern Abend einigen Ärger gegeben ..."
„Aber dafür kann ich doch nichts! Die waren alle betrunken und wussten nicht mehr, was sie sagten", sagte Johanna aufgebracht. „Ich habe jedenfalls niemanden dazu ermutigt, sich um meine Gunst zu streiten."
„Wer wollte sich denn wegen Ihnen prügeln?"
„Dazu ist es ja glücklicherweise nicht gekommen. Der Heinrich Plagemann hat mir die Herren Jansen und Schmalstieg vom Leib gehalten. Beide hatten mächtig einen sitzen und machten mir recht eindeutige Angebote, übrigens nicht zum ersten Mal. Der Herr Schmalstieg hat mich sogar am ... er hat mich sogar angefasst. Beide wurden daraufhin von Herrn Plagemann gemaßregelt; erst der Herr Schmalstieg und kurz danach der Herr Jansen. Dafür war ich ihm sehr dankbar."
„Was geschah daraufhin?"
„Beide verließen daraufhin beleidigt die Wirtschaft."
„Wie spät war es da?"
„Ich weiß es nicht genau, aber vermutlich so gegen 22 Uhr, vielleicht etwas früher. Es war vorgestern ein ziemlicher Trubel, deshalb habe ich nicht auf die Zeit geachtet."
„Wissen Sie, wie spät das Mordopfer das Lokal verließ?"
Sie schüttelte sich. „Mordopfer, das klingt so unwirklich. Er wurde in der Nacht ermordet, in der ich ihm kurz zuvor noch sein Bier gebracht hatte, eine grauenvolle Vorstellung ... aber er wird vielleicht ein- oder eineinhalb Stunden später gegangen sein."
„Hatte er sonst noch mit jemandem Streit?"
„Nein, ich glaube nicht. Oder – warten Sie, da war noch etwas. Ich

wurde zwischendurch einmal von Herrn Hergemöller nach draußen ins Lager geschickt, um von dort Schnaps zu holen. Als ich auf den Hof kam, standen da Herr Plagemann und Herr Fiedler. Ich glaube, die hatten gerade einen heftigen Wortwechsel gehabt. Herr Plagemann hatte den Herrn Fiedler am Kragen gepackt und ließ ihn vermutlich nur los, weil ich dazu kam."
Althoff schaute den Sturmführer an.
„Wer ist dieser Fiedler?"
„Rudi ist der Herr unserer Finanzen, Rudolf Fiedler. Der führt unsere Kameradschaftskasse."
Johanna ergänzte: „Wo Sie die Kasse gerade erwähnen: Da war vorher schon so eine seltsame Bemerkung von Herrn Plagemann, ich meine, bevor sie losmarschiert sind. Er hatte einem Juden Geld abgenommen und von dem Geld eine Runde Bier für alle bestellt. Als ich die Getränke herumreichte, sagte er zu Herrn Fiedler irgendetwas über die Kameradschaftskasse, die es nicht mehr hergäbe. Ich habe es allerdings nicht genauer verstanden."
Walbusch sagte schnell: „Seitdem Rudi die Kasse führt, ist immer genug Geld da. Wir können ihm hundertprozentig vertrauen, das wird er Ihnen belegen können. Die beiden werden sich über irgendetwas Belangloses unterhalten haben."
Der Kommissar antwortete: „Wir werden auch mit Herrn Fiedler sprechen. Vielleicht ergibt sich dazu heute Abend im „Emskrug" die Gelegenheit. Fräulein Hembrock, wann hat sich Plagemann verabschiedet?"
„Er war so komisch, als er ging. Ich dachte, er sei schon lange nach Hause gegangen, aber er war wohl noch zur Toilette gewesen. Plötzlich war er wieder da, schlich sich an uns vorbei und hat uns gar nicht mehr richtig wahrgenommen. Er brummte dabei irgendetwas vor sich hin. So ungefähr wie „Unglaublich" oder etwas Ähnliches. Wie spät es da war? Ich weiß nicht, es muss so 23 Uhr gewesen sein. Ich bin etwa eine Viertelstunde später nach Hause gefahren und war gegen halb zwölf dort. Es war eine gruselige Fahrt, weil das Licht an meinem Rad defekt ist und ich alleine in der Dunkelheit unterwegs war. Meine Fahrt dauert etwa fünfzehn Minuten, das müsste also ungefähr passen."
„Mit dem Ermordeten, Jansen und Schmalstieg saßen noch zwei weitere Männer am Tisch: Paul Kemper und Felix Baumann. Gab es mit ihnen auch Ärger?"

Sie errötete leicht und wischte sich die Hände an ihrem Kittel ab.
„Nein, die beiden haben eher ein ruhiges Wesen, vor allem der Felix. Ich glaube, ihnen waren die Auseinandersetzungen peinlich."
„Sie wirken etwas verlegen. Kennen Sie die beiden schon länger?"
„Ja, das heißt den Felix kenne ich schon seit meiner Schulzeit. Er ist etwas älter als ich."
„Wann sind Baumann und Kemper gegangen? Vor oder nach Plagemann?"
„Sie sind kurz nach ihm gegangen. Dem Felix ging es nicht gut, aber der Paul hat sich um ihn gekümmert und wollte ihn nach Hause bringen. Das war allerdings nichts Besonderes, denn die beiden kommen und gehen immer zusammen, vermutlich weil beide im Dorenkamp gleich hinter dem Bahnhof wohnen."
Jetzt hatte auch Voß noch eine Frage: „Sagen Sie, Fräulein Hembrock, Ihr Heimweg führt Sie doch über die Ems. Sie sagten, Sie fahren mit dem Rad?"
„Ja, zu Fuß ist es mir zu weit."
„Über welche der beiden Brücken in der Innenstadt sind Sie gefahren?"
„Ich habe die Hindenburgbrücke genommen. Aber ich musste mein Rad schieben, weil es auf der Brücke so glatt war."
„Am gegenüberliegenden Ufer wurde der Tote unter der Brücke aufgefunden. Vermutlich ist er etwa zu der Zeit umgebracht worden, als Sie auf dem Heimweg waren. Haben Sie auf ihrem Weg über die Brücke etwas gesehen oder gehört?"
„Nein, aber ... oh Gott ...", sie schlug entsetzt die Hand vor den Mund. „Der Gedanke ist ja entsetzlich! Als ich gerade über die Brücke ging ... oh nein, es ist furchtbar!"

*

Auf dem Rückweg sprachen die drei Ermittler über das Gehörte.
„Der Verlauf des Dienstagabends wird langsam etwas klarer", meinte Althoff. „Dennoch werden wir noch einige Befragungen durchführen müssen."
„Auf jeden Fall sollten wir mit Plagemanns Neffen sprechen. Vielleicht kann er uns mehr zum Leben seines Onkels und diesen ominösen Aufzeichnungen erzählen", sagte Voß.
„Das werden wir tun", versicherte der Kommissar. „ Da wir noch

etwas Zeit bis zum Eintreffen Jansens und Schmalstiegs auf dem Revier haben, schlage ich vor, wir suchen vorher noch Plagemanns Arbeitsstelle auf. Sie sagten, Sie wüssten, wo das ist, Herr Walbusch?"

„Ja, das hoffe ich zumindest. Soweit ich weiß, hat er bei der Tankstelle an der Neuenkirchener Straße gearbeitet."

Voß hatte zugehört und steuerte den DKW über den Ring der Hindenburgstraße an den Bahnhofsgebäuden vorbei nordwärts, bis er vor der jüdischen Synagoge nach links in die gesuchte Straße einbog. Der Wagen hatte sofort eine Steigung zu überwinden, weil sie kurz hintereinander auf zwei Brücken die Bahnstrecken nach Emden und Bad Bentheim sowie nach Quakenbrück und Ochtrup überqueren mussten. Schon bald waren sie an der Stadtgrenze angekommen und sahen rechts der Straße die gesuchte Tankstelle.

Von zwei Zapfsäulen wurde entweder ein Zweitaktgemisch oder ein Benzin-Benzolgemisch für Viertaktmotoren ausgegeben. Die Säulen konnten von beiden Seiten angefahren werden und waren überdacht. Das Kassenhäuschen bestand aus einem Glaskasten, der vor dem Werkstattgebäude errichtet worden war.

Ein schwarzer Wanderer W10, der offensichtlich von einem älteren Mann im Monteuranzug fertig betankt worden war, verließ gerade den Hof, als sie mit dem DKW vorfuhren. Der Tankwart war im Begriff wieder in die Garage zu gehen, als er sie wahrnahm und mitten in seiner Bewegung innehielt. Erwartungsvoll drehte er sich zu ihnen um, nahm einen bereitstehenden Eimer auf und ging dem Wagen entgegen.

Als Voß die Fahrertür öffnete, fragte ihn der Mann: „Volltanken? Soll ich auch nach dem Öl und Wasser schauen?"

Noch während er sprach hatte er bereits in den Eimer gegriffen und säuberte mit einem Lappen und Wasser die verdreckte Windschutzscheibe. Der Kriminalsekretär zeigte seine Polizeimarke und antwortete: „Vielen Dank, aber wir sind lediglich gekommen, um Ihnen einige Fragen zu Ihrem Mitarbeiter Heinrich Plagemann zu stellen."

Seine beiden Begleiter waren mittlerweile ebenfalls aus dem Automobil gestiegen und wurden von Voß vorgestellt.

„Ja, der Heinrich. Ich habe es heute Morgen in der Zeitung gelesen, das ist natürlich eine traurige Angelegenheit." Er stellte den Eimer wieder an seinen Platz. „Bitte, kommen Sie herein. In der Garage habe ich einen Ofen, dort ist es angenehmer als hier draußen in der Kälte", forderte er die drei Ermittler auf.

Sie folgten ihm durch eine hölzerne Doppeltür an der Seite des Gebäudes, die der Tankwart schnell wieder hinter ihnen schloss. Ein über einer Wartungsgrube stehender Adler 6/25 PS mit offener Motorhaube zeigte ihnen, dass sie sich in der Reparaturwerkstatt befanden.

„Tja, der Wagen ist neun Jahre alt und verliert ständig Öl. Heinrich wollte eigentlich gestern die Ventildeckeldichtung wechseln. Das bleibt natürlich jetzt an mir hängen, ich musste den Kunden schon vertrösten. Der wird noch ein paar Tage auf seinen Liebling warten müssen, denn für Reparaturen finde ich erst am späten Nachmittag Zeit, wenn es draußen an der Zapfsäule ruhiger wird", seufzte er mit einem Blick auf den Adler. „Mit Motoren kannte sich der Heinrich aus. Da machte ihm niemand etwas vor!"

„Sind Sie der Chef hier?", wollte Voß wissen.

„Ich habe die Garage nach der Inflation 1924 übernommen, der Vorbesitzer hatte sein ganzes Geld verloren, konnte seine Rechnungen nicht mehr bezahlen und saß am Ende auf einem Riesenberg Schulden. Mein Name ist übrigens Roland Dahlhaus. In den ersten Jahren konnte ich die Arbeit alleine bewältigen, doch die Zahl der Automobile nimmt ständig zu, vor allem, seitdem die große Rezession überwunden scheint. Deshalb war ich froh, dass der Heinrich eines schönen Tages hereinschneite und nach Arbeit fragte."

Althoff fragte: „Kannte er sich denn mit Automobilen aus?"

„Eigentlich nicht, aber er hatte eine Lehre als Betriebsschlosser in den Textilwerken gemacht. Dort war er für die Wartung und Reparatur der Maschinen zuständig, daher rührte sein Verständnis für Motoren."

„Gab es hier mit ihm mal Ärger?"

„Ich kann nichts Schlechtes über ihn sagen. Er gab sich immer sehr viel Mühe und war gegenüber den Kunden freundlich und hilfsbereit."

„Wir haben in seinem Zimmer ein Blatt Papier mit Notizen gefunden, die wir uns nicht erklären können. Wir möchten Sie bitten, einen Blick darauf zu werfen. Vielleicht sagen Ihnen diese Zahlen etwas? Haben Sie möglicherweise etwas mit seiner Arbeit zu tun?"

Voß hatte den Zettel aus seiner Manteltasche geholt und gab ihn an den Tankwart.

Der studierte die Aufzeichnungen einige Minuten und meinte dann ratlos: „Tut mir leid, aber mit den Zahlen kann ich nichts anfangen."

„Nun ja, ein Versuch war es wert", sagte ein enttäuschter Kommissar. „Kennen Sie vielleicht jemanden, der eine solche Wut auf Plagemann hatte, dass er ihn umbringen könnte?"

Der Tankwart setzte gerade zu einer Antwort an, als von draußen ein Signalhorn erklang.

„Bitte entschuldigen Sie mich kurz, das wird ein Kunde sein, den ich bedienen muss", beeilte er sich zu sagen und war auch schon durch das Tor verschwunden.

Als er nach einigen Minuten zurück war, griff er die zuvor gestellte Frage wieder auf:„Ob ich jemanden kenne, der wütend auf ihn war? Wie gesagt", meinte er, „bei den Kunden war er sehr beliebt. Was er außer seiner Mitgliedschaft in der Sturmabteilung sonst so machte, weiß ich natürlich nicht. Sein Privatleben ging mich ja schließlich nichts an."

„Wir müssen Sie das fragen: Wo waren Sie vorgestern am späten Abend?"

„Ich hoffe, Sie verdächtigen nicht mich? Nun, ich hatte wirklich keinen Grund, den Heinrich umzubringen. Im Gegenteil, ich wünschte, er wäre jetzt noch hier. Also vorgestern Abend war ich zuhause bei meiner Frau. Wir hatten Besuch von unserer Ältesten mit ihrem Mann."

„Gut, Herr Dahlhaus, das war es auch schon. Vielen Dank für ihre Auskünfte. Bitte melden Sie sich bei uns, wenn Ihnen noch etwas einfallen sollte."

Sie verabschiedeten sich und Voß fuhr sie wieder in die Innenstadt.

Im Auto drehte sich Althoff auf dem Beifahrersitz nach hinten und fragte: „Herr Walbusch, was kann das für eine Sache zwischen Plagemann und Fiedler sein? Irgendetwas muss doch vorgefallen sein, dass sie so aneinandergeraten sind. Wissen Sie etwas davon?"

Dieser antwortete: „Das kann nur etwas Privates sein. Bislang sind die beiden immer gut miteinander ausgekommen. Ich weiß nicht, was zwischen ihnen vorgefallen ist. Ich bin mir aber sicher, dass es dafür eine ganz harmlose Erklärung gibt. Vielleicht hat Fräulein Hembrock die Situation missverstanden. Der Rudi wird uns das

schon erklären können."
„Wo arbeitet Herr Fiedler? Ich möchte ihn noch heute Nachmittag vor dem Kameradschaftsabend Ihres Sturms sprechen. Wir können ihn von seiner Arbeitsstelle ins Revier holen lassen."
„Diese Mühe können Sie sich sparen. Der Rudi ist seit längerem arbeitslos. Es war nach der großen Wirtschaftskrise vor einigen Jahren nicht einfach für ihn, weil er sich vor allem um seine Frau kümmern muss. Die ist schwer krank, sie hat irgendetwas mit dem Herzen. Obwohl es inzwischen wieder genug Arbeit gibt, kann er nicht den ganzen Tag außer Haus sein, weil er zwischendurch immer wieder nach seiner Frau sehen muss."
Voß machte einen Vorschlag: „Ich könnte ihn durch Wachtmeister Kleinschmidt von seinem Zuhause abholen lassen, sobald dieser von der Suche nach der verschwundenen Mütze zurück ist. Ich würde ihm dabei auftragen, auch die Kameradschaftskasse inklusive der kompletten Buchführung mitzubringen, wenn Sie einverstanden sind, Herr Kommissar."
„Sehr guter Vorschlag, Voß", lobte dieser. „So machen wir das!"
Walbusch machte ein betrübtes Gesicht. „Ich glaube, Sie verrennen sich da in was. Sie werden sehen, der Rudi kann uns den Streit erklären."
Auf dem Revier empfing Fräulein Hubbert sie mit einem Ordner in der Hand. „Ich bin der Sache mit dem Selbstmord der Braut vom Jansen nachgegangen. Bei uns gab es keine Unterlagen, aber die Kollegen von der Bahnpolizei konnten sich sofort erinnern. Ich habe auf die Dringlichkeit hingewiesen und so wurde der Vorgang von dort soeben zu uns gegeben. Der Selbstmord einer jungen Frau im Jahr 1931 auf der Bahnstrecke nach Osnabrück. Für Rückfragen hat der damals zuständige Kollege seine Telefonnummer hinterlassen."
„Auf Sie kann man sich verlassen, Fräulein Hubbert. Das haben Sie sehr gut gemacht!", lobte Voß. „Sagen Sie, haben sich schon Zeugen auf unseren Zeitungsaufruf gemeldet?"
„Bislang noch nicht, leider", antwortete sie bedauernd.
„Ich würde gerne einen Blick in die Akte werfen, bevor Jansen eintrifft", sagte Althoff. „Nehmen Sie mein Büro", bot Voß an. „Dort haben Sie die nötige Ruhe."
In diesem Augenblick klopfte es zaghaft an der Tür und ein Mann in den Vierzigern mit einem ungepflegten Erscheinungsbild trat

zögernd ein. „Heil Hitler, mein Name ist Ewald Schmalstieg. Ich soll mich hier melden."
Er hatte dabei den rechten Arm nach oben geworfen. Als er sich vorsichtig umsah, erblickte er Walbusch. „Oh, Herr Sturmführer, schrecklich das mit Plagemann."
„Ja, das ist es allerdings. Aber wir werden den Schuldigen schon zur Strecke bringen und dann sei Gott seiner Seele gnädig. Dazu müssen wir allerdings genau wissen, was am Dienstag geschehen ist. Wir möchten uns deshalb mit dir über den Abend unterhalten. Jede Information kann dabei für uns wichtig sein. Das sind Kommissar Althoff und Kriminalsekretär Voß, sie untersuchen den Mord an unserem Kameraden und werden dir einige Fragen stellen."
Althoff sagte: „Wir haben in der Tat einige Fragen zur Mordnacht, aber der Kollege Voß wird Sie zusammen mit Herrn Walbusch befragen. Ich muss mich derweil noch mit dem Studium einer alten Fallakte befassen."
Mit diesen Worten nahm er Fräulein Hubbert die Akte aus der Hand, verließ den Raum und hinterließ einen verdutzten Voß.
Der hatte sich aber schnell gefasst und führte Schmalstieg in einen unbesetzten Raum, der für Zeugenbefragungen mit einem Tisch und mehreren Stühlen ausgestattet war. Auf dem Tisch stand ein Aschenbecher.
Voß zündete sich auch gleich eine Eckstein an, nachdem alle Platz genommen hatten. Eine Sekretärin hielt Stift und Schreibblock für das Stenogramm bereit.
Er begann seine Befragung: „Sie sind also Ewald Schmalstieg? Dann fangen wir mit den Angaben zu Ihrer Person an."
Ewald Schmalstieg war in Rheine geboren und hatte seine Heimatstadt nur einmal verlassen: Als er mit 26 Jahren in den Krieg geworfen wurde. Er hatte die vier schrecklichen Jahre zumindest ohne körperliche Blessuren überstanden. Nach dem Krieg hatte er geheiratet und war inzwischen Vater von fünf Kindern. Er wohnte im Schotthock, einem Stadtteil im Norden Rheines.
„Im Schotthock arbeite ich auch, und zwar auf einem Schlachthof. Hin und wieder fahren wir aber auch für Hausschlachtungen zu den Bauernhöfen oder Privathäusern in der näheren Umgebung raus."
„Kommen wir auf den Abend des 30. Januar zu sprechen: Sie

saßen mit den Herren Plagemann, Kemper, Jansen und Baumann zusammen. Stimmt das?"
„Ja, das ist korrekt."
„Kennen Sie die Kellnerin des „Emskrug", Fräulein Johanna Hembrock?"
„Die kenne ich aus dem Gasthaus. Sie bedient dort seit ein paar Monaten. Die hat es faustdick hinter den Ohren sag ich Ihnen! Verdreht den Kerlen ganz schön den Kopf, da kann man als Mann schon mal auf dumme Gedanken kommen ..."
„Sie haben eben angegeben, dass Sie glücklich verheiratet sind."
„Ach kommen Sie, als wenn Sie sich nicht auch hin und wieder nach einem anderen Rock umsehen? Ich sage immer: Appetit holen darf man sich, gegessen wird zuhause!" Er kommentierte seine eigenen Worte mit einem schallenden Gelächter.
„Aber Herr Plagemann fand Ihr Techtelmechtel mit Fräulein Hembrock nicht so lustig, wie uns versichert wurde."
„Ach, das war halb so schlimm. Er hatte wohl ganz einfach einen schlechten Tag, deshalb hat er am Dienstag den ganzen Spaß nicht verstanden."
„Nun ja, der Tag wurde für ihn später noch wesentlich schlechter und von Spaß kann wohl überhaupt keine Rede sein. Sie sind von ihm vor dem ganzen Sturm niedergemacht worden und haben das Lokal wutentbrannt verlassen, nachdem Sie sich der Kellnerin gegenüber ziemlich ungebührlich benommen hatten, oder etwa nicht?"
Walbusch schaltete sich ein: „Ich hatte Ihnen doch schon gesagt, dass das Ganze nach einigen Bieren passiert ist und am nächsten Tag aus der Welt gewesen wäre. Machen Sie doch aus einer Mücke keinen Elefanten!"
Voß beachtete den Einwand des Sturmführers nicht und fuhr fort: „Sie waren von Plagemann bloßgestellt worden und hatten einen mächtigen Zorn auf ihn. Wohin gingen Sie, als Sie den „Emskrug" verlassen haben?"
„Ich ging natürlich nach Hause. Spätestens nach dem langen Spaziergang hatte ich mich wieder beruhigt und die Geschichte war für mich erledigt."
„Wie spät haben Sie den Heimweg angetreten und wann waren Sie zuhause?"
„Tja, ich werde so um viertel nach neun, halb zehn rausgegangen

und gegen zehn zuhause gewesen sein. Meine Frau wird Ihnen das bestätigen."

„Sind Sie draußen noch Herrn Jansen begegnet?"

„Jansen? Nein, ich habe ihn nicht mehr gesehen."

„Sie sind nicht mit ihm einen Teil des Heimwegs gemeinsam gegangen?"

„Nein, wirklich nicht. Wie kommen Sie darauf?"

„Haben Sie im Innenstadtbereich sonst jemanden gesehen oder ist Ihnen etwas aufgefallen?"

„Bei dem miesen Wetter waren doch alle zuhause hinter dem warmen Ofen. Nein, da war nichts."

„Welchen Weg nahmen Sie nach Hause?"

„Ich bin die Emsstraße bis zur Ibbenbürener Straße hinuntergegangen, dann links in die Hansaallee Richtung Schotthock."

„Dann sind Sie also über die Nepomukbrücke gekommen. Sind Sie zum Timmermanufer hinab gestiegen?"

„Natürlich nicht! Der Abend war sehr kalt und ich wollte schnellstens nach Hause. Ich bin auf direktem Weg nach Hause gegangen."

„Hatten Sie früher schon Streit mit Herrn Plagemann?"

„Ich würde ihn nicht gerade als meinen besten Freund bezeichnen, aber wir sind immer gut miteinander ausgekommen."

„Also gut, Herr Schmalstieg. Wir werden Ihre Angaben überprüfen, solange bleiben Sie hier. Ich zeige Ihnen unseren Warteraum, dort nehmen Sie bitte Platz, bis ich Sie wieder zu uns hole!"

Schmalstieg war bleich geworden, folgte aber dem Kriminalsekretär.

Fräulein Hubbert teilte Voß auf dem Rückweg mit, dass Wachtmeister Kleinschmidt inzwischen mit seinem Suchtrupp zurück sei und sich bei Kommissar Althoff aufhalte. Außerdem sei ein Erwin Jansen zur Befragung eingetroffen. Dabei zeigte sie in den Flur, wo einige Stühle aufgestellt waren und ein jüngerer Mann saß, der scheinbar auf sie wartete.

Voß ging zusammen mit Walbusch zu ihm und beide wurden mit einem kräftigen „Heil Hitler" begrüßt. Anschließend hob der junge Mann den rechten Arm und gab dem Sturmführer die Hand.

Voß bat ihn noch um etwas Geduld und betrat sein Büro, in dem er

den Kommissar und den Wachtmeister vorfand. Walbusch hatte sich noch kurz mit Jansen unterhalten und kam schnell nach.
Das Erste, was Voß ins Auge fiel, war eine braune Uniformmütze, die auf seinem Schreibtisch lag. Daneben lag eine noch feuchte Dachlatte von etwa einem Meter Länge, die ungebraucht wirkte.
„Wunderbar Kleinschmidt, ich wusste Sie würden die Mütze finden."
„War ein hartes Stück Arbeit. Sie war weiter hinunter geschwommen, als wir gedacht hatten und versteckte sich mit ihrer braunen Tarnfarbe auch noch im Schilf. Aber schließlich konnten wir sie doch noch entdecken. Das Stück Holz haben wir übrigens im Wasser vor dem Tor der ersten Emsschleuse gefunden. Da es neu aussieht, haben wir es mitgebracht. Irgendwelche Spuren sind darauf allerdings nicht zu erkennen."
Voß ignorierte das Holz, nahm die Mütze in die Hand und betrachtete sie von allen Seiten. Auf der Innenseite war ein Etikett mit der Angabe „Größe 57" angebracht, ansonsten konnte er keine Besonderheiten erkennen.
„Hm, ich hatte auf der Innenseite Blut erwartet."
Althoff stimmte ihm zu: „Ich bin ganz ihrer Meinung. Trotz der Nässe, der die Mütze ausgesetzt war, hätten wir noch Spuren von Blut erkennen müssen. Es muss sich also anders abgespielt haben, als wir dachten. Vielleicht hat Plagemann sie schon vor dem Schlag auf den Kopf verloren und sie wurde vom Täter in die Ems geworfen. Wir werden das noch klären. Wie ist denn die Befragung von Schmalstieg gelaufen?"
„Es wird sich noch zeigen. Ich habe ihn vorläufig in den Warteraum geschickt, weil ich den Wahrheitsgehalt seiner Antworten überprüfen möchte."
Er berichtete dem Kommissar vom Inhalt des Gesprächs und seine Absicht, das Alibi des SA-Mannes sogleich überprüfen zu wollen. Er nahm sich einen Zettel und Bleistift vom Schreibtisch und wandte sich an Kleinschmidt: „Ich schreibe Ihnen die Adresse Schmalstiegs auf. Bitte sprechen Sie mit seiner Frau und fragen Sie sie nach seiner Ankunftszeit daheim in der Mordnacht. Seien Sie hartnäckig; weisen Sie die Dame auf die Konsequenzen einer Falschaussage hin, wenn Sie den Eindruck haben, dass sie nicht die Wahrheit sagt. Kommen Sie danach sofort zurück und teilen Sie uns das Ergebnis Ihres Gespräches mit."

„Wird erledigt, Herr Kriminalsekretär!"
Nachdem der Wachtmeister gegangen war, fragte Voß den Kommissar nach dem Ergebnis seines Aktenstudiums.
„Ich fürchte, wir werden gleich mit einem Menschen ohne Gewissen sprechen müssen. Ich habe noch mit den Kollegen der Reichsbahnpolizei gesprochen, nachdem ich mich durch die Akte gearbeitet hatte. Juristisch war ihm nichts nachzuweisen, aber moralisch ist er wohl am Tod seiner Verlobten schuld. Er hat sie in den Selbstmord getrieben, eine scheußliche Sache."
„Vielleicht hat er sich gegenüber seiner Braut nicht korrekt verhalten, aber was hat das mit dem Mord an Heinrich zu tun? Sie versuchen verzweifelt, einen Schuldigen innerhalb des Sturms zu finden, anderen Spuren gehen Sie erst gar nicht nach!", empörte sich Walbusch.
Althoff antwortete ruhig: „Mein lieber Sturmführer, bislang deutet nichts darauf hin, dass ein Außenstehender die Tat begangen haben könnte. In Ihrer Truppe hingegen gab es so einige Zwistigkeiten, denen wir weiter nachgehen müssen, ob Ihnen das gefällt oder nicht. Ich glaube kaum, dass es Ihnen recht wäre, wenn Sie einen Kameradenmörder in Ihrer Truppe hätten. Ansonsten steht es Ihnen frei, sich jederzeit aus den Ermittlungen auszuklinken. Nur damit das klar ist!"
Walbusch sagte nichts, so dass der Kommissar nach einer kleinen Pause hinzufügte: „Und jetzt möchte ich mit Jansen sprechen."
Mit diesen Worten verließ er zusammen mit Voß das Büro. Es dauerte eine Weile, bis Walbusch ihnen folgte.
Sie nutzten wieder den Raum, in dem bereits Schmalstieg befragt worden war.
Erwin Jansen war 26 Jahre alt und ledig. Als Beruf gab er Gelegenheitsarbeiter an. Zurzeit verrichte er Hilfsarbeiten in einer Molkerei und wohne in einem kleinen Haus im östlichen Stadtteil Eschendorf. Sein schwarzes Haar war streng gescheitelt, seine Kleidung machte einen modischen Eindruck.
„Ein Schönling, der sein Aussehen dazu nutzt, um gut durchs Leben zu kommen", dachte sich Voß. Die Gesprächsführung wollte er absprachegemäß dem Kommissar überlassen. Als die Sekretärin ihre Bereitschaft für die Mitschrift signalisierte, begann dieser: „Herr Jansen, wir müssen uns über den Dienstagabend unterhalten, an dem Ihr Kamerad Heinrich Plagemann umgebracht wurde. Sie

waren an diesem Abend mit der Sturmabteilung im „Emskrug". Ist das richtig?"
„Ja genau, wir haben nach dem Fackelzug noch ein wenig gefeiert."
„Mit wem saßen Sie an einem Tisch?"
„Kemper und Baumann waren dabei. Schmalstieg ebenfalls und natürlich der Heinrich Plagemann."
„Im Laufe des Abends kam es zu einem heftigen Wortwechsel mit Plagemann. Was war der Anlass?"
„Ach, darauf läuft es hinaus. Ich hoffe, Sie konstruieren mir daraus kein Mordmotiv!"
„Bitte beantworten Sie meine Frage. Warum haben Sie sich mit Plagemann gestritten?"
„Nun ja, was heißt gestritten? Der Plagemann hat ... hatte einen Neffen, der sich in die Kellnerin verguckt hat. Die macht allerdings in letzter Zeit mir schöne Augen, das passte dem Heinrich vorgestern wohl nicht. Da ist er kurz laut geworden, ich bin gegangen und damit war der Fall erledigt."
„So, so. Erledigt war es damit. Wir haben da etwas ganz anderes gehört: Der Plagemann hat Sie im Beisein der ganzen Kameradschaft regelrecht zur Sau gemacht! Außerdem hat er Ihnen vorgeworfen, Ihre frühere Verlobte in den Selbstmord getrieben zu haben. Vor den anderen dermaßen lächerlich gemacht, haben Sie anschließend sofort das Lokal verlassen. Sie müssen eine Mordswut auf ihn gehabt haben."
„Nein, nein. So war das nicht. Ich hoffe, das meinen Sie nicht ernst, ich meine das mit der Mordswut."
„So war es nicht? Sie hatten allen Grund, wütend auf ihn zu sein. Vielleicht wollten Sie ihn gar nicht töten, sondern ihm nur einen Denkzettel verpassen? Es ist schief gegangen und einfach nur dumm gelaufen?"
„Um Gottes Willen, das war ich nicht!"
Jansen war aufgesprungen. Voß legte ihm die Hand auf die Schulter und sagte energisch:„Setzen Sie sich!"
Zögernd nahm Jansen wieder Platz. Althoff fuhr fort: „Was taten Sie, als Sie draußen waren?"
„Ich bin mit dem Fahrrad nach Hause gefahren."
„Wie spät war es da?"
„Ich habe auf die Kirchturmuhr gesehen, als ich aus dem

‚Emskrug' kam, es war neun Uhr vierzig."
„Haben Sie unterwegs irgendwo angehalten?"
„Nein, ich bin direkt nach Hause gefahren."
„Wann sind Sie zuhause angekommen?"
„Ich benötigte für die Strecke etwa zehn Minuten."
„Gibt es jemanden, der uns Ihre Ankunft bestätigen kann?"
„Ich bin noch zu einem Nachbarn rüber gegangen. Der hatte Geburtstag und wir haben zusammen noch einige Flaschen Bier getrunken."
Jansen nannte Namen und Adresse des Nachbarn.
„Wir werden ihn dazu befragen. Ich hoffe für Sie, dass Sie die Wahrheit gesagt haben. Nun zu einem ganz anderen Thema: Wie sind Sie zu Ihrem Haus gekommen? Auch wenn Sie am Stadtrand wohnen, sind die Preise für eine Immobilie immer noch sehr hoch; ich würde sagen, für einen Gelegenheitsarbeiter geradezu unerschwinglich."
„Das haben meine frühere Verlobte und ich zusammen gekauft. Dort wollten wir nach unserer Hochzeit wohnen."
„Zusammen gekauft? Welche Summe haben Sie denn mit Ihren ständig wechselnden Arbeitsstellen beigesteuert? Verdienen Sie so gut als Tagelöhner, dass Sie Ersparnisse aufbauen konnten? War es nicht vielleicht viel mehr so, dass Ihre Verlobte das Haus alleine finanziert hat? Sie war ja von Hause aus gut betucht."
Jansen rutschte auf seinem Stuhl nervös hin und her und antwortete vorsichtig: „Also, es war so: Sie hat das Geld ausgelegt. Ich hätte meinen Teil aber schon noch dazu beigetragen. Außerdem wäre es ja nach der Hochzeit sowieso unser gemeinsames Vermögen gewesen."
„Vorausgesetzt, diese Hochzeit hätte überhaupt stattgefunden. Fräulein Elvira Hagedorn, Ihre Braut, hatte nämlich herausgefunden, dass Sie mehrfach in der Nachbarschaft gewildert hatten ... Sie waren mit der Witwe Agnes Suerbaum in einer sehr verfänglichen Situation erwischt worden. Frau Suerbaum gab später zu, dass das nicht das erste Tête-à-Tête mit Ihnen war. Und das, nachdem Ihnen Ihre Verlobte bereits des Öfteren finanziell unter die Arme gegriffen und Ihre Schulden bezahlt hatte. Mit dieser Schande konnte sie nicht leben; sie zog die Konsequenzen auf ihre eigene Art: Anstatt die Verlobung einfach zu lösen, beging sie Selbstmord, indem sie sich vor einen Zug warf!"

Althoff war zunehmend laut geworden, während Jansen immer tiefer in seinen Stuhl sank.
Für einige Zeit herrschte eisiges Schweigen.
Dann schob der Kommissar nach: „Sie waren damals skrupellos in Ihrem Verhalten, indem Sie Fräulein Hagedorn in den Suizid trieben. Wissen Sie, was ich mich frage? Sind Sie heute noch immer so? Lässt Sie das Schicksal eines Menschen kalt; sind Sie herzlos, womöglich brutal?"
Es dauerte, bis der Befragte stammelte: „Das, was damals geschehen ist, tut mir heute leid. Aber es hat doch nichts mit dem Mord an Heinrich zu tun. Ja, er hat mich vor den Kameraden unmöglich gemacht. Aber deshalb bringe ich ihn doch nicht um! Das müssen Sie mir glauben!"
„Herr Jansen, wir werden Ihren Nachbarn aufsuchen und mit ihm über Ihr Alibi sprechen. Ich hoffe für Sie, dass er Ihre Angaben bestätigen wird. Solange werden Sie Herrn Schmalstieg in unserem Warteraum Gesellschaft leisten."
Mit düsterer Miene ließ sich Jansen den Weg zeigen.

*

„Lassen Sie uns bei einem Spaziergang über die Aussagen nachdenken und unterwegs Brote essen. Gibt es in dieser Stadt einen guten Bäcker, Voß?", fragte der Kommissar.
„Folgen Sie mir bitte; auf der anderen Emsseite kenne ich eine Bäckerei, die das beste Brot in ganz Rheine backt!", versicherte der Kriminalsekretär.
Walbusch wollte die Mittagszeit zuhause verbringen, so gingen Althoff und Voß alleine die Emsstraße hinunter auf das östliche Ufer zu.
„Wir müssen abwarten, ob die Alibis unserer beiden Verdächtigen bestätigt werden. Ich traue beiden einen Mord zu", begann Althoff. „Beide hätten ein Motiv. Wenn wir Silberstein als Täter ausschließen, bleiben für den Moment nur Jansen und Schmalstieg übrig. Vielleicht haben sie die Tat doch zusammen begangen. Wobei wir uns natürlich noch mit diesem Fiedler unterhalten müssen. Irgendetwas muss auch zwischen ihm und Plagemann vorgefallen sein. Und was ist mit den seltsamen Aufzeichnungen des Opfers? Haben die Zahlen etwas mit der Kameradschaftskasse

zu tun, oder haben sie eine ganz andere Bedeutung?"
„Sehr gut, Voß. Vielleicht kann uns in dieser Sache tatsächlich der Neffe Willi weiterhelfen. Ich habe ihn für den Nachmittag auf das Revier einbestellen lassen."
„Ich werde nachher selbst noch einmal versuchen, aus diesen ominösen Blatt Papier schlau zu werden. Ich hoffe natürlich auch darauf, dass dieser Willi uns diesbezüglich etwas sagen kann, wenn wir, was zu vermuten steht, in dieser Sache nicht weiterkommen."
„Wir werden sehen. Wo ist denn nun die Bäckerei, von der Sie geschwärmt haben?"
Voß lief nahe an den Häuserwänden und wollte gerade antworten, als eine Frau mit zwei Kindern an der Hand aus der Tür eines Lebensmittelgeschäftes kam. Er wäre fast mit ihr zusammengestoßen und wollte gerade zu einer Entschuldigung ansetzen, als die Frau den Kopf in seine Richtung wandte.
Der Moment des Erkennens schien endlos zu dauern – es war Annegret.
Er wusste vor Schreck nicht, was er sagen sollte.
Ihr schien es ähnlich zu gehen, doch sie hatte sich schnell wieder erholt: „Hallo Martin."
„Hallo Annegret, wie geht es dir?"
Althoff musterte beide interessiert und kündigte rücksichtsvoll an: „Ich laufe ein paar Meter vor und schaue mir die Auslagen der Geschäfte an."
Voß nickte ihm dankbar zu und schaute daraufhin verlegen auf die beiden Kleinen.
„Das sind Franz-Josef und Albert, meine beiden Söhne", sagte Annegret und zeigte dabei auf ihre Kinder. Diese schienen die beklemmende Atmosphäre zwischen ihnen zu spüren und blickten den fremden Mann verschüchtert an.
Noch immer fand er keine Worte.
„Gut", sagte Annegret.
„Wie bitte?" stammelte er.
„Du hast mich gefragt, wie es mir geht. Meine Antwort ist: Gut – es geht mir gut. Und wie geht es dir?"
Inzwischen hatte er sich vom ersten Schock des plötzlichen Wiedersehens erholt.
„Oh ja, es geht mir auch gut. Ich habe im Augenblick einiges zu tun, wir ermitteln im Fall des getöteten SA-Mannes."

„Du ermittelst in dem Mordfall? Du hast dich doch bislang mit irgendwelchen Fahrrad- oder Hühnerdieben herumärgern müssen. Welch ein Karrieresprung!"
Ihm war die Boshaftigkeit in ihrer Feststellung nicht entgangen. Warum konnten sie sich nicht wie zwei normale Menschen unterhalten? Schließlich hatten sie sich doch einmal geliebt. Voß nahm sich vor, sich keinesfalls von Annegret provozieren zu lassen. Er musterte ihre teure Kleidung und sagte: „Immerhin scheinst du ja ein großes Los gezogen zu haben. Du siehst toll aus. Ich freue mich für dich."
Obwohl er es ehrlich meinte, merkte er, wie hohl sich seine Worte anhören mussten.
Die spitze Erwiderung folgte prompt: „Ja, mein Mann Eduard ist als oberster Buchhalter bei den Textilwerken in einer guten Stellung. Und obwohl er tagsüber hart arbeiten muss, ist er am Abend zuhause trotz allem immer fröhlich und gut gelaunt. Er kümmert sich liebevoll um unsere Kinder und ist ein treusorgender Ehemann. Stell dir vor: Wir können sogar miteinander lachen! Ich kann also mit Fug und Recht behaupten: Ich habe es gut getroffen, oder sollte ich besser sagen: So gut wie jetzt hatte ich es noch nie?"
Sie hatte ihre Pfeile abgefeuert und er fühlte sich schäbig.
„Annegret, es tut mir leid wegen damals. Ich ..."
Weiter kam er nicht, denn sie rief den beiden Jungs zu: „Kommt Kinder, wir müssen weiter. Der Papa wartet."
Zu Voß sagte sie noch: „Hat mich gefreut, dich wiederzusehen, Martin. Hoffentlich lernst du irgendwann auch wieder zu lachen."
Als sie weg war, dachte er traurig: „Was habe ich ihr damals nur angetan, dass sie nach den vielen Jahren noch immer so verletzt ist?"
Er schaute sich nach Althoff um und ging zu ihm.
„Entschuldigen Sie, eine alte Bekanntschaft. Aber, um auf Ihre Frage zurückzukommen: Wir sind schon fast am Ziel." Er zeigte dabei nach vorne. Der Kommissar schaute ihn lange an, sagte aber nichts.
Sie hatten inzwischen die Ibbenbürener Straße erreicht. Auf der linken Seite qualmten die Schornsteine einer der vielen Textilfabriken Rheines. In einigen Metern Entfernung stürmte plötzlich eine junge Frau aus einem Geschäft und setzte sich schwungvoll auf ein zuvor am Gebäude angelehntes Fahrrad, mit

dem sie flink in entgegengesetzter Richtung davon fuhr.
Althoff war stehen geblieben und hielt Voß am Ärmel fest.
„Das war doch Fräulein Hembrock. Sie muss es aber sehr eilig haben."
Auch der Kriminalsekretär hatte sie erkannt. „Und sie scheint sich für Literatur zu interessieren, denn sie kam aus einem Buchgeschäft."
„Ja, offensichtlich", murmelte der Kommissar nachdenklich.
Voß hatte nicht zuviel versprochen, die reichlich belegten Brote schmeckten köstlich. Als sie später auf das Revier zurück kamen, wurden sie von Wachtmeister Kleinschmidt schon ungeduldig erwartet.
„Ich habe mit Frau Schmalstieg gesprochen. Mit Verlaub, sie ist ein schreckliches Weibsbild. Ich musste sie anfangs mehrfach ermahnen, meine Fragen zu beantworten, sonst hätte sie mich in Grund und Boden geredet. Sie bestätigte zunächst die Ankunftszeit ihres Mannes. Als ich mehrmals nachhakte, wurde sie immer unsicherer. Ich habe sie dann darauf aufmerksam gemacht, dass sie ihre Aussage möglicherweise vor Gericht unter Eid wiederholen muss und auf die Strafe für einen Meineid hingewiesen. Mit einem Mal war sie nicht mehr so redselig und gab kleinlaut zu, ihr Mann sei erst weit nach Mitternacht nach Hause gekommen. Sie hatte lange vor seiner Ankunft die Kirchturmuhr zwölfmal schlagen hören, weil sie wegen des Ausbleiben ihres Mannes nicht schlafen konnte."
„Danke, Herr Wachtmeister. Sie haben Ihre Sache hervorragend gemacht!", lobte der Kommissar. Wir werden uns Schmalstieg gleich noch einmal vorknöpfen. Und für Sie, Kleinschmidt, haben wir noch zwei weitere Aufgaben."
Er erteilte dem Schutzpolizisten den Auftrag, mit dem Nachbarn Jansens über dessen Geburtstagsbesuch zu sprechen und die diesbezüglich gemachten Angaben zu überprüfen. Anschließend sollte er Rudolf Fiedler samt Kameradschaftskasse und Kassenbuch zum Revier bringen.
Fräulein Hubbert klopfte an: „Ein Herr Willi Plagemann ist eingetroffen. Er sagt, Sie möchten ihn sprechen."
„Bitten Sie ihn herein, Fräulein Hubbert", bat Voß.
Erwartungsvoll blickten die beiden Kriminalbeamten zur Tür, die sich auch gleich wieder öffnete. Ein junger Mann trat ein, hob den

rechten Arm zum Gruß und sagte: „Heil Hitler, die Herren. Mein Name ist Wilhelm Plagemann, ich bin der Neffe des ermordeten Heinrich Plagemann. Sie wollten mich sprechen?"
Althoff erhob sich: „Heil Hitler, Herr Plagemann. Zunächst darf ich Ihnen zum Tod Ihres Onkels unser Beileid aussprechen. Bitte nehmen Sie Platz." Er stellte den Kriminalsekretär und sich vor, bevor er fortfuhr: „Sie sind, soweit wir informiert sind, der einzig lebende Verwandte Ihres Onkels?"
„Vielen Dank, Herr Kommissar. Ja, wir Plagemanns sind in den letzten Jahren nicht vom Glück verfolgt. Unsere Familiengeschichte ist ziemlich traurig: Heinrich hatte zwei Brüder, Gustav und meinen Vater. Beide sind im Weltkrieg gefallen. Dann hat die spanische Grippe meine Familie weiter dezimiert: Sowohl meine Mutter als auch meine Schwester sind daran gestorben. So blieb mir nur Onkel Heinrich, bei dem ich aufwuchs. Jetzt, wo auch er tot ist, bin ich wohl der letzte Plagemann in Rheine."
„Ihr Onkel hat nie an eine Heirat gedacht?"
„Ich glaube, er war zu sehr der eingefleischte Junggeselle. Es hat durchaus Frauen in seinem Leben gegeben, aber die eine, die ihn von einem ruhigen Familienleben überzeugen konnte, gab es nicht. Er wollte sein Leben und seine Freiheit immer genießen."
„Uns wurde gesagt, dass Sie diesbezüglich nicht in die Fußstapfen Ihres Onkels steigen wollen und sich sehr für eine junge Dame interessieren?"
„Darf ich fragen, wen genau Sie damit meinen?"
„Nun, es handelt sich bei der jungen Dame um die Kellnerin des „Emskrugs", Fräulein Johanna Hembrock."
„Die Johanna meinen Sie?" Er lächelte dabei. „Sie ist allerdings eine wunderschöne junge Frau mit einer sehr liebenswerten Art, wie sie sich ein Mann nur wünschen kann. Aber sie hat gleich eine ganze Meute an Verehrern, wie Sie sich vielleicht vorstellen können, wenn Sie sie schon kennen gelernt haben. Da müsste ich mich in der Schlange wohl ganz hinten anstellen. Nein, nein, auf mich hat sie nie ein Auge geworfen. Ich pflege zwar eine Freundschaft mit ihr, aber ihr Herz hat sie bedauerlicherweise an einen anderen vergeben."
„Ach wirklich? Um wen handelt es sich dabei?"
„Der Auserwählte heißt Felix Baumann, er ist wie mein Onkel

Mitglied in der Sturmabteilung. Nur weiß er mit seinem Glück nicht so recht umzugehen, er lässt die Johanna noch ein wenig schmoren. Vielleicht genießt er es ja, so weiter von ihr angehimmelt zu werden. Die beiden kennen sich aus ihrer gemeinsamen Schulzeit."

Die Beamten schauten sich angesichts dieser Neuigkeit überrascht an.

Willi Plagemann bat unterdessen: „Darf ich Sie fragen, was vorgestern mit meinem Onkel passiert ist? Oder dürfen Sie es mir nicht erzählen?"

„Natürlich haben Sie ein Recht darauf zu erfahren, was geschehen ist. Ihr Onkel ist auf dem Heimweg vom ›Emskrug‹ am Timmermanufer niedergeschlagen worden. Man hat anschließend versucht, ihn in die Ems zu werfen, was allerdings misslungen ist; lediglich der Kopf Ihres Onkels war unter Wasser getaucht. Letztendlich ist er ertrunken."

„Mir ist bewusst, dass Onkel Heinrich wahrlich kein Engel war. Aber das hat er nicht verdient", sagte Willi Plagemann mit trauriger Stimme.

„Wissen Sie denn von irgendwelchen Streitereien oder Feinden Ihres Onkels?", wollte Voß wissen.

„Er hat sich vermutlich mit jedem angelegt, der seinen Weg kreuzte. So war er eben. Aber ich kann ihnen keine konkrete Person benennen; so häufig haben wir uns in den letzten Monaten nicht mehr gesehen. Er wollte mich seit längerem schon für die SA verpflichten, aber für Politik habe ich mich noch nie interessiert, deshalb hat er es irgendwann aufgegeben."

Voß zog einen Zettel von seinem Schreibtisch. „Können Sie mit diesem Blatt Papier etwas anfangen? Das haben wir in der Wohnung Ihres Onkels gefunden. Sagen Ihnen vielleicht die Zahlen darauf etwas?"

Der Neffe des Verstorbenen schaute sich das Geschriebene lange an und äußerte sich dann: „Nein, tut mir leid, das sagt mir nichts."

Althoff beendete das Gespräch: „Schade, wir hatten gehofft, Sie haben den Schlüssel für die Lösung des Rätsels. Vielen Dank, dass Sie sich herbemüht haben. Fräulein Hubbert wird Ihnen den Weg hinaus zeigen."

*

Schmalstieg machte einen nervösen Eindruck, als er das Büro betrat.
„Herr Schmalstieg, Sie haben uns nicht die Wahrheit gesagt", konfrontierte Voß ihn gleich mit dem Ergebnis des Gesprächs zwischen Kleinschmidt und seiner Frau.
Der Angesprochene nestelte schweigend an seinem Kragen herum, während er umständlich Platz nahm.
„Sie sind nicht, wie Sie behauptet haben, gegen zehn Uhr zu Hause angekommen, sondern erst weit nach Mitternacht. Ihre Frau erzählte uns das, nachdem wir sie über die Konsequenzen einer Falschaussage aufgeklärt hatten. Was sagen Sie dazu?"
„Sie muss sich mit der Zeit vertan haben. Sie bringt manchmal einiges durcheinander", versuchte Schmalstieg sich zu winden.
„Nein, Herr Schmalstieg, Ihre Frau bringt im Gegensatz zu Ihnen nichts durcheinander. Sie haben uns bezüglich Ihrer Ankunftszeit zuhause belogen. Zwischen dem von Ihnen angegeben und dem tatsächlichen Zeitpunkt Ihres Eintreffens liegt eine Differenz von mindestens zweieinhalb Stunden. Die Fragen, die sich uns jetzt stellen, sind: Wo waren Sie in der Zeit von halb zehn bis halb eins und: Warum haben Sie uns belogen?"
Der SA-Mann saß zusammengesunken auf seinem Stuhl und schwieg.
„Herr Schmalstieg ...?"
„Diese blöde Kuh, zu nichts ist sie zu Gebrauchen! Wie konnte ich sie nur heiraten?", brach es aus ihm heraus.
Althoff ignorierte seine Worte und versuchte, ihn zum Reden zu bewegen: „Herr Schmalstieg, war es vielleicht so: Der Ermordete hatte Sie vor dem ganzen Sturm zusammengefaltet, Sie waren vor allen blamiert worden; in Ihnen hatte sich dadurch eine unheimliche Wut aufgestaut, die aus Ihnen heraus musste. Sie wollten es ihm heimzahlen! Draußen haben Sie darauf gewartet, dass Plagemann den „Emskrug" verließ, haben ihm unterwegs aufgelauert und auf einen günstigen Moment gewartet, um ihn zu erschlagen. War es so?"
„Nein, ich war das nicht!"
„Ich mache Sie darauf aufmerksam, dass sich ein Geständnis günstig für Sie auswirken könnte. Sie sollten Ihr Gewissen erleichtern."
„Aber nein, Sie verdächtigen den Falschen!"

„Herr Schmalstieg, es sieht nicht gut für Sie aus. Wenn Sie tatsächlich nicht für die Tat verantwortlich sein sollten, sagen Sie uns endlich, wo Sie nach dem Verlassen des Lokals waren."
„Ich bin noch durch die Stadt marschiert und habe über den Abend nachgedacht."
„Hat Sie Ihr Spaziergang vielleicht zum Timmermanufer geführt?"
„Ich bin nicht einmal in die Nähe des Ufers gekommen. Bitte glauben Sie mir, ich war dort nicht!"
„Sie sollten aufhören, uns Ihre Lügenmärchen aufzutischen. Wo also waren Sie?"
Schmalstieg senkte den Kopf und sagte nichts.
„Sie wollen uns also wirklich nicht erzählen, wo Sie waren? Denken Sie an die Konsequenzen, die sich für Sie ergeben!"
Doch es kam keine Antwort mehr, er schien sich mit seinem Schicksal abgefunden zu haben.
„Also gut, wie Sie wollen. Wir werden Ihnen Gelegenheit geben, in Ruhe über alles nachzudenken. Wir behalten Sie erst einmal hier. Vielleicht fällt Ihnen bis morgen wieder ein, wo Sie vorgestern Abend waren. Die Nacht werden Sie in unserem Keller verbringen."
Im Keller des Gebäudes waren die karg eingerichteten Arrestzellen untergebracht, in die Schmalstieg jetzt von zwei Unterwachtmeistern, die ihn von beiden Seiten an den Armen gegriffen hatten, geführt wurde. Er ließ sich die Behandlung wortlos gefallen.
„Da wir doch die Rückkehr Kleinschmidts abwarten müssen, schlage ich vor, wir lassen uns von Fräulein Hubbert einen Kaffee servieren und schauen uns unterdessen das ominöse Blatt Papier aus dem Besitz Plagemanns nochmals an", schlug der Kriminalsekretär vor.
„Mir gefallen nicht nur Ihre Fragen, die Sie unseren Verdächtigen stellen, mir gefallen auch Ihre Vorschläge, Voß", zeigte sich der Kommissar lächelnd einverstanden.
Inzwischen war auch der Sturmführer wieder zu ihnen gestoßen, so dass Fräulein Hubbert nach einiger Zeit drei Kaffeegedecke hereinbrachte.
Beim Genuss des heißen Getränkes betrachteten sie anschließend ratlos die unleserlichen Zeichen auf dem Zettel. Dass es sich bei dem Gekritzel um Zahlen handeln musste, hatten sie heute früh

bereits festgestellt. Zusätzlich waren einige Striche zwischen den Zahlen angebracht, so dass zu vermuten war, dass Plagemann etwas errechnet hatte. Zusätzlich gab es einige Ziffern, die durchgestrichen waren. Handelte es sich um fehlerhafte Ergebnisse, die er dann korrigiert hatte? So sehr sie sich auch bemühten, das Blatt blieb ein großes Rätsel.
Mitten in ihren Überlegungen betrat Wachtmeister Kleinschmidt das Büro und erklärte, mit dem Nachbarn Jansens gesprochen zu haben. Der habe zwar bestätigt, am Dienstagabend mit Jansen noch einige Flaschen Bier geleert zu haben, könne aber aufgrund des Alkoholkonsums an seinem Geburtstag keinerlei Zeitangaben machen. Außerdem, so verkündete Kleinschmidt, habe er das SA-Mitglied Rudolf Fiedler mit sämtlichen Kassenunterlagen mitgebracht.
„Also gut, unterhalten wir uns zunächst mit Fiedler. Kleinschmidt, bitte organisieren Sie uns eine Stenografin und dann lassen Sie sich von Fräulein Hubbert einen Kaffee zubereiten. Nachdem wir Sie heute so häufig bemühen mussten, haben Sie sich den wahrlich verdient!"
Fiedler schien ein zurückhaltender Mann zu sein. Fast schon schüchtern betrat er den Vernehmungsraum, grüßte leise mit „Heil Hitler" und nahm vorsichtig Platz, nachdem sich die Kriminalbeamten vorgestellt hatten.
Althoff begann: „Sie führen innerhalb Ihres Sturms die Kasse, nicht wahr?"
„Ja, genau."
„Herr Fiedler, es geht um den 30. Januar, also vorgestern. Im Laufe des Abends wurde Ihr Kamerad Heinrich Plagemann ermordet, nachdem er den „Emskrug" verlassen hatte. Wie lange waren Sie an dem Abend im Kreise Ihres Sturms?"
„Ich war bis etwa neun Uhr im „Emskrug" und bin danach mit meinem Fahrrad direkt nach Hause gefahren. Ich musste mich um meine Frau kümmern, sie ist schwer herzkrank und brauchte meine Hilfe, um ins Bett zu kommen."
„Haben Sie von den Streitereien zwischen Plagemann und seinen Tischnachbarn etwas mitbekommen?"
„Ich habe im Nachhinein schon gehört, dass es noch Ärger gegeben hat. Aber da war ich bereits weg."
„Von einem Zeugen haben wir erfahren, dass auch Sie an diesem

Abend eine Auseinandersetzung mit dem Ermordeten hatten. Was sagen Sie dazu?"
Fiedler schoss das Blut in den Kopf.
„Ja, es stimmt schon, wir haben uns über eine Sache unterhalten und waren dabei nicht einer Meinung. Aber so schlimm war das nicht."
„Worum ging es denn dabei?"
„Ach, das war etwas Privates."
Voß brachte sich in das Gespräch ein: „Plagemann hatte vor dem Fackelzug bereits eine abfällige Bemerkung über Ihre Kassenführung gemacht, später ist er Ihnen an die Gurgel gegangen. Ging es also um die Kameradschaftskasse?"
Es dauerte, bis der immer nervöser werdende Fiedler leise antwortete: „Es ging um etwas anderes. Es hatte mit der Krankheit meiner Frau zu tun."
„Dann erzählen Sie uns bitte genau, was Plagemann Ihnen vorwarf!"
„Das kann ich nicht." Er sah den Sturmführer dabei flehentlich an.
Der Kriminalsekretär sagte: „Wie Sie wollen. Dann werden Sie jetzt im Warteraum Platz nehmen, bis wir Sie wieder aufrufen. Denken Sie noch einmal in Ruhe nach. Sie werden das Revier heute nicht eher verlassen, bis Sie uns gesagt haben, worum es in dem Streit zwischen Ihnen ging!"
Niedergeschlagen wurde der Befragte aus dem Raum geführt.
Nachdem die drei Ermittler zurück in dessen Büro gegangen waren, schlug Voß vor: „Wir sollten schleunigst einen Blick in die Buchführung Fiedlers werfen, vielleicht sind wir danach schlauer. Irgendetwas stimmt da doch nicht!"
„Aha, deshalb wollten Sie ihn also so schnell wieder loswerden. Sie werden sehen, es wird kein Fehler zu finden sein. Für Fiedler verbürge ich mich", beeilte sich Walbusch zu versichern.
„Nun, das warten wir erst mal ab", meinte Althoff.
Voß war jetzt nicht mehr zu bremsen: „Beginnen wir mit dem Ist-Zustand, also der Zählung des vorhandenen Geldes."
Eine ausgediente Zigarrenkiste war zur Kameradschaftskasse zweckentfremdet worden und wurde vom Kriminalsekretär geöffnet.
Alle drei beteiligten sich am Aufschichten der Münzen, auch einige kleine Scheine waren dabei; am Ende waren sie sich über einen

aktuellen Kassenstand in Höhe von 71,79 Reichsmark einig.
Dann nahmen sie sich das Kassenbuch vor. 42 Namen des örtlichen Sturms der SA in Rheine waren aufgelistet. Dazu erklärte Walbusch: „Bei den wöchentlich stattfindenden Kameradschaftsabenden zahlt jedes Mitglied einen Groschen in die Kameradschaftskasse ein. Das Geld wird für unser alljährlich stattfindendes Sommerfest oder andere gemeinsame Aktivitäten, zum Beispiel Ausflüge, verwendet. Gegen Jahresende schauen sich zwei Kameraden die Kasse an und bestätigen die ordnungsgemäße Führung mit ihren Unterschriften im Kassenbuch. Hier", er deutete auf die entsprechende Seite „sehen Sie die Unterschriften der beiden Kameraden nach der Kassenprüfung im Dezember 1933. Sie sehen also, es ist alles in Ordnung."
Voß sagte zweifelnd: „Dann wollen wir mal rechnen. Schreiben Sie mit, Herr Walbusch? Wir haben am 29.12. letzten Jahres einen Kassenstand von 94,82 Reichsmark. Seitdem sind keinerlei Ausgaben vermerkt. Da kann also schon etwas nicht stimmen. Habe ich recht, Herr Walbusch?"
Dieser war erbleicht und sagte nichts.
„Machen wir weiter: Seitdem gab es vier Donnerstage, also vier Kameradschaftsabende. Wenn ich vier Abende mal einen Groschen bei 42 Kameraden rechne, komme ich auf 16,80 Reichsmark Einnahmen. Allerdings müssen wir noch nicht gezahlte Beiträge, also Rückstände abziehen. Ich zähle sieben Beiträge, die bislang nicht eingezahlt wurden, alleine vier in der letzten Woche. Einnahmen 1934 also 16,10 Reichsmark, das mit dem Kassenstand zum Jahresende addiert, macht 110,92 Reichsmark."
Walbusch stammelte: „Das kann nicht sein. Dafür muss es eine Erklärung geben."
„Ich komme auf eine Differenz zwischen Soll und Haben von 39,13 Reichsmark."
Althoff pfiff leise und sagte: „Das wird uns Herr Fiedler in der Tat erklären müssen. 39,13 Mark sind eine Menge Holz!"
Voß ergänzte: „Lassen Sie uns noch einmal einen Blick auf Plagemanns Notizen werfen. Wenn die Zahlen wirklich etwas mit der Kasse zu tun haben, blicken wir vielleicht jetzt durch."
„Guter Gedanke", lobte der Kommissar.
Alle drei schauten angestrengt auf das Blatt Papier und versuchten, die errechneten Zahlen auf der Mitschrift Walbuschs

wiederzufinden.

Der Sturmführer meinte nach einiger Zeit: „Ich gebe auf. Ich werde aus diesen Hieroglyphen einfach nicht schlau."

„Tun Sie das nicht, geben Sie nicht so schnell auf, Herr Sturmführer. Ich finde einige Zahlen wieder, ich glaube, ich kann es Ihnen erklären", behauptete Voß. „Sehen Sie: Das hier zum Beispiel ist das Jahresabschlussergebnis, also 94,82. Es folgen weitere Zahlen, teilweise durchgestrichen, da hat er sich wohl vertan. Rechnen war vermutlich nicht Plagemanns Stärke, aber letztendlich kommt er doch zum richtigen Ergebnis: Stellen Sie sich vor, Plagemanns Revision erfolgte nicht nach, sondern vor dem letzten Kameradschaftsabend. Überprüfen Sie die Einzahlungen nach drei Abenden abzüglich der Rückstände, also 12,30 Reichsmark und addieren Sie das Jahresabschlussergebnis dazu, dann war der Soll-Kassenstand zu diesem Zeitpunkt 107,12 Mark. Tatsächlich lag der Bestand damals aber lediglich bei 67,99 Reichsmark. Diese Zahlen finden Sie hier", er zeigte dabei auf das Papier, „und die Differenz, also das, was fehlt, in Höhe von 39,13 Reichsmark ist hier aufgeführt", erneut wies er auf die entsprechende Stelle auf dem Papier. „Plagemann hat Fiedler bei seinen Mogeleien ertappt, daran besteht kein Zweifel! Immerhin hat sich der Fehlbetrag seitdem nicht weiter erhöht."

„Donnerwetter, Sie haben recht, Voß. Sie haben das Rätsel um die Hieroglyphen geknackt", zeigte Althoff seine Begeisterung.

Auch Walbusch war jetzt überzeugt: „Das ist einfach nicht zu fassen! Ich muss zugeben, sie lagen mit Ihrer Vermutung richtig. Jetzt interessiert mich, was Fiedler dazu zu sagen hat."

„Ja, wir lassen ihn unverzüglich holen."

Fiedler schaute auf den Boden, als alle wieder zusammen saßen.

„Herr Fiedler, ich glaube, Sie wissen, was wir bei der Prüfung der Kameradschaftskasse herausgefunden haben", begann Voß.

„Ja, ich kann es mir vorstellen. Ich ... es ging nicht anders. Es tut mir leid, Herr Sturmführer. Aber es war doch nur vorübergehend, ich hätte das Geld schon wieder in die Kasse getan."

Er schaute dabei sorgenvoll zu Walbusch.

Dieser schrie ihn an: „Du hast den Sturm bestohlen und die Kameraden um ihr Geld betrogen! Du gehörst der Sturmabteilung der Partei an und zählst zur Elite des deutschen Volkes. Wie konntest du das tun?"

Der Beschuldigte sank immer tiefer in seinen Stuhl.
Althoff bemühte sich, die Situation zu beruhigen: „Bleiben wir sachlich, schließlich geht es hauptsächlich um die Aufklärung eines Mordes. Also Herr Fiedler, bei der Revision der von Ihnen geführten Kameradschaftskasse haben wir einen Fehlbetrag in Höhe von 39,13 Reichsmark festgestellt. Wofür brauchten Sie das Geld?"
„Meine Frau ... sie ist schwer herzkrank. Sie benötigt Medikamente, sehr teure Medikamente. Ich kann sie mir nicht leisten. Ich habe doch keine Arbeit, weil ich den ganzen Tag für sie da sein muss. Es ging ihr wieder einmal sehr schlecht und sie brauchte ihr Herzmittel, da habe ich in die Kasse gegriffen. Ich weiß, ich hätte das nicht tun dürfen, aber ich kann sie doch nicht einfach sterben lassen. Ich hätte das Geld doch wieder eingezahlt, ich habe eine Stelle in Aussicht und mit dem Lohn hätte ich alles zurückzahlen können", schluchzte er.
„Bei welchem Arbeitgeber haben Sie eine Anstellung in Aussicht?"
„Die Reichsbahn will mich zum April einstellen. Im Bahnbetriebswerk in der Dampflokomotiven-Entschlackung. Es ist zwar keine schöne Arbeit, aber ich kann ausschließlich in Nachtschichten arbeiten und tagsüber meine Gerda pflegen. Mit dem Verdienst hätte ich alles in Ordnung gebracht und niemand hätte etwas gemerkt."
„Aber Herr Plagemann ist Ihnen auf die Schliche gekommen. Wie hat er das geschafft?"
„Es war ein dummer Zufall", sagte Fiedler leise. „Er stand plötzlich in der Apotheke hinter mir, weil er selber eine Arznei brauchte. Er bekam mit, wieviel ich für die Medikamente meiner Frau zu zahlen hatte und fragte mich anschließend draußen vor der Tür, wie ich das als Arbeitsloser bezahlen könne. Mit meinen Ausflüchten gab er sich nicht zufrieden und verlangte einen sofortigen Einblick in die Kameradschaftskasse. Natürlich hat er den Fehlbetrag schnell gefunden. Er drohte mir mit einer Anzeige, wenn ich das Minus nicht innerhalb von zwei Wochen ausgleiche. Außerdem wollte er natürlich dich, Alois, informieren."
Walbusch schüttelte ratlos den Kopf. „Wir beide kennen uns so lange und ich habe dir immer vertraut, aber das hätte ich von dir nicht erwartet. Du hast mich sehr enttäuscht, Rudi."
Althoff übernahm wieder die Gesprächsführung: „Herr Fiedler, Sie

werden sich für den Diebstahl verantworten müssen. Was aber noch viel schwerer wiegt: Sie hatten ein Motiv, Herrn Plagemann zu ermorden, nämlich um den einzigen Mitwisser Ihrer Betrügereien zum Schweigen zu bringen!"
Fiedler hatte Tränen in den Augen, als er nun aufblickte.
„Ich wusste, dass das passieren würde. Mir ist natürlich bewusst, dass ich jetzt Ihr Hauptverdächtiger bin. Ich kann Ihnen nur versichern, dass ich um etwa viertel nach neun zuhause war."
„Was hat Plagemann Ihnen an diesem Abend gesagt?"
„Er hat seine Drohungen wiederholt. Wenn ich das Geld nicht bis zum nächsten Kameradschaftsabend zurückgezahlt hätte, wollte er den Sturmführer informieren. Ich bat, nein bettelte ihn an, mir mehr Zeit zu geben, doch davon wollte er nichts hören. In dieser Situation überraschte uns Fräulein Hembrock."
„Herr Fiedler, kann Ihre Frau bestätigen, wann Sie zu Hause eingetroffen sind und dass Sie das Haus anschließend nicht mehr verlassen haben?"
„Herr Kommissar, ich werde Sie nicht belügen: Meine Frau verträgt weder Aufregung noch darf sie sich körperlich anstrengen. Sie bekommt zur Stärkung ihres Herzens sehr starke Medikamente, die sie nachts schlafen lassen wie ein Stein. Wir haben also zwar nebeneinander im Bett gelegen, aber meine Frau wird Ihnen nicht bestätigen können, dass ich nicht doch später noch einmal die Wohnung verlassen habe. Ich möchte Sie aber bitten, sie nicht zu befragen. Die Aufregung wäre zu viel für sie."
„Ich bin mir nicht sicher, ob wir Ihnen das zusagen können."
„Ich bin bereit, die Konsequenzen meiner Fehlhandlungen zu tragen. Ich bitte Sie lediglich um Schonung meiner Frau. Ich kann Ihnen nur versichern, ich habe den Heinrich nicht ermordet."
Althoff schaute hinüber zu Voß.
„Es gibt eigentlich keinen Zweifel: Der erwiesene Diebstahl, dazu ein sehr vages Alibi – wir müssten Sie normalerweise hier behalten ..."
Voß glaubte, die Gedanken des Kommissars zu verstehen, nickte ihm unmerklich zu und führte den Gedanken weiter aus: „Glücklicherweise gibt es eine Alternative, von der wir Gebrauch machen können ..."
Althoff lächelte innerlich und nickte: „Sie, Herr Fiedler melden sich in den nächsten Tagen jeweils morgens um acht und

nachmittags um fünf Uhr hier bei uns auf dem Revier. Mit dieser Auflage lassen wir Sie zu Ihrer Frau nach Hause gehen. Sollten Sie sich allerdings auch nur um fünf Minuten verspäten, nehmen wir Sie vorläufig fest!"
„Ich habe verstanden! Vielen Dank, meine Herren. Sie werden sehen, ich werde Sie nicht enttäuschen", stammelte Fiedler erfreut. Sein Glück kaum fassend verließ er zügig das Gebäude.
„Wir sollten uns noch schnell mit Jansen befassen, bevor wir uns auf den Weg zum ›Emskrug‹ machen. Der hat sich seinen Allerwertesten sicher inzwischen platt gesessen", mahnte Voß.
„Die Wartezeit hat er hoffentlich dazu genutzt, um über sein Leben nachzudenken. Ich hätte ihn gerne über Nacht hierbehalten, aber sein Nachbar gibt ihm zwar kein wasserdichtes, so doch zumindest ein glaubhaftes Alibi. Wir werden ihn laufen lassen müssen."
Obwohl die lange Wartezeit ihn sichtlich geärgert hatte, beschwerte sich Jansen nicht. Auch er wurde mit der Auflage entlassen, täglich persönlich auf dem Revier vorstellig zu werden und Rheine in den nächsten Tagen nicht zu verlassen. Besonders vom Bahnhof habe er sich fernzuhalten.
Draußen war es schon dunkel geworden; auf Vorschlag Althoffs wollten die beiden Polizisten in der Altstadt zu Abend essen und sich anschließend zum Kameradschaftsabend der SA begeben, um dort weitere Befragungen durchzuführen. Walbusch entschuldigte sich mit der Begründung, er müsse vor dem Abend mit seinen Kameraden noch kurz nach Hause.

*

Johanna zog ihren dick gefütterten Wintermantel an, legte den Schal um und zog Handschuhe und Mütze über. Sie musste um viertel vor sieben im „Emskrug" sein, um beim allwöchentlichen Kameradschaftsabend der Sturmabteilung die Getränke auszugeben. Die Nacht würde wieder kalten Frost bringen, aber immerhin war es trocken.
Sie verabschiedete sich von ihrer Familie und zog die Tür hinter sich zu. Auf dem Hof holte sie ihr Fahrrad hervor und bekam einen Schreck, als sie die Kälte des Sattels unter sich spürte.
Nachdem sie aus dem Gemeinschaftshof gefahren war, bog sie nach links zur Innenstadt ab. Noch immer funktionierte die

Beleuchtung an ihrem Rad nicht, so dass sie den Weg angesichts nur spärlich vorhandener Straßenlaternen auch heute überwiegend in der Dunkelheit zurücklegen musste. Der kalte Gegenwind blies ihr eisig durchs Gesicht. Sie fröstelte wegen der winterlichen Temperaturen, wie kalt würde es da erst später auf dem Rückweg sein?

Von Weitem sah sie einen Güterzug donnernd über die Eisenbahnbrücke fahren, die die Straße überspannte. Als sie sich der Brücke näherte, konnte sie eine dunkle, vermutlich männliche Gestalt erkennen, die offensichtlich auf jemanden wartend am Straßenrand stand.

Jetzt drehte sich die Person ihr zu, scheinbar war sie auf ihrem Rad trotz der schummrigen Straßenbeleuchtung bemerkt worden.

Sie bekam ein mulmiges Gefühl und versuchte nach links auszuweichen, doch der Fremde bewegte sich nun ebenfalls in diese Richtung. Panik überkam sie, als der Mann die letzten Meter zu ihr im Sprint zurücklegte und sie vom Fahrrad stieß. Sie spürte einen stechenden Schmerz im linken Bein, als sie aufschlug. Sie schrie auf, aber sofort wurde ihr bewusst, dass sie niemand in diesem nicht bebauten Abschnitt ihres Weges hören würde. Was hatte der Mann mit ihr vor? Ging es um Geld, oder waren seine Absichten viel schlimmerer Natur?

Ihre Furcht steigerte sich zur Todesangst, als sie erkannte, wer sie soeben umgestoßen hatte.

„Nein, bitte nicht, tu das nicht", flehte sie, während sie sich auf dem Boden krabbelnd von ihrem Fahrrad zu entfernen versuchte. Dabei verlor sie ihren rechten Handschuh.

Sie schaffte es noch, auf die Beine zu kommen und einige Meter am Bahndamm entlang rennend zu fliehen, doch dann wurde sie von hinten gefasst und erneut zu Boden geworfen. Sie drehte sich mit letzter Kraft auf den Rücken und versuchte sich mit ihren Händen zu wehren. Trotz der niedrigen Temperaturen konnte sie den Schweiß ihres Peinigers riechen, der ihr zudem seinen keuchenden Atem ins Gesicht blies. Er war über ihr und schob seine angewinkelten Knie auf ihre Oberarme. Der Schreck ließ ihr Herz trommelnd schlagen und sie hatte das Gefühl, es würde jeden Augenblick herausspringen. Noch einmal öffnete sie ihren Mund und wollte zu einem letzten verzweifelten Hilfeschrei ansetzen, doch als er seine behandschuhten Hände um ihren Hals schloss und

mit unbarmherziger Kraft zudrückte, bekam sie keinen Laut mehr heraus. Sie spürte, es würde gleich vorbei sein und hoffte nur noch, dass es schnell ging.
Das Letzte, was sie in ihrem jungen Leben sah, war sein wutverzerrtes Gesicht.

*

Die beiden Kriminalbeamten hatten in einem Lokal auf dem Thie gegessen und betraten den „Emskrug" zusammen mit einigen Männern in SA-Uniform.
Nachdem diese den rechten Arm erhoben und mit einem zackigen „Heil Hitler" gegrüßt hatten, gingen sie in ein Gastzimmer im hinteren Teil des Hauses und schlossen die Tür hinter sich.
Im Schankraum saßen einige Gäste an der Theke, die Tische waren nur vereinzelt besetzt. Die Polizeibeamten wählten den Tisch neben der Tür, an dem die Fünfergruppe vorgestern Abend gesessen hatte und der augenblicklich nicht belegt war.
Alfons Hergemöller begrüßte sie und fragte, was sie trinken wollten, woraufhin sie zwei Bier bestellten.
Nachdem der Wirt ein volles Tablett an den Sturm im Nebenraum ausgeliefert und die Gäste am Tresen versorgt hatte, kam er mit zwei Gläsern Bier an ihren Tisch.
„Ich hoffe, Sie kommen mit Ihren Ermittlungen voran?"
„Ich würde sagen: Im Moment haben wir noch mehr Fragen als Antworten. Wir verfolgen zwar einige Spuren, müssen aber weitere Zeugen befragen. Vielleicht erhalten wir heute Abend weitere Hinweise, das ist der eigentliche Grund unseres Erscheinens", antwortete der Kommissar. „Ist Ihnen denn zu vorgestern Abend noch etwas eingefallen?"
„Ich habe noch einmal in Ruhe über den Abend nachgedacht. Ich habe Ihnen wirklich alles gesagt, was mir aufgefallen ist. Allerdings war ich mit dem Einschänken der Getränke auch ziemlich eingespannt. Haben Sie mit meiner Kellnerin gesprochen? Die Johanna hat an den Tischen ausgeliefert und bestimmt mehr mitbekommen."
„Wir haben uns bereits mit ihr unterhalten. Vielleicht kann sie uns noch weitere Angaben machen, die ihr nach der ersten Befragung wieder eingefallen sind. Oftmals erinnert sich ein Zeuge mit einem

gewissen Abstand wieder an Kleinigkeiten, die für uns sehr wichtig sein können."

„Die Johanna werden Sie gleich sehen. Sie hat heute Abend Dienst."

„Gut, wir werden später nochmals mit ihr sprechen. Sagen Sie, ist der Sturmführer schon hier?"

„Ja, er ist immer einer der ersten, der zu den Kameradschaftsabenden erscheint."

„Dann sagen Sie ihm doch bitte Bescheid, dass wir hier sind, wenn Sie die nächste Runde Bier in den Raum bringen."

„Das mache ich. Wird bestimmt nicht lange dauern, das mit der Runde Bier, meine ich", sagte der Wirt schmunzelnd.

Damit verließ er den Tisch und kümmerte sich wieder um die Getränke der übrigen Gäste.

Weitere SA-Männer hatten zwischenzeitlich das Lokal betreten und sich zu ihrer Truppe begeben.

Nach einiger Zeit öffnete sich die Tür zum Nebenzimmer und der Sturmführer trat mit einem Bier in der Hand zu ihnen.

„Bitte nehmen Sie Platz", lud Althoff ihn ein und der SA-Mann setzte sich zu ihnen.

„Wir werden den Abend zu Ehren unseres ermordeten Kameraden gleich mit einer Schweigeminute und dem Horst-Wessel-Lied beginnen. Sie können sich sicher vorstellen, dass die Stimmung ziemlich niedergeschlagen ist. Es wird heute ein trauriges Treffen", sagte Walbusch nachdenklich.

„Wir müssen uns gleich noch mit zwei weiteren Ihrer Mitglieder unterhalten, nämlich Kemper und Baumann. Beide saßen vorgestern ebenfalls hier am Tisch, vielleicht können Sie uns noch irgendetwas erzählen, was wir bislang nicht wissen", meinte der Kommissar. „Bitte teilen Sie beiden mit, dass wir hier auf sie warten."

„Ich gebe ihnen Bescheid, dass sie zu Ihrem Tisch kommen möchten. Augenblicklich sind sie noch nicht da, werden aber bestimmt jeden Moment eintreffen. Ich schicke sie Ihnen dann gleich raus."

„Vielen Dank, Herr Sturmführer."

Damit zog sich dieser zu seinen Leuten zurück. Eine neue Gruppe braun gekleideter Männer kam herein. Einer aus dieser Gruppe, ein junger, schlanker Mann musterte die am Tisch sitzenden Ermittler

auffällig, bevor er den anderen nach hinten folgte.
Die beiden Polizisten genossen in den nächsten Minuten ihr Bier und sprachen leise über ihren Fall.
„Ich habe bislang weder Fiedler noch Jansen gesehen", stellte Althoff fest.
„Nun, bei Fiedler wundert es mich überhaupt nicht", antwortete Voß. „Der wird sich bei seinen Kameraden wohl nie wieder sehen lassen können."
Nochmals öffnete sich die Tür und ein einzelnes SA-Mitglied kam in den „Emskrug". Er hatte seine Mütze tief über den Kopf gezogen und bestellte sich an der Theke ein Bier, das er mit in den Nebenraum nahm. Von dort erklang nach einiger Zeit aus vielerlei Kehlen die Parteihymne der Nationalsozialisten.
Als das Horst-Wessel-Lied verklungen war, wurde die Tür geöffnet und von einer lauten Männerstimme nach einer weiteren Runde Bier verlangt. Wirt Alfons Hergemöller stand der Schweiß auf der Stirn und er hatte Mühe, den vielen Bestellungen nachzukommen.
Nachdem er gleich zweimal volle Tabletts ausgeliefert hatte, kam der junge Mann aus dem Nebenraum, der sie eben beim Hereinkommen so auffällig beobachtet hatte.
Schüchtern näherte er sich dem Tisch der Beamten und stellte sich vor: „Heil Hitler, mein Name ist Felix Baumann. Der Sturmführer sagte mir, Sie wünschen mich zu sprechen."
Vor ihnen stand ein schwarzhaariger, fast noch jugendlich wirkender Mann, zu dem die braune SA-Uniform so gar nicht zu passen schien. Seine kleinen Hände wirkten sehr gepflegt und machten nicht den Eindruck, als würde er mit ihnen arbeiten.
„Heil Hitler, Herr Baumann. Bitte nehmen Sie Platz, wir haben einige Fragen zum Abend des 30. Januar, an dem Ihr Kamerad Heinrich Plagemann ermordet wurde", antwortete Althoff.
Mit einem leisen „Danke" setzte er sich.
Felix Baumann war 22 Jahre alt und wohnte jenseits des Bahnhofs im Stadtteil Dorenkamp. Als Verkäufer in einem Buchladen habe er einen Beruf gewählt, der seiner Leidenschaft für Literatur entsprach. Zur Sturmabteilung sei er durch Paul Kemper gekommen, der ihn überredet habe, an einem Kameradschaftsabend teilzunehmen. Er mochte zwar die Gemeinschaft, der er jetzt angehörte, die Gewalttätigkeiten gegen politische Gegner und Andersdenkende schreckten ihn aber ab.

Lediglich Kemper zuliebe sei er dabei geblieben. Diesen wiederum habe er vor einigen Jahren kennen gelernt, als beide ihre Wohnungen in der gleichen Straße bezogen hatten. Der Beruf habe ihn nach Rheine gebracht, geboren und aufgewachsen sei er jedoch in Münster.
Voß begann mit der eigentlichen Befragung: „Erinnern Sie sich an vorgestern Abend? Sie saßen an diesem Tisch."
„Ja, selbstverständlich. Der Paul war dabei, außerdem saßen noch Ewald Schmalstieg und Erwin Jansen bei uns. Und natürlich ..."
„Das spätere Opfer – Heinrich Plagemann."
„Ja, genau."
„Im Laufe des Abends gab es dann Streit unter Ihnen?"
„Nun ja, Paul und ich waren nicht daran beteiligt, wir blieben bei den Streitereien außen vor. Der Ewald und der Erwin hatten jeweils mit dem Heinrich einen heftigen Wortwechsel. Wir wussten vor Scham nicht mehr, wo wir noch hinschauen sollten. Es war eine sehr unangenehme Situation und einfach entsetzlich, das mit ansehen zu müssen."
„Was war denn der Anlass dieser Auseinandersetzung?"
„Eigentlich ging es um die Johanna. Sowohl Ewald als auch Erwin hatten offensichtlich etwas zu viel getrunken und machten der Johanna gegenüber unschickliche Bemerkungen. Der Ewald fasste sie sogar an ..., ich meine an ihren ... "
„Meinen Sie: An ihr Gesäß?"
„Ja", bestätigte Baumann peinlich berührt. „Die Johanna schlug den Ewald daraufhin ins Gesicht, dabei fiel ein Glas um, natürlich genau auf Heinrichs Hose, die danach ziemlich nass war. Der Heinrich war dann sauer, ist hochgegangen und dabei ziemlich laut geworden; der Ewald ist schließlich ziemlich kleinlaut nach Hause geschlichen."
„Und was war mit Erwin Jansen?"
„Der Erwin hörte danach immer noch nicht auf, die Johanna mit seinen Sprüchen zu bearbeiten. Das mit Ewald hätte ihm eigentlich eine Warnung sein müssen. Letztendlich war das Ergebnis das Gleiche wie zuvor: Heinrich regte sich erneut auf, wurde wieder laut und hielt dem Erwin zudem noch irgendetwas aus seiner Vergangenheit vor. Auch der verließ daraufhin den ›Emskrug‹."
Nun schaltete Althoff sich ein: „Haben Sie zu diesen ganzen Sprüchen Johanna gegenüber geschwiegen oder haben Sie den

beiden auch Ihre Meinung gesagt?"

„Ich? Was hätte ich dazu sagen sollen?"

„Nun, uns wurde zugetragen, dass Sie bei Fräulein Hembrock im Gegensatz zu den anderen Verehrern die besten Karten haben. Wir dachten, Sie hätten sie vielleicht schützen wollen?"""

Baumann errötete.

„Ich? Oh nein, da haben Sie etwas falsch verstanden. Wir kennen uns zwar seit langem, aber mehr als Freundschaft ist da nicht zwischen uns."

„Ich glaube, Fräulein Hembrock sieht das etwas anders ... ist Ihnen das nie aufgefallen?"

„Äh, nein, ich meine, wir haben nie über solche Dinge gesprochen."

„Vermutlich werden Sie von den meisten Männern beneidet, ist Ihnen das bewusst? Aber sei's drum. Wann verließen Sie denn das Lokal?"

„Ich kann Ihnen keine Uhrzeit nennen, aber das war kurz nachdem der Heinrich nach Hause gegangen war."

„Ist Ihnen bei Herrn Plagemann noch etwas aufgefallen, bevor er sich verabschiedete?"

„Nein, aber ich hatte zu diesem Zeitpunkt mit mir selbst zu kämpfen. Es war den Abend über wohl etwas zu viel Alkohol für mich gewesen, mir war nicht gut."

„Sind Sie direkt nach Hause gegangen?"

„Ja, der Paul brachte mich nach Hause. Er wohnt mir gleich gegenüber."

„Hat Sie jemand gesehen, als Sie nach Hause kamen?"

„Das glaube ich nicht, es war ja schon spät. Mir ist jedenfalls niemand aufgefallen."

Althoff schaute zu Voß hinüber, der erneut übernahm: „Sind Sie auf direktem Weg in den Dorenkamp gegangen oder waren Sie noch auf der anderen Emsseite?"

„Nein, nein. Das wäre ja ein Riesenumweg gewesen. Paul hat mich nach Hause gebracht, und ich war froh, als ich endlich im Bett lag und schlafen konnte."

Nochmals schauten sich beide Kriminalbeamte an, dann sagte Althoff: „Also gut, Herr Baumann. Wir danken Ihnen für ihre Auskünfte und bitten Sie, Herrn Kemper zu uns zu schicken."

Mit einem Gruß verabschiedete sich Baumann.

Nur kurze Zeit später kam ein ebenfalls noch junger Mann aus dem Nebenraum und ging auf die beiden Ermittler zu. Sie hatten ihn heute Abend schon gesehen.
„Heil Hitler. Paul Kemper, mein Name, Sie wollen mit mir über Heinrich sprechen?"
„Bitte setzen Sie sich", sagte Althoff.
Im Gegensatz zu Baumann machte Kemper einen selbstsicheren Eindruck und trat forsch auf. Er war nicht nur größer als sein Kamerad, sondern auch muskulös gebaut. Er hatte blondes Haar und wirkte wie ein Mann, der zupacken konnte. Der Eindruck bestätigte sich, als Kemper seinen Beruf, Bauschreiner, angab. Er sei in Rheine geboren, 23 Jahre alt und wohne im Stadtteil Dorenkamp, in der Nachbarschaft Baumanns. Voß begann: „Sie waren heute Abend spät dran, Herr Kemper. Sie sind als Letzter zum Kameradschaftsabend erschienen."
„Es gab auf der Baustelle noch einiges zu tun. Wir mussten noch Holz für die Dachdecker zurecht sägen, damit die morgen weiter arbeiten können. Normalerweise arbeiten wir im Winter nicht draußen, aber in diesem Fall eilt es, weil das Dach undicht ist und es bereits heftig hinein geregnet hat."
Im folgenden bestätigte er im Wesentlichen die Darstellung Baumanns und der anderen Befragten, was den Verlauf des Abends anging.
Auf die Frage nach Ambitionen Baumanns bei Johanna lachte er laut: „Ich glaube, die Johanna ist ihm zu schön. Der laufen doch alle anderen Männer nach, sie hat sozusagen die freie Auswahl. Mit einer solch hübschen Frau hat man nur Ärger."
„Auch eine Meinung", dachte sich Voß.
„Bitte schildern Sie uns die Situation beim Verlassen des Lokals vorgestern."
„Also, der Heinrich ist kurz vor uns raus. Er war wohl vom Alkohol schwer angeschlagen und redete nur noch wirres Zeug. Auch Felix hatte die Trinkerei nicht gut vertragen und hatte sich zuvor auf der Toilette übergeben, also nahm ich ihn mit nach draußen und begleitete ihn bis vor seine Wohnung."
„Uns wurde von anderen Zeugen gesagt, Plagemann habe bei seinem Abschied verstört gewirkt. Haben Sie im Laufe des Abends etwas mitbekommen, das ihn so durcheinander gebracht haben könnte?"

„Nein, da war nichts."
„Können Sie sich noch an die Uhrzeit erinnern?"
„Vermutlich war es um elf Uhr herum."
Da sie keine weiteren Fragen hatten, entließen sie Kemper.
„Falls Ihnen noch etwas einfällt, melden Sie sich bitte. Einen schönen Abend noch", sagte Althoff zum Abschied.
Kemper dankte und erwiderte den Gruß. Als er sich wieder zu seinem Sturm begeben wollte, wurde er vom Wirt vor dem Betreten des Nebenraums aufgehalten: „Paul, bitte nimm noch ein Tablett Bier mit in den Raum. Die Johanna ist heute Abend nicht gekommen und ich habe alle Hände voll zu tun."
„Aber selbstverständlich", sagte dieser und griff sich die Getränke.
Die beiden Beamten steckten die Köpfe zusammen.
„Sind wir jetzt schlauer als zuvor?", fragte der Kommissar und unterdrückte ein Gähnen.
„Lassen Sie uns morgen sämtliche Aussagen noch einmal durchgehen und mit einander abgleichen. Vielleicht finden wir etwas, bei dem wir ansetzen können."
„Sie haben recht, es ist wieder spät geworden und Zeit für den Feierabend. Morgen ist auch noch ein Tag. Was meinen Sie, trinken wir zum Abschluss noch ein Bier?"
Dazu ließ sich Voß gerne überreden.
Als Hergemöller nach einiger Zeit das Gewünschte brachte, sagte er entschuldigend: „Das geht aufs Haus. Hat leider etwas länger gedauert, aber Sie sehen ja, was hier los ist. Die Johanna ist ausgerechnet heute nicht erschienen, das kenne ich gar nicht von ihr."
Althoff war hellhörig geworden.
„Sie fehlt sonst nie unentschuldigt? Das ist heute das erste Mal, dass sie einfach nicht erscheint?"
„Eigentlich kann ich mich hundertprozentig auf sie verlassen. Ich weiß nicht, was mit ihr los ist."
Voß war ebenfalls wieder hellwach: „Sagen Sie, ist die Familie Hembrock telefonisch zu erreichen?"
„Nein, weder sie noch irgendjemand in ihrer Nachbarschaft hat ein Telefon. Sonst hätte ich es schon versucht, das können Sie mir glauben."
„Kommen Sie, Voß, wir müssen schnellstens ins Revier. Da stimmt was nicht", sagte Althoff hektisch, während er schon

aufgesprungen war, um sich seinen Mantel anzuziehen. „Ich habe ein ungutes Gefühl. Ich fürchte, wir haben uns wie blutige Anfänger verhalten!"

*

Beide Kriminalbeamte hasteten die wenigen Meter zum Revier.
Voß fragte: „Sie glauben, Fräulein Hembrock hat uns etwas verschwiegen und ist deswegen in Gefahr?"
„Das befürchte ich. Es besteht die Möglichkeit, dass sie etwas gesehen hat und uns diese Beobachtung aus irgendeinem Grund vorenthalten hat. Wenn der Mörder davon Kenntnis hat, schwebt sie in Lebensgefahr. Ich möchte so schnell wie möglich mit ihr sprechen. Ich hoffe, es ist noch nicht zu spät."
„Ich schlage vor, wir fahren mit dem Wagen zu ihrer elterlichen Wohnung, um in Erfahrung zu bringen, ob sie sich überhaupt auf den Weg zum „Emskrug" gemacht hat. Bestenfalls treffen wir sie dort an und sie liegt mit einer Erkältung im Bett; andernfalls mobilisieren wir sämtliche verfügbaren Schutzpolizisten der Stadt für die Suche nach ihr."
„Sehr gut, Voß. Aber ich habe ein so flaues Gefühl im Magen, dass ich unverzüglich mit der Suche beginnen will. Deshalb fange ich mit ein paar Wachtmeistern gleich hier am „Emskrug" an und arbeite mich in Richtung der elterlichen Wohnung vor. Sie nehmen einige Kollegen mit nach Gellendorf und sprechen zunächst mit der Familie. Gegebenenfalls beginnen Sie dort mit der Suche und arbeiten sich zur Innenstadt vor, bis wir uns treffen. Wenn wir sie nicht finden, weiten wir den Radius aus; sollte sie hingegen zuhause sein, geben Sie uns Bescheid, wir beenden die Aktion und gehen alle beruhigt schlafen."
„Ich gönne niemandem etwas Schlechtes, aber augenblicklich wünsche ich mir für Fräulein Hembrock 40 Grad Fieber und einen ganz schlimmen Husten", meinte Voß mit bitterer Stimme.
Auf dem Revier angekommen teilten sie sich auf.
Voß bestieg mit zwei Unterwachtmeistern den DKW und fuhr zügig ab; Althoff gab die Anweisung, zur Verstärkung weitere Schutzpolizisten aus dem Bett zu klingeln und machte sich mit den drei verfügbaren Kollegen samt Taschenlampen auf den Weg.
Noch hoffte Voß, Johanna zuhause anzutreffen, als er an der

Haustür klopfte.
Er sah, dass in der Wohnung das Licht angemacht wurde und hörte Schritte zur Tür kommen. Ein Mann stand im Unterhemd und mit hastig angezogener Hose vor ihm und schaute ihn verschlafen an. Aufgrund der Ähnlichkeit in den Gesichtszügen handelte es sich zweifellos um Johannas Vater.
„Herr Hembrock, mein Name ist Voß von der Kriminalpolizei." Er zeigte dabei seine Marke. „Ist Ihre Tochter Johanna zuhause?"
„Johanna? Nein, die ist zur Arbeit. Sie ist Kellnerin im ›Emskrug‹. Was ist denn los, wieso fragen Sie?"
„Wann ist sie aus dem Haus gegangen?"
„Um viertel vor sieben. Was ist mit ihr?"
Hinter ihm war seine Frau aufgetaucht und schaute mit sorgenvoller Miene zuerst Voß, dann ihren Mann an.
„Was ist mit Johanna, Gerhard?"
„Frau Hembrock, Ihre Tochter ist heute Abend nicht zur Arbeit im ›Emskrug‹ erschienen. Dafür kann es eine ganz harmlose Erklärung geben, aber wir werden sie jetzt suchen", versuchte Voß zu erklären.
„Oh Gott, ist ihr etwas zugestoßen?"
„Wie gesagt, es besteht die Möglichkeit, dass sie ihre Pläne für heute Abend kurzfristig geändert hat, ohne jemanden darüber zu informieren. Bitte halten Sie sich bereit, wir werden uns auf die Suche nach ihr begeben und kommen später auf jeden Fall noch einmal zu Ihnen."
Elfriede Hembrock hatte zu weinen begonnen, der Kriminalsekretär bat ihren Mann: „Bitte beruhigen Sie Ihre Frau. Wie gesagt, wir melden uns später."
Er wies einen der Beamten an, mit dem DKW Althoff entgegenzufahren, um ihn schnellstmöglich zu informieren, dass Johanna tatsächlich aus dem Haus gegangen war. Er wusste, der Kommissar würde Himmel und Hölle in Bewegung setzen, um die größtmögliche Zahl an Polizisten für die Suche nach Johanna zusammenzutrommeln.
Er hatte zwei Taschenlampen aus dem Auto genommen, von denen er eine an den verbliebenen Kollegen weitergab und ihn auf die andere Straßenseite schickte. Derart aufgeteilt wollten sie sich in Richtung Innenstadt vorarbeiten, wobei sie auch Innenhöfe und unübersichtliche Hofeinfahrten kontrollieren mussten.

Schon bald hinter der Werkssiedlung hörte die Bebauung am Straßenrand auf. Die Suche wurde dadurch weiter erschwert, denn jetzt vergrößerte sich die zu kontrollierende Fläche. Ein Blick hinüber auf die andere Seite bestätigte Voß, dass der Unterwachtmeister die Umgebung ebenso gründlich mit der Taschenlampe ableuchtete wie er selbst.

Er näherte sich einer freien, unübersichtlichen Wiese, die sich bis zur Eisenbahnbrücke hinzog. Um dieses Areal gründlich absuchen zu können, bedurfte es vieler weiterer Kollegen. Vorerst begnügte sich der Kriminalsekretär mit dem oberflächlichen Ableuchten des Feldes. Am Bahndamm gab es einige Meter weiter links noch eine weitere Durchfahrt unter der Bahnstrecke mit den dahinterliegenden weiten Emsauen.

Er würde sich diese Stelle merken, denn spätestens hier würden sie eine weitaus größere Suchmannschaft benötigen.

Voß kontrollierte mit der Taschenlampe den Bahndamm. Er ging von der Straße weg zur kleineren Unterführung, die im Volksmund „Mauseloch" genannt wurde, und wollte zumindest einen flüchtigen Blick auf die Auen der anderen Seite des Bahndamms werfen. Ein kleiner Pfad führte von dort parallel zu den Gleisen hoch zur Eisenbahnbrücke über die Ems, die auch von Fußgängern oder Fahrradfahrern genutzt werden konnte. Hier müssten sie sich ebenfalls noch umschauen.

Der Kriminalsekretär ließ das Licht der Taschenlampe einmal um sich kreisen – ohne Ergebnis. Hastig drehte er sich, um seine Suche wieder am Straßenrand fortzusetzen.

Als er unter der kleinen Brücke zurück ging und sich gerade nach links zur Straße wenden wollte, sah er aus einem Gebüsch auf der rechten Seite ein schwaches, rötliches Aufblitzen. Irgendetwas hatte offenbar das Licht seiner Lampe reflektiert, als er sich umgedreht hatte. Schnell richtete er den Lichtstrahl wieder auf diese Stelle. Richtig – da war etwas Rotes, vielleicht ein Rücklicht? Von Unruhe getrieben hastete er vorwärts.

Was er dann sah, ließ ihn das Schlimmste befürchten.

Er wandte sich um und rief nach seinem Kollegen. Sofort hörte er eilige Schritte auf sich zukommen.

Jetzt schrie er: „Leuchten Sie mir, hier liegt ein Damenfahrrad im Gebüsch!"

Der Unterwachtmeister richtete seine Taschenlampe auf das

Gestrüpp, so dass er sich langsam vorarbeiten konnte. Auf einmal sah er sie. Er erkannte sie sofort.
Wut und Resignation kamen in ihm auf. Er fühlte sich plötzlich seltsam leer.
Die letzten Meter zu ihr kam er besser vorwärts.
Ihre Augen waren vor Entsetzen nach oben verdreht. Der Schal war gelockert, die Mütze hatte sich verschoben und ein Handschuh lag neben ihr, ansonsten war sie vollständig bekleidet.
Voß fand, selbst im Tod war sie noch sehr schön.
Mit einem Gefühl tiefer Trauer bat er seinen Kollegen, Althoff und seine Suchmannschaft zu benachrichtigen. Er selbst wollte so lange bei ihr bleiben.

*

Zögernd traten sie vor die Tür. Sie sahen sich bedrückt an, bevor Althoff anklopfte.
Die Tür wurde fast sofort aufgerissen, Gerhard Hembrock schaute sie hoffnungsvoll an, seine Frau stand hinter ihm und hielt sich die Hand vor den Mund.
Althoff übernahm das Unvermeidliche: „Herr Hembrock, wir haben Ihre Tochter gefunden. Es tut uns sehr leid ..."

Freitag, 2. Februar 1934

Voß war sehr spät nach Hause gekommen und hatte danach wieder eine grausige Nacht gehabt. Doch als er gestern am späten Abend endlich in seinem Bett lag, hatte er nichts anderes erwartet, denn zu schlimm waren die Gedanken gewesen, mit denen er eingeschlafen war. „Immerhin wechseln in letzter Zeit die Themen meiner bösen Träume, so dass meine Nächte nie langweilig sind", dachte er selbstironisch, als er wieder einmal hochgeschreckt war.
Diesmal war es Johanna, die seine nächtlichen Gedanken bestimmte. Immer wieder tauchte ihr Gesicht vor ihm auf, ihre traurigen Augen sahen ihn hilfesuchend an, während sich grobe Hände um ihren Hals schlangen. Er versuchte diese wegzuschlagen, doch er konnte sie nicht erreichen, weil seine

Arme dafür zu kurz waren. Er konnte ihr einfach nicht helfen ...
Viel zu früh erhob er sich aus dem Bett, um sich auf einen weiteren anstrengenden Tag vorzubereiten.

Kommissar Althoff hatte sich an diesem Morgen Zeit gelassen. Das Frühstück im Hotel Hartmann war eigentlich hervorragend, aber heute schmeckte es ihm nicht. Zu bedrückend war die Situation.
Viele Jahre war Rheine eine Kleinstadt ohne nennenswerte Kriminalität gewesen, doch jetzt waren innerhalb von zwei Tagen zwei Morde geschehen. Diese beiden Verbrechen erzeugten eine Unruhe in ihm.
Als erfahrener Ermittler zweifelte er nicht daran, dass beide Verbrechen in einem direkten Zusammenhang standen, die Verbindung zwischen den Opfern war nur allzu deutlich.
Nachdem er gestern Abend vom unentschuldigten Ausbleiben Johannas im „Emskrug" gehört hatte, war ihm sofort ein Gedanke gekommen: Sie wusste etwas, was dem Mörder gefährlich werden konnte und hatte ihnen ihre Beobachtung bei ihrem Gespräch verschwiegen. Das hatte sie mit ihrem Leben bezahlt. Die Frage war, was genau sie gewusst haben konnte.
Vielleicht hatte sie gegenüber jemandem, der ihr nahestand, etwas erwähnt oder zumindest angedeutet. Sie würden die Familie befragen müssen ...
Johanna sollte am Vormittag im Mathias-Spital von Doktor Pullman obduziert werden, aber die Todesursache war wegen der Würgemale am Hals eindeutig zu erkennen gewesen: Die junge Frau war erwürgt worden.

*

Im Laufe des Tages wollten die Kriminalbeamten die Familie der Ermordeten besuchen. Es würde ein sehr unangenehmes Gespräch werden, Voß mochte gar nicht an die traurigen Gesichter der Eltern denken.
Er ließ sich von Fräulein Hubbert einen Kaffee zubereiten, zündete sich eine Eckstein an und grübelte über die Geschehnisse des vergangenen Abends nach, als kurz nacheinander Althoff und Walbusch sein Büro betraten. Letzterer wurde von den beiden

anderen über die Ermordung Johannas informiert und zeigte sich entsetzt.

Gemeinsam tauschten sie ihre Gedanken aus. Voß und Walbusch stimmten den Schlussfolgerungen des Kommissars zu, nach denen beide Verbrechen zusammenhingen, letzterer betonte aber seine eigenen Gedanken: „Unser Führer wird mit Unterstützung der Sturmabteilung dafür sorgen, dass in Zukunft keine deutsche Frau mehr Angst davor haben muss, im Dunkeln vor die Tür zu treten. Ich habe ihnen nach dem Mord an unseren Kameraden Plagemann bereits gesagt, dass der Täter außerhalb unseres Sturms zu suchen ist. Die zweite Tat gestern Abend bestärkt mich in meiner Meinung, denn meine Leute waren ja sämtlich auf unserem wöchentlichen Treffen."

Althoff antwortete: „Seien Sie nicht zu vorschnell, Herr Sturmführer. Noch kennen wir den genauen Todeszeitpunkt nicht, außerdem fehlten gestern neben Schmalstieg mindestens zwei weitere Personen: Fiedler und Jansen. Warten wir also ab, bis uns alle Details bekannt sind."

„Nun ja, Jansen hatte sich schon bei mir abgemeldet, bevor ich gestern das Revier verließ. Er sagte mir, er wolle sich zuhause vom langen Warten auf seine Befragung ausruhen. Und Fiedlers Mitgliedschaft in der SA hat sich nach seinen Machenschaften sowieso erledigt. Der braucht sich nicht mehr sehen lassen."

„Sie sehen, wir werden uns mit beiden Herren noch einmal unterhalten müssen."

Es klopfte und Fräulein Hubbert schaute in den Raum: „Ein Herr Blanke ist hier und möchte Sie sprechen. Er sagt, er habe Beobachtungen in der Mordsache Plagemann gemacht."

Voß bat Fräulein Hubbert, den Zeugen ins Büro zu führen.

Ein älterer Mann mit grauem Haarkranz auf dem Kopf betrat das Büro. In der rechten Hand hielt er eine Hundeleine, an der sich ein kleiner Mischlingshund befand. Nachdem er sich auf einen bereitgestellten Stuhl gesetzt und sich sein tierischer Begleiter zu seinen Füßen gelegt hatte, fragte Althoff: „Herr Blanke, was führt Sie zu uns?"

„Wir haben am Dienstagabend etwas beobachtet, das Ihnen vielleicht hilft", sagte er mit einem stolzen Blick auf seinen vierbeinigen Begleiter. „Wahrscheinlich ist das, was ich gesehen habe unbedeutend, aber als ich den Artikel im „Rheiner

Beobachter" gelesen hatte, meinte meine Frau, ich solle mich bei Ihnen melden."

„Der Artikel über den Mord mit dem Zeugenaufruf erschien aber bereits gestern. Warum kommen Sie erst heute zu uns?"

„Das kann ich Ihnen erklären. Meine Frau und ich bekommen selber keine Tageszeitung, sondern erhalten sie immer am Abend von einem Nachbarn, nachdem dieser sie fertig gelesen hat. So habe ich den Bericht über den Mord und ihren Aufruf erst gestern am späten Abend gelesen."

„Also gut, Herr Blanke, was haben Sie denn am Abend des 30. Januar gesehen?"

„Ich drehte noch eine Runde mit Maxe. Wir waren am Timmermanufer unterwegs."

Voß unterbrach ihn: „Wie spät war es da?"

„Nun, wir hatten am Abend noch Besuch gehabt, deshalb war es später als sonst üblich. Es muss nach elf gewesen sein, vielleicht halb zwölf. Wir gingen jedenfalls von der Hindenburgbrücke stadtauswärts, als Maxe mit einem Male nervös nach hinten schaute und zu knurren begann. Auch ich hörte dann etwas. Maxe fing an zu bellen, zog heftig an der Leine und wollte zur Brücke zurück."

„Sind Sie zurück gegangen?"

„Nein, ich ermahnte Maxe und wir setzten unseren Gang fort. Ich habe mir in diesem Augenblick nichts weiter dabei gedacht. Es konnte sich ja schließlich um einen ganz harmlosen abendlichen Spaziergänger handeln."

„Wie weit waren Sie von der Brücke entfernt?"

„Es waren vermutlich zweihundert oder zweihundertfünfzig Meter."

Althoff fragte: „Was waren das für Geräusche, die Sie gehört haben?"

„Die sind schwer zu beschreiben. Auf jeden Fall wurde gesprochen; es waren auf die Entfernung natürlich ganz leise Stimmen, so dass ich nicht verstehen konnte, was gesprochen wurde. Und dann war da etwas, was sich so ähnlich anhörte, als würden sie Holz mit Schleifpapier bearbeiten. Das alles hörte sich aber an, als sei es ganz weit entfernt. Und nach einiger Zeit war da noch ein ganz schwaches Plätschern, als jemand auf der Brücke war. Vielleicht hat jemand von dort einen Gegenstand in die Ems geworfen."

„Sie haben jemanden gesehen? Waren es eine oder mehrere Personen?"

„Ich habe bei den Lichtverhältnissen nur schemenhafte Bewegungen auf der Brücke wahrgenommen, als ich mich noch einmal umwandte. Ich bin mir aber nicht sicher, ob es mehr als eine Person war."

„Konnten Sie eine Richtung erkennen, in die die Person unterwegs war?"

„Ich glaube, die rannte zur anderen Emsseite, also Richtung Bahnhof."

„Ist Ihnen sonst noch etwas aufgefallen?"

„Nein, das war alles. Ich hoffe, Sie können mit meinen Angaben etwas anfangen?"

„Oh ja, Herr Blanke. Es war richtig von Ihnen, sich bei uns zu melden. Haben Sie vielen Dank!"

„Auf Wiedersehen und viel Erfolg. Ich hoffe, Sie finden dieses Scheusal!"

Er schaute nach unten zu seinem Hund und gab diesem ein Kommando: „Auf geht's Maxe!"

Schwanzwedelnd folgte der kleine Mischling seinem Herrchen aus dem Büro.

Als die Bürotür wieder geschlossen war, dachte Althoff laut nach: „Der oder die Täter wurden gestört. Durch das Gebell des Hundes fürchteten sie, entdeckt zu werden, gerieten in Panik und konnten ihre Tat nicht vollenden. Plagemann war einfach zu schwer; es hätte weiterer Anstrengungen bedurft, um ihn komplett im Fluss verschwinden zu lassen. Wäre das gelungen, hätten wir ihn vermutlich erst in Salzburg aus der Ems gefischt. So aber tauchte lediglich der Kopf ins Wasser."

Voß und Walbusch mussten schmunzeln.

„Salzbergen", verbesserte Ersterer.

Nun grinste auch Althoff: „Natürlich."

„Aber leider wissen wir immer noch nicht, wer dieser geheimnisvolle Schatten auf der Hindenburgbrücke war ...", meinte der Kriminalsekretär.

„Ich habe zwar wenig Hoffnung, aber vielleicht hat Fräulein Hembrock im Kreise ihrer Familie doch eine Bemerkung über das, was sie vermutlich beobachtet hat, fallen lassen. Wir werden gleich

nach der Mittagszeit nach Gellendorf hinausfahren."
Es klopfte an der Tür und ein Unterwachtmeister kam herein: „Entschuldigen Sie die Störung, aber der Inhaftierte Schmalstieg möchte mit Ihnen sprechen."
Die drei Männer schauten sich fragend an.
Althoff antwortete: „Ist ihm heute Nacht doch noch eingefallen, was er nach dem Verlassen des „Emskrugs" gemacht hat? Bitte bringen Sie ihn zu uns, Herr Unterwachtmeister. Ich bin gespannt, was er uns zu sagen hat."
„Zu Befehl, Herr Kommissar!"
Es dauerte einige Minuten, bis ein sichtlich kleinlauter Ewald Schmalstieg ins Büro geführt wurde.
Nachdem er Platz genommen hatte, eröffnete Althoff das Gespräch: „Herr Schmalstieg, sie wollten uns sprechen? Ist Ihnen inzwischen eingefallen, wie Sie den Dienstagabend verbracht haben, nachdem Sie den Kreis Ihrer Kameraden verlassen haben?"
Der Angesprochene rutsche unruhig auf seinem Stuhl umher.
„Meine Herren, wenn ich Ihnen erzähle, wo ich anschließend noch war, kann ich mich auf Ihre Verschwiegenheit verlassen?"
„Sie wissen, dass wir in einem Mord ermitteln. Niemand kann Ihnen zum jetzigen Zeitpunkt unserer Untersuchungen die Zusage geben, dass das, was Sie uns zu sagen haben, nicht bekannt wird. Es hängt vom Ergebnis dieses Falles ab. In unseren Akten wird es auf jeden Fall vermerkt."
„Nun ja", druckste er herum, „ meine Frau muss es ja nicht unbedingt erfahren, oder?"
„Wir können Ihnen versichern, dass Ihre Frau keine Akteneinsicht erhalten wird. Und jetzt heraus damit! Wo waren Sie am Abend des 30. Januar?"
Schmalstieg senkte den Blick und sagte leise: „Ich … äh, ich war noch im ›Schwalbennest‹."
„Sie waren wo?"
Walbusch schaute ungläubig, während Voß dem Kommissar schmunzelnd erklärte: „Das ›Schwalbennest‹ ist ein Lokal von, sagen wir, zweifelhaftem Ruf. Es befindet sich auf der anderen Uferseite unweit der Ems und in der Nähe zur Textilfabrik. Es ist allgemein bekannt, dass es dort nicht nur Getränke, sondern auch eine Auswahl an netten Begleiterinnen für ein Schäferstündchen gibt."

Der SA-Mann hatte jetzt einen roten Kopf bekommen und schaute verlegen zu Boden.
Althoff schaute seine beiden Mitstreiter amüsiert an und sagte zum Befragten: „Dann gibt es ja sicherlich Personen, die Ihre Angaben bestätigen können?"
Schmalstieg hielt seinen Kopf weiter gesenkt und murmelte leise: „Das ›Schwalbennest‹ wird von einer Frau geführt, der Elfriede. Sie wird Ihnen das, was ich gesagt habe, bestätigen."
„Kennt diese Elfriede Sie namentlich?"
Es war ein kaum vernehmliches „Ja" zu hören.
„Sie verkehren dort also häufiger?"
„Nun ja, ich bin hin und wieder dort, um ein Bier zu trinken."
„So, so, um ein Bier zu trinken? Dann waren Sie am Dienstag die ganze Zeit im Schankraum, so dass diese Elfriede Sie sehen konnte und Ihre Anwesenheit den kompletten Abend über bestätigen kann?"
Der Befragte wurde noch eine Spur röter und antwortete langsam: „Na ja, ich war vorgestern nicht den ganzen Abend … ich meine, zwischenzeitlich war ich mal weg, also in den oberen Räumlichkeiten des Hauses."
„Ach, vermutlich doch wohl nicht alleine, sondern in netter Gesellschaft? Nennen Sie uns bitte den Namen der Dame, damit wir Ihre Aussage überprüfen können!"
„Nun, ich bin mir nicht sicher, ob ihr das recht wäre. Können wir es nicht dabei bewenden lassen?" Er schaute dabei hoffnungsvoll zu den Ermittlern.
Althoff wurde lauter: „Wenn Sie jemals wieder nach Hause wollen, nennen Sie uns jetzt den Namen Ihrer Begleitung! Ich glaube fast, Ihnen ist der Ernst der Situation noch immer nicht klar. Sie sind des Mordes verdächtig!"
Es dauerte einen Augenblick, bevor Schmalstieg antwortete: „Sie nennt sich Anita. Bitte seien Sie nett zu ihr."
Walbusch schüttelte den Kopf: „Schmalstieg, Schmalstieg – was ist nur in dich gefahren? Du willst ein Vorbild für unsere deutsche Jugend sein? Darüber werden wir noch zu reden haben!"
Der Kommissar kündigte an: „Wir werden Ihre Angaben überprüfen. Allerdings wird das im Hinblick auf die Öffnungszeiten dieses Lokals vermutlich erst heute Abend möglich sein. Bis dahin bleiben Sie unser Gast."

Nachdem der Befragte wieder dem Arrest zugeführt worden war, meinte Voß: „Wenn unsere Theorie stimmt, dass beide Morde zusammenhängen, kann Schmalstieg es nicht gewesen sein, weil er sich zum Zeitpunkt von Johannas Tod in unserem Gewahrsam befand. Meinen Sie, die Mühe einer Überprüfung im „Schwalbennest" lohnt sich?"
Althoff antwortete: „Falls unsere Überlegungen stimmen, gebe ich Ihnen natürlich Recht. Dann ist es allerdings vergebliche Liebesmüh, sein Alibi zu überprüfen. Sollten wir allerdings falsch liegen und es doch keinen Zusammenhang zwischen den beiden Verbrechen geben, können wir Schmalstieg nur dann als Täter ausschließen, wenn die beiden Damen seine Behauptungen bestätigen. Deshalb werden wir die beiden „Schwalben" heute Abend aufsuchen. Danach sind wir hoffentlich schlauer."

*

Ihnen stand eine sehr schwere Aufgabe bevor, die bei allen Magenschmerzen auslöste. Sie konnten sich vorstellen, wie niedergeschlagen die Stimmung bei Johannas Eltern sein musste.
Die drei Ermittler hatten den DKW bestiegen und waren in den Stadtteil Gellendorf gefahren, um mit der Familie der Ermordeten zu sprechen.
Die Haustür wurde ihnen von einem älteren Mädchen mit verweinten Augen geöffnet, die ihnen einen Vorgeschmack auf die unangenehme Aufgabe gab, die ihnen bevorstand. Sie wurden in die Küche geführt, in der Johannas Eltern schweigend am Tisch saßen. Die Erschöpfung war ihnen anzusehen, beide schauten nur kurz zu den Besuchern auf.
„Angelika, bitte hole zusätzliche Stühle", sagte Frau Hembrock, als sie den Besuch nach kurzer Zeit wahrgenommen hatte.
„Frau und Herr Hembrock, wir möchten Ihnen zum Tode Ihrer Tochter unser tief empfundenes Beileid aussprechen", begann Althoff. „Sie machen gerade Schreckliches durch und uns ist bewusst, dass der Zeitpunkt äußerst ungünstig ist, aber wir müssen Ihnen noch einige Fragen zu Ihrer Tochter stellen. Glauben Sie, Sie sind dazu in der Lage?"
Die Eheleute sahen sich traurig an und nickten.
Inzwischen war Tochter Angelika mit den Stühlen eingetroffen und

setzte sich zu ihren Eltern.
„Hat sie sehr leiden müssen?", wollte die Mutter wissen.
„Nein, glauben Sie mir, es ging alles sehr schnell", versuchte Althoff sie zu beruhigen. Dabei ahnte er, wie schrecklich Johannas Todeskampf gewesen sein musste. Das konnte er den Eltern jedoch nicht sagen.
„Hat man sie ... ich meine, ist sie ...?"
„Nein, Frau Hembrock. Es gab keine sexuelle Gewalt."
„Warum hat man sie nur getötet? Sie war doch noch so jung und hat niemandem etwas getan!" Die Tränen liefen ihr über das Gesicht.
Gerhard Hembrock nahm die Hände seiner Frau und forderte mit brüchiger Stimme: „Finden Sie das Schwein, das meine Tochter umgebracht hat. Ich will dem Mörder in die Augen sehen, bevor man ihn zum Galgen führt!"
Frau Hembrock legte ihre Hände jetzt auf die seinen, Angelika nahm ihn tröstend in den Arm.
Der Kommissar formulierte vorsichtig: „Wir wissen, wie schwer es für Sie sein muss, den Tod Ihrer Tochter zu akzeptieren. Ich verspreche Ihnen, wir werden alles in unserer Macht stehende tun, um denjenigen zu verhaften, der ihr das angetan hat. Wir vermuten einen Zusammenhang mit dem Mord an dem SA-Mitglied Heinrich Plagemann am Dienstag. Deshalb bitten wir Sie, genau nachzudenken: Wahrscheinlich hat Ihre Tochter im Zusammenhang mit der Ermordung Plagemanns etwas beobachtet oder gehört, das für den Täter gefährlich werden kann. Hat sie Ihnen irgendetwas in dieser Richtung erzählt oder auch nur angedeutet?"
Die Eltern schauten einander fragend an, bevor der Vater antwortete: „Mir hat sie nichts gesagt, dir vielleicht, Elisabeth?"
„Nein, ich bin mir sicher."
„Hat sie vielleicht etwas gesagt, was untypisch für sie war? Etwas, was sie normalerweise niemals sagen würde, und sei es nur eine Andeutung?"
Beide schüttelten die Köpfe.
„Ist Ihre Tochter seit dem Mord an Plagemann mit irgendjemandem zusammengekommen, hat sie jemanden getroffen?"
Wieder Kopfschütteln beim Ehepaar. Althoff wandte sich der Tochter zu: „Angelika, wie alt bist du?", fragte er Johannas

Schwester.
„Ich bin 14."
„Unter Schwestern versteht man sich doch gut und erzählt sich im Vertrauen einiges, was man den Eltern vielleicht nicht so gerne sagt. Kannst du uns weiterhelfen? Ist dir etwas aufgefallen?"
„Nein, ich weiß nichts. Mir hat sie nichts gesagt."
„War sie in irgendeiner Form anders als sonst?"
Die Tochter schaute verzweifelt zu ihren Eltern. Ihre Mutter sagte: „Wenn du etwas weißt oder dir irgendetwas aufgefallen ist, musst du das jetzt sagen, Angelika! Vielleicht hilft es der Polizei."
„Es ist nur ... die Johanna war so traurig. Sie hat heimlich geweint, ich habe es gehört."
Althoff wurde hellhörig: „Wann war das denn?"
„Das war gestern, als ich von der Schule kam. Sie hatte sich in unserem Zimmer eingeschlossen, aber ich habe es trotzdem mitbekommen", sagte sie mit weinerlicher Stimme.
„Weißt du, warum sie geweint hat?"
„Nein, sie hat mir nichts erzählt. Als sie später aus dem Schlafzimmer kam, tat sie so, als sei nichts gewesen. Ich habe sie noch gefragt, was mit ihr ist, doch sie meinte, es sei alles wieder gut."
Elisabeth Hembrock meinte niedergeschlagen: „Es ist kein Wunder, dass sie geschockt war. Die Vorstellung, einen Gast bedient zu haben, der kurze Zeit später ermordet wurde, muss grausam für das Kind gewesen sein. Sie muss mit den Nerven völlig fertig gewesen sein. Meine arme Johanna ..."
Tränen traten in ihre Augen, ihr Mann versuchte sie zu trösten.
Der Kommissar sagte verständnisvoll: „Ich glaube, es ist besser, wenn wir jetzt gehen. Sie machen eine schreckliche Zeit durch, wir möchten Sie nicht weiter belästigen. Bitte zögern Sie jedoch nicht, sich mit uns in Verbindung zu setzen, falls Ihnen doch noch etwas einfällt."
Damit erhoben sich die drei Männer von ihren Stühlen und verabschiedeten sich.

*

Auf der Rückfahrt herrschte im Auto bedrückte Stille. Die Dämmerung hatte schon eingesetzt, als sie das Revier erreichten.

Fräulein Hubbert empfing sie: „Ein Herr Eberhard Lütkemeier wartet schon den ganzen Nachmittag auf Sie. Er möchte mit Ihnen sprechen."

„Bitten Sie ihn in mein Büro", antwortete Voß.

Ein Mittfünfziger betrat nach kurzer Zeit schwungvoll den Raum.

„Herr Lütkemeier, Sie wollten uns sprechen, sagte uns Fräulein Hubbert", begrüßte Voß den Gast.

„Heil Hitler. Ja, ich möchte eine Aussage machen."

„Worum handelt es sich denn?"

„Es geht um den Rudolf Fiedler. Er sagte mir, dass sie ihn verdächtigen, etwas mit dem Tod dieses SA-Mannes zu tun zu haben."

„Kennen Sie denn Herrn Fiedler?"

„Das kann man wohl sagen. Wir wohnen seit über zwanzig Jahren im selben Haus, drüben in der Salzbergener Straße. Der Rudi hat es in den letzten Jahren nicht einfach gehabt, erst hat er während der großen Krise seine Arbeit verloren, dann wurde seine Frau krank. Irgendeine Herzgeschichte. Und jetzt, wo es wieder Arbeit gibt, kann er nichts annehmen, weil er sich den ganzen Tag um sie kümmern muss. Als er mir heute früh dann noch erzählte, dass er Verdächtiger in einem Mordfall ist, dachte ich mir nur: Jetzt kommt aber auch alles zusammen. Er zieht das Pech einfach magisch an! Aber das mit dem Mord war er nicht, deshalb bin ich hier. Der Rudi mag seine Fehler haben, aber jemanden umbringen kann der mit Sicherheit nicht."

„Was haben Sie uns denn zu sagen, können Sie ihn entlasten?"

„Sonst hätte ich nicht herzukommen brauchen. Das mit den Anschuldigungen haben wir schnell aus der Welt."

„Jetzt mal ganz langsam. Haben Sie Herrn Fiedler am Dienstagabend gesehen?"

„Gesehen nicht, aber ich habe ihn gehört. Das war ziemlich genau um zwanzig nach neun. Ich habe auf die Uhr geschaut."

Alle drei Ermittler schauten sich verstört an.

„Moment, wie müssen wir das verstehen? Sie haben Ihren Nachbarn nicht sehen können, wissen aber anhand Ihres Gehörs, dass er da war? Das heißt, er hat gesprochen?"

„Nein, gesagt hat er nichts."

„Das müssen Sie uns aber genauer erklären", forderte Althoff ihn auf.

„Kein Problem. Also, der Rudi wohnt mit seiner Frau im Dachgeschoss, über unserer Wohnung. Die Treppen sind aus Holz und machen knarrende Geräusche, wenn jemand über die Stufen steigt. Jeder Mensch hat seine ureigene Art, über eine Treppe zu gehen, das ist fast wie ein Fingerabdruck bei ihnen! Glauben Sie mir, nach so vielen Jahren gemeinsamen Wohnens kann ich jeden Nachbarn an seinem Gang über die Treppen erkennen, ohne dass ich ihn sehe."
Ungläubige Blicke wurden unter den drei Männern ausgetauscht.
„Sie können es gerne testen. Kommen Sie nur mit in unser Haus, ich beweise Ihnen meine Behauptung gerne", bekräftige Lütkemeier.
Althoff fragte mit hochgezogenen Augenbrauen: „Angenommen es stimmt, was Sie von sich behaupten, wie können Sie dann sicher sein, dass Fiedler das Haus später nicht noch einmal verlassen hat, als Sie schon schliefen?"
„Oh, ich muss morgens erst später raus und bin daher abends lange wach, um noch zu lesen. Und selbst im Bett höre ich noch, wenn jemand über die Treppe geht, deshalb kann ich Ihnen versichern, der Rudi war den Abend über bei seiner Frau."
„Dann können Sie uns sicher auch sagen, wann Ihr Nachbar gestern, also am Donnerstag nach Hause gekommen ist?"
„Selbstverständlich, der Rudi kam am späten Nachmittag und ist nicht mehr rausgegangen."
„Wenn die Angaben tatsächlich stimmen sollten, käme Fiedler weder als Täter für den Mord an Plagemann noch an Johanna in Frage. Aber stimmen diese kühnen Thesen des Nachbarn Fiedlers tatsächlich oder will er einem guten Freund nur einen Gefallen tun? Wir müssen uns vor Ort ein Bild verschaffen und womöglich einen Test durchführen", ging es Althoff durch den Kopf.
„Also gut, Herr Lütkemeier, vielen Dank für Ihren Besuch. Wir werden Ihre Angaben überprüfen."

*

„Wenn die Aussage dieses Zeugen stimmt und sich dazu noch die Angaben Schmalstiegs bestätigen sollten, bleibt nur noch Jansen als Verdächtiger übrig, weil der als einziger ein wackliges Alibi für den Mord an Plagemann hat", meinte ein niedergeschlagener

Kriminalsekretär.
„Auch Jansen werden wir uns nochmals vorknöpfen. Er muss uns zudem erklären, wo er war, als Fräulein Hembrock ermordet wurde. Wir werden uns morgen ausgiebig mit ihm beschäftigen", kündigte Althoff an. „Allerdings fehlt mir noch immer die Ursache für den zweiten Mord, was hat die junge Frau nur gesehen?", rätselte der Kommissar laut.
„Vielleicht liegen wir doch völlig falsch und sie wurde von einem enttäuschten Verehrer umgebracht?", fragte Voß in die Runde.
Walbusch meinte: „Davon hatte sie ja immerhin genügend. Wir sollten ihre Schwester noch einmal befragen, vielleicht gab es ja tatsächlich eine heimliche Liebschaft."
Althoff antwortete: „Sie haben recht, wir hätten sie danach fragen müssen. Ausschließen können wir im Moment nichts. Auch diesen Ansatz werden wir morgen weiter verfolgen."
Ihre Gedankengänge wurden durch Fräulein Hubbert unterbrochen: „Bezirkskriminalsekretär Lammerskitten bittet Sie zu sich, Doktor Pullman ist schon bei ihm und möchte Sie über das Ergebnis seiner Obduktion informieren."
Walbusch verabschiedete sich für heute mit der Bitte, ihn morgen über das Gespräch mit dem Polizeiarzt zu informieren, so dass die beiden Kriminalbeamten alleine das Büro des Revierleiters betraten.
Nachdem sich die Männer mit Handschlag begrüßt hatten, begann der Doktor mit seinem medizinischen Bericht über den Tod Johannas: „Die Leiche wurde relativ zeitnah nach dem Verlassen der elterlichen Wohnung aufgefunden, so dass ich mich beim Todeszeitpunkt aufgrund der Körpertemperatur auf einen Zeitraum zwischen neunzehn und zwanzig Uhr festlege. Ich denke, das deckt sich mit ihren Ergebnissen."
Voß schüttelte sich innerlich, als ihm nochmals vor Augen geführt wurde, dass Johanna höchstens eineinhalb oder zwei Stunden tot war, als er sie gefunden hatte.
„Interessant dürfte für Sie sein, dass ich Blut unter den Fingernägeln ihrer rechten Hand gefunden habe. Wir konnten die Blutgruppe bestimmen, nämlich B. Diese Blutgruppe hat nur etwa zehn Prozent der Bevölkerung. Das grenzt die Suche nach ihrem Mörder immerhin ein. Sie selbst hatte übrigens Blutgruppe 0. Sie muss sich also verzweifelt gewehrt und ihren Mörder verletzt

haben."

Dem Kriminalsekretär standen grausige Bilder ihres letztlich aussichtslosen Todeskampfes vor Augen.

Immerhin hatten sie einen Ansatzpunkt: Der Mörder musste einen Kratzer im Gesicht haben, die einzige Stelle des Körpers, die bei den kalten Temperaturen nicht von Kleidung bedeckt war. Weil die Blutspuren unter den Fingern der rechten Hand gefunden worden waren, dürfte die Verletzung auf der linken Gesichtshälfte des Täters zu finden sein.

Doktor Pullmann fuhr fort: „Wie Sie schon richtig vermutet hatten, konnte ich keine sexuellen Handlungen feststellen. Auch bei der Todesursache haben Sie richtig gelegen: Sie wurde mit den bloßen Händen erwürgt. Zungenbein und Kehlkopf waren gebrochen, die Würgemale am Hals hatten sie selber ja schon festgestellt. Sie hatte eine ganz frische, offene Wunde am linken Bein, die vielleicht von einem Sturz vom Fahrrad herrühren könnte. Ansonsten kann ich nur sagen, sie war kerngesund und hätte einhundert Jahre alt werden können ..."

Voß fiel eine Frage ein: „Sagen Sie, Herr Doktor, hatte sie schon … ich meine, konnten Sie feststellen, ob sie noch ..."

Er merkte selber, dass er rot geworden war.

Glücklicherweise half ihm der Polizeiarzt über die peinliche Situation hinweg, indem er schnell antwortete: „Sie war noch Jungfrau."

Da für einige Augenblicke alle schwiegen, nutzte Doktor Pullman die Gelegenheit, sich zurückzuziehen: „Wenn sie keine weiteren Fragen haben, möchte ich mich verabschieden. Meine Skatbrüder warten auf mich."

Nachdem der Arzt gegangen war, teilte der Revierleiter beiden Ermittlern mit, dass August Schuhmacher von der Spurensicherung das Fahrrad des Opfers untersucht habe.

„Die Beleuchtung des Rads war defekt und der Lenker verdreht, vielleicht durch einen Sturz? Möglicherweise hat sie der Täter vom Rad gestoßen, als er ihrer habhaft werden wollte. Das würde zu der Wunde am Bein passen, von der der Doktor sprach. Er hat eine Menge verschiedener Fingerabdrücke an Rahmen und Lenker feststellen können, die meisten stammen aber natürlich von der Besitzerin. Ob uns das hilft, ist allerdings mehr als fraglich, weil ihr Mörder bei der Tat sicherlich Handschuhe trug."

„Er muss auf sie gewartet haben und ist dann mit äußerster Brutalität vorgegangen", meinte Voß mit Wut in der Stimme. „Das heißt, er muss also gewusst haben, dass Johanna am Abend im „Emskrug" arbeiten sollte.
Lammerskitten wollte von den beiden Ermittlern wissen: „Kommen Sie in den beiden Mordfällen denn voran?"
Althoff seufzte: „Ich fürchte, wir werden noch viele Gespräche führen müssen, bevor wir die entscheidende Spur finden. Bislang konnten wir zumindest einige Verdächtige als Täter ausschließen. Wir werden heute Abend ein weiteres Alibi im „Schwalbennest" überprüfen und morgen mit den Befragungen fortfahren."
Der Bezirksleiter musste lächeln.
„So, so. Im Schwalbennest ... kommen Sie mir dort bloß nicht unter die Räder!"
Dann wurde er wieder ernst: „Ich werde seit vorgestern jeden Morgen um elf Uhr von Kreisleiter Lewecke angerufen, der sich nach dem Stand der Ermittlungen erkundigt. Heute früh hatte ich sogar die SA-Führung in der Leitung. Obergruppenführer Lutze forderte von mir die unverzügliche Aufklärung des Mordes an seinem Kameraden. Ich konnte beide bislang hinhalten, aber der Druck von oben wird sicherlich in den nächsten Tagen nicht kleiner werden ..."
Viktor Lutze war in der unmittelbaren Nachbarschaft Rheines, in Bevergern, geboren und in Rheine auf das Gymnasium gegangen. Als Berufssoldat nahm er am Weltkrieg teil, in dem er, schwer verwundet, ein Auge verlor. Danach schloss er sich der paramilitärischen Sturmabteilung an, in der er eine steile Karriere hinlegte. Förderlich hierfür war sicherlich auch, dass er seit vielen Jahren mit dem Gauleiter von Berlin und heutigen Reichsminister für Propaganda und Volksaufklärung, Joseph Goebbels, bekannt war. Augenblicklich bekleidete er das Amt des Oberpräsidenten der preußischen Provinz Hannover und gehörte der obersten Riege der SA an. Ein Verbrechen in seinem Heimatgau, zumal an einem Mitglied seiner Organisation, musste ihm ein Dorn im Auge sein.
„Herr Lammerskitten, seien Sie versichert, wir tun alles, um die Morde schnellstmöglich aufzuklären", versicherte Althoff. „Ich hoffe nur, der Obergruppenführer kann auch mit der Aufklärung der Fälle leben, wenn sich herausstellen sollte, dass ein Mitglied seiner Organisation der Täter ist."

„Daran mag ich gar nicht erst denken", meinte der Revierleiter nachdenklich. „Malen Sie den Teufel bloß nicht an die Wand! Nun denn, verabschieden wir uns für heute von diesen trüben Gedanken. Vor Ihnen liegt schließlich noch harte Ermittlungsarbeit im „Schwalbennest", da müssen Sie ihre sieben Sinne beisammen haben. Wie ich bereits sagte: Erliegen Sie nicht den Verlockungen der Sirenen", schloss er schmunzelnd.

*

Auf dem Weg zum Amüsierlokal machten sie in einem Wirtshaus Halt, um zu Abend zu essen.
Nach dem Mahl zog Voß gerade genüsslich an seiner Eckstein, als Althoff ihn plötzlich völlig überraschend fragte: „Sie standen der jungen Dame von gestern einmal sehr nahe, nicht wahr?"
Mit dieser unerwarteten Frage hatte er ihn eiskalt erwischt. Voß musste vor Schreck husten, ehe er antworten konnte: „Ich hätte es wissen müssen, Ihnen entgeht wirklich nichts", sagte er zögernd. „Aber sie haben recht, wir waren einmal verlobt."
„Doch sie hat sich dann offensichtlich für einen anderen Mann entschieden. Verstehen Sie mich nicht falsch, es geht mich nichts an, aber die Dame wirkte sehr verletzt."
Voß ließ sich mit seiner Antwort Zeit. Zögernd schilderte er: „Ich hatte mich im Polizeidienst schon einigermaßen hochgearbeitet, als ich Annegret kennen lernte. Wir galten schnell als das Traumpaar und verstanden uns gut; sie war wunderschön und unsere Familien freuten sich mit uns über unser Glück."
Er hatte auf einmal einen Kloß im Hals und konnte nicht weitersprechen.
Althoff nickte mitfühlend: „Sie müssen es mir nicht erzählen."
Doch Voß hatte jetzt das Gefühl, es endlich loswerden zu müssen: „Es war meine Schuld, ich habe es komplett vermasselt. Was passiert ist, werden Sie sich fragen. Nun, passiert ist folgendes: Der Krieg ist zu mir zurückgekommen. Es war auf einmal wieder alles da; in meinem Kopf waren plötzlich wieder der Dreck in den Schützengräben, die Einschläge der Kanonen, die Maschinengewehrsalven, die Todesangst, die vielen toten Kameraden. Alles war wieder da! Ich wurde diese Bilder nicht mehr los. Ich wollte Annegret schützen und konnte deshalb nicht

mit ihr über meine Probleme sprechen. Ich wurde immer seltsamer, zog mich immer mehr zurück; sie fragte mich, was mit mir los sei, doch ich konnte es ihr nicht erklären. Sie war immer ein sehr fröhlicher Mensch gewesen, doch durch mich hatte sie das Lachen verlernt. Irgendwann bat sie mich verständlicherweise um die Auflösung unserer Verlobung. Es war wohl besser so."
Voß zündete sich eine weitere Eckstein an, während Althoff verständnisvoll erwiderte: „Der Krieg hat viele Leben zerstört, nicht nur physisch, sondern auch psychisch. Viele Überlebende haben lange Jahre seelische Probleme und werden als Simulanten, Feiglinge und Drückeberger verhöhnt, denken Sie nur an die Kriegszitterer, denen das Trauma der Schützengräben bis heute und vermutlich sogar bis an ihr Lebensende zu schaffen macht. Wir können nur hoffen, dass wir nie wieder die Schrecken eines Krieges erleben müssen. Allerdings bin ich mir bei den aggressiven Zielen unserer Regierung nicht sicher, ob das nicht nur ein frommer Wunsch bleibt ..."

*

Eine rote Lampe wies ihnen den Weg, ein Türsteher stand rauchend in der Kälte und begrüßte die Ermittler freudig: „Nur hereinspaziert, die Herren. Wir haben hier die hübschesten Mädels und wenn Sie sich großzügig zeigen, erfüllen die Ihnen jeden Wunsch – das verspreche ich Ihnen!"
Er öffnete ihnen die Tür und sie traten in das „Schwalbennest" ein.
Das Erste, was Voß nach der eisigen Luft draußen auffiel, war ein völlig überhitzter Raum, den sie durch einen Vorhang betraten. Zwei Öfen sorgten dafür, dass die anwesenden Damen in ihren kurzen Kleidern ganz sicher nicht frieren mussten. Es duftete nach Zigarettenrauch und Parfüm, überall verteilt waren Sitzgruppen angeordnet, auf denen die Damen teils alleine, teils mit ihren Kolleginnen oder in männlicher Gesellschaft saßen. Die meisten hatten ihre hübschen Beine übereinandergeschlagen. Die Tapeten waren von roter Farbe, an den Wänden gab es außerdem mehrere, teils geschlossene Vorhänge, offenbar die Eingänge zu den Séparées. Eine Tür schien ins Innere des Gebäudes zu führen. Rechts stand eine Theke, hinter der eine hellblonde Frau auf einem Hocker saß. Ihr Alter war nicht einzuschätzen, doch ihr Dekolleté

zeigte mehr, als es verbarg. Sie musterte die beiden Neuankömmlinge mit abschätzendem Blick.

Noch ehe sie sich dort hinwenden konnten, wurden sie von einer rothaarigen, etwa dreißigjährigen Frau in einem kurzen, blauen Kleid angesprochen, die sich an sie herangeschlichen hatte: „Hallo, ihr beiden Süßen. Ihr seht aus wie starke Männer, und wisst ihr was? Ich mag starke Männer. Möchte einer der Herren einen Sekt mit mir trinken? Wir können es uns gemütlich machen", hauchte sie mit einem betörenden Lächeln und nickte mit dem Kopf zu einem der offenen Vorhänge.

Althoff lächelte charmant: „Eine reizende Vorstellung, Ihre nette Gesellschaft zu genießen. Wir würden nichts lieber tun als das, meine Liebe. Aber so leid es uns auch tut, wir sind rein beruflich hier und müssen ein wichtiges Gespräch mit der Chefin dieses Hauses führen. Ich bin untröstlich."

Enttäuscht wandte sich die Rothaarige ab und gab einer hastig aufgesprungenen Kollegin ein Zeichen, sich wieder zu setzen.

Die Kriminalbeamten begaben sich zum Tresen, wo sie von der drallen Blondine begrüßt wurden.

„Hallo, meine Süßen. Mein Name ist Elfi, darf ich euch ein Bier servieren?"

„Sehr gerne", freute sich Althoff.

Als die Getränke vor ihnen standen, wollte Elfi wissen: „Hier ist alles sauber, meine Mädchen sind alle angemeldet. Verratet ihr mir, was die Polizei in meinem Haus will?"

„Sieht man uns das so deutlich an?", fragte ein überraschter Kommissar und zeigte dabei seine Marke.

„Glaubt mir, dafür habe ich einen Blick. Also, was kann ich für euch tun?"

„Keine Angst, wir sind nicht hier, um Ihr Lokal zu kontrollieren. Wir benötigen für unsere Ermittlungen in einem Mordfall lediglich eine Auskunft."

Die Tür, die ins Innere führte, ging auf und ein gut gekleideter älterer Mann kam in Begleitung einer blonden Mittzwanzigerin heraus. Der Mann versuchte mit seinem Hut sein Gesicht zu verbergen und eilte zum Ausgang, wo er von der Blondine mit einem Wangenkuss verabschiedet wurde.

„Geht es um den getöteten SA-Mann am Dienstag? Die ganze Stadt spricht von nichts anderem mehr. Aber ihr wisst ja, mein

Geschäft lebt von der Diskretion. Ich glaube, ihr werdet deshalb Verständnis dafür haben, dass ich nicht über meine Kundschaft spreche", sagte Elfi bestimmt.

„Nun, in diesem Fall werden Sie auch im Interesse Ihres Gastes sicher eine Ausnahme machen", widersprach Althoff.

Ein Vorhang öffnete sich und eine junge Frau mit langen, schwarzen Haaren kam mit einem nervös um sich blickenden Mann mit gelockerter Krawatte aus dem Séparée, um Elfi etwas ins Ohr zu flüstern. Diese griff hinter sich, drückte ihr einen Schlüssel in die Hand und ermahnte die junge Frau: „Vergiss aber nicht wieder, das Zimmer anschließend herzurichten, Lissy!"

Eine der im Raum anwesenden Damen, die auf dem Schoß eines Kunden saß, lachte laut über etwas, das er gesagt haben musste. Der Mann gab Elfi ein Zeichen, die Gläser wieder zu füllen. Diese öffnete mit geübtem Griff eine Flasche billigen Sekts und eilte zu den beiden. Gleichzeitig kam ein weiterer Gast durch die Eingangstür hinein, um den sich sofort eine der Damen kümmerte.

Nachdem Elfi wieder hinter der Theke stand, kam der Kommissar auf sein Anliegen zurück: „Es geht darum, einen Ihrer Kunden zu entlasten. Er ist Verdächtiger in besagtem Mordfall und hat seinen Aufenthalt in Ihrem Etablissement als sein Alibi angegeben. Also würden Sie ihm sehr helfen, wenn Sie seine Aussage bestätigen."

„Das mag ja alles sein, aber dennoch rede ich niemals über meine Besucher. Auf meine Verschwiegenheit verlassen sich meine Gäste. Wenn ich auf einmal anfange zu tratschen, kann ich meinen Laden auch gleich zumachen. Sie werden von mir also keinerlei Auskünfte welcher Art auch immer bekommen."

Jetzt schaltete sich Voß ein: „Ich glaube doch. Wir können Ihnen jede Menge Ärger machen, wenn Sie nicht kooperieren. Zum Beispiel könnten wir unsere Freunde von der Sittenpolizei bitten, häufiger in Ihrem Lokal nach dem Rechten zu sehen. Ich habe hier heute Abend einige sehr interessante Gesichter gesehen. So zum Beispiel ein Mitglied der Stadtverordnetenversammlung oder den Sohn einer sehr bekannten Rheiner Unternehmerfamilie. Glauben Sie, es würde Ihnen gefallen, wenn sich die Kollegen in diesen Räumlichkeiten deren Personalien notieren oder sie gar mit auf die Wache nehmen?"

Er ließ sich absichtlich ein wenig Zeit, bevor er weiter sprach: „Also, halten Sie immer noch an Ihrem „Geschäftskodex" fest, oder werden Sie uns und damit möglicherweise auch Ihrem Kunden helfen?"

Elfi war blass geworden und schaute wütend drein. Schnippisch stieß sie aus: „Ich habe ja wohl keine andere Wahl. Was wollt ihr wissen?"

„Beginnen wir mit Ihrem vollständigen Namen. Auf „Elfi" wird man Sie wohl kaum getauft haben."

„Mein Name ist Elfriede Schuster", sagte Elfi schon etwas kleinlauter.

„Also gut, Frau Schuster. Kennen Sie einen Ewald Schmalstieg?"

„Warum will die Polizei das wissen?"

„Frau Schuster, ich habe Ihnen eine einfache Frage gestellt. Beantworten Sie sie bitte wahrheitsgemäß und Sie haben nichts zu befürchten."

„Also gut, ja, ich kenne den Ewald."

„Na also, es geht doch. Ist er häufiger hier?"

„Der Ewald ist nicht derjenige, der den Laden hier aufrecht hält. Aber so einmal im Monat gönnt er sich ein paar schöne Stunden."

„Wann war Herr Schmalstieg zuletzt hier?"

„Das war vor ein paar Tagen, lassen Sie mich überlegen; das war am Tag des Fackelzugs, also Dienstag. Er kam nämlich in seiner SA-Uniform herein, das macht er normalerweise nicht. War an diesem Abend nicht der Mord?"

„Ja, genau darum geht es. Von wann bis wann war er Ihr Gast?"

„Oh, da muss ich überlegen. Er kam vielleicht um zehn herum. Irgendwie wirkte er an diesem Abend angefressen, er schien über etwas sehr wütend zu sein. Wann er gegangen ist? Das muss weit nach Mitternacht gewesen sein. Er hatte am Dienstag sehr viel Zeit und trank einige Biere, bevor er auf's Zimmer verschwand."

Voß sah kurz zu Althoff, der befriedigt nickte.

„Das war schon alles, war doch gar nicht so schlimm. Allerdings müssen wir noch kurz mit Schmalstiegs Begleitung sprechen. Ich glaube, sie nennt sich Anita. Um welche der Damen handelt es sich?"

Elfi schmollte: „Da werdet ihr euch noch etwas gedulden müssen, Anita hat gerade einen Gast."

„Na prima, dann servieren Sie uns in der Zwischenzeit doch noch zwei Bier."

Beim dritten Bier der beiden Polizisten kam ein Mann mit einer

etwa vierzigjährigen, schwarzhaarigen Frau aus dem hinten liegenden Gebäudebereich und wurde von dieser an der Tür gebührend verabschiedet. Auf einen unauffälligen Wink von Elfi kam die Frau zur Theke und legte einen Schlüssel auf das Holz.
„Die beiden Herren möchten mit dir sprechen, Anita. Geht in eines der freien Séparées, aber unterhaltet euch um Himmels Willen so leise wie möglich."
Anita zog überrascht die Augenbrauen nach oben und gab den beiden Ermittlern ein Zeichen, ihr zu folgen.
Als alle drei auf einem mit roten, plüschigen Stoff überzogenen halbrunden Sofa saßen und der Vorhang hinter ihnen geschlossen war, begann Voß: „Wir sind von der Kriminalpolizei und benötigen lediglich einige Angaben von Ihnen, also bitte nicht erschrecken. Zunächst: Wie ist Ihr Name?"
„Es hat wohl keinen Zweck, Ihnen etwas vorzumachen", seufzte sie mit einem Blick in Elfis Richtung. „Ich heiße Martha Weißhaupt und komme gebürtig aus dem Emsland."
„... und Sie nennen sich Anita."
„Sie werden in unserem Gewerbe keine Kollegin finden, die unter ihrem richtigen Namen arbeitet."
„Fräulein Weißhaupt, am Dienstagabend waren Sie mit einem Gast auf dem Zimmer, Ewald Schmalstieg. Erinnern Sie sich?"
„Oh Gott ja, wie könnte ich den vergessen?", antwortete sie verächtlich.
„Was war so besonders bei ihm? Ich meine, wir wollen keine Details hören ..."
„Der Ewald war schon ziemlich betrunken, als wir endlich auf's Zimmer gingen. Danach war er sehr aggressiv und hat mich das auch spüren lassen, wenn Sie verstehen, was ich meine."
„Das tut uns natürlich leid; für uns ist aber letztendlich nur eines von Interesse: Können Sie bestätigen, dass Herr Schmalstieg die ganze Zeit von etwa zehn Uhr bis nach Mitternacht in diesem Lokal war?"
„Ja, das kann ich bestätigen."
„Das war es schon. Vielen Dank, Sie haben uns sehr geholfen."

*

Nachdem sie das völlig überteuerte Bier bezahlt und das Lokal verlassen hatten, gingen sie noch ein paar Meter gemeinsam durch die um diese Zeit menschenleeren Gassen der Stadt.

Althoff fasste die bisherigen Ergebnisse ihrer Ermittlungen zusammen: „Mir ist Schmalstieg zutiefst unsympathisch, aber als Täter können wir ihn in beiden Fällen definitiv ausschließen. Er war es nicht, Silberstein war es nicht und Fiedler vermutlich ebenfalls nicht. Bleibt also nur Jansen übrig, mit seinem mehr als vagen Alibi werden wir uns morgen befassen. Wir werden sowohl ihm, als auch seinen Nachbarn mächtig auf die Füße treten."

Nach diesen Worten verabschiedeten sich die beiden Kriminalbeamten.

Samstag, 03. Februar 1934

Voß war zuhause sofort in einen tiefen und festen Schlaf gefallen. In dieser Nacht kamen die schrecklichen Träume erst in den frühen Morgenstunden.

Er sah immer wieder die sterbende Johanna vor sich, die verzweifelt um Hilfe schrie. Ihre Augen waren vor Todesangst weit aufgerissen, als sich riesige Hände um ihren Hals legten und fest zudrückten. Hinter ihr waren ihre Eltern zu sehen, sie hatten das Fahrrad vom Boden aufgehoben und hielten es fest. Sie flehten ihn mit lauten Worten an, ihre Tochter zu retten. Er hörte röchelnde Geräusche, die die Sterbende in ihrem Todeskampf von sich gab. Und im Hintergrund konnte er schwere Stiefel wahrnehmen, die über den Asphalt marschierten. Hunderte, ja tausende Füße setzten im Gleichschritt geräuschvoll auf dem Boden auf. Auch die Körper der Stiefelträger wurden auf einmal sichtbar: Mürrisch und ernst dreinblickende Männer mit den Uniformmützen der SA auf den Köpfen und in braunen Uniformen marschierten durch die Straßen und sangen dabei das Horst-Wessel-Lied. Sie trugen Fackeln und Standarten in ihren Händen, die dem ganzen Bild eine gespenstische Atmosphäre gaben. Überall schossen plötzlich Hakenkreuze aus dem Boden ...

Voß schreckte aus dem Schlaf hoch. Was hatte er da eben nur wieder geträumt? Es ärgerte ihn ständig, dass er Nacht für Nacht aus dem Schlaf gerissen wurde, doch diesmal war etwas anders gewesen. Unbewusst hatte er sich soeben mit dem Fall befasst und

war dabei über etwas Interessantes gestolpert. Aber was war es gewesen? Es war etwas eigentlich Unwichtiges, eher Nebensächliches gewesen, das ihn jetzt beschäftigte. Er fühlte sich nach dem Aufwachen seltsam, so als ob ihm ein Klaps auf dem Hinterkopf fehlte, um die Gedanken in seinem Hirn zu ordnen.
In seinen nächtlichen Erlebnissen war etwas Wichtiges gewesen, das ihn irritierte. Verzweifelt versuchte er sich zu erinnern. Verflucht, es war nicht nur interessant und wichtig, es war entscheidend gewesen, das spürte er!
Er merkte, dass er nassgeschwitzt war, doch das spielte jetzt keine Rolle für ihn.
Eine seltsam nervöse Spannung hatte ihn erfasst. Draußen war es noch dunkel, dennoch erhob er sich aus dem Bett. Er machte Licht und sah auf die Wanduhr: Noch nicht einmal sechs Uhr.
An Schlaf war nicht mehr zu denken, zu aufgewühlt war er jetzt. Er zwang sich, seine Unruhe vorläufig auszublenden. Schnell entzündete er den Herd und setzte Wasser auf. Dann schlich er sich leise ins Etagenbad und schaffte es, sich in Rekordzeit für den Tag herzurichten.
Zurück in seiner Wohnung bereitete er sich einen Kaffee zu und holte eine Eckstein aus der Packung.
„Halt" ermahnte er sich. Wenn sein Gefühl stimmte, konnte es ein langer Tag werden, an dessen Ende womöglich die Lösung ihres Falles stand.
Also brauchte er ein kräftiges Frühstück, erst danach würde er sich eine Zigarette gönnen und dabei nochmals versuchen, sich an die Bilder seines Traumes zu erinnern.
Nachdem er zwei Brote gegessen hatte, machte er sich einen weiteren Kaffee und zündete sich die schon bereit liegende Eckstein an. Er versuchte sich dabei zu konzentrieren und die nächtlichen Bilder wieder abzurufen. Was hatte er heute Nacht doch gleich alles geträumt?
Es dauerte lange, doch dann kam mit einem Schlag die Erinnerung an seinen Traum zurück. Plötzlich wusste er auch, welches Detail ihn so gestört hatte. Er hatte zum passenden Zeitpunkt doch noch seinen Schlag auf den Hinterkopf bekommen!
Schnell wurden ihm erste Zusammenhänge klar, es passte alles ins Bild. Sie konnten ihre bisherigen Theorien über den Haufen werfen, es war alles ganz anders gewesen!

Stumm versuchte er bei Kaffee und Zigarette, seine Gedanken zu ordnen. Es waren noch lange nicht alle Puzzleteile an ihrem Platz, aber immerhin hatte sich in seinem Kopf eine Theorie für den Mord an Plagemann festgesetzt, von der ausgehend er seine weiteren Überlegungen startete.

Seine Vorgehensweise war eigentlich absurd: Er wusste jetzt, wer der Täter war. Davon ausgehend versuchte er die Geschehnisse der letzten Tage mit seiner Lösung in Einklang zu bringen. Eigentlich ermittelte die Kriminalpolizei ja genau andersherum: Durch die Rekonstruktion des Tathergangs versuchte sie den Täter zu finden!

Aber konnte das wirklich sein? Was passierte mit ihm, wenn er falsch lag? Wäre seine Karriere damit ernsthaft beschädigt oder gar vorzeitig beendet? Er musste bedenken, dass seine Überlegungen angesichts der neuen politischen Verhältnisse im Deutschen Reich hieb- und stichfest sein mussten, bevor er sich so weit aus dem Fenster lehnen konnte. Ansonsten würden ihn die örtlichen Vertreter der Partei mit ihrer Machtfülle zerreißen, was für ihn durchaus gefährlich werden konnte.

Er würde zunächst mit Lammerskitten, Althoff und Walbusch sprechen und sie um ihre Meinungen bitten. Würden ihn die anderen angesichts seiner Überlegungen auslachen?

Nach einer Stunde, drei Tassen Kaffee und vielen Zigaretten glaubte Voß, das „Wer" und „Wie" geklärt zu haben. Allerdings mussten noch viele Kleinigkeiten überprüft und geklärt werden, damit der Tatablauf tatsächlich lückenlos nachzuweisen war.

Und dann blieb noch die entscheidend Frage: Das „Warum".

Voß hatte lange darüber gerätselt, doch irgendwann hatte sich ein Gedanke in seinem Kopf festgesetzt, der zwar geradezu unglaublich, aber die einzig mögliche Erklärung für die Morde war.

„Ja, so muss es gewesen sein", dachte er beschwingt.

Falls seine Vermutung stimmte, passte alles und das Puzzle war zusammengesetzt!

*

Hastig und viel zu früh war er zum Polizeirevier gegangen. Kommissar Althoff würde erst gegen halb neun kommen, doch Voß hatte an diesem Morgen keine Ruhe mehr.

Er wartete ungeduldig auf die Ankunft seiner Kollegen und bat Wachtmeister Kleinschmidt, Sturmführer Walbusch und Kriminalbezirkssekretär Lammerskitten in sein Büro, nachdem diese eingetroffen waren. Dort legte er ihnen seine Gedanken und Pläne für den heutigen Tag dar. Nachdem sich bei seinen Zuhörern die erste Überraschung gelegt und sich alle aufgeschlossen gegenüber seiner Überlegungen gezeigt hatten, erstellten sie zusammen einen Plan, in welcher Reihenfolge und mit welchem Personal vorgegangen werden sollte.

Die zunächst ablehnende Haltung des Sturmführers gegen die Thesen des Kriminalsekretärs war dabei von ungläubigem Staunen in wütenden Aktionismus umgeschlagen. Er hatte sich von den Argumenten überzeugen lassen und konnte eine Klärung der aufgekommenen Fragen kaum abwarten. Für ihn ging es um nicht weniger als die Ehre der SA.

Lammerskitten schlug vor, die Meinung des Kommissars vor Beginn der Aktionen abzuwarten, was Voß natürlich als selbstverständlich vorausgesetzt hatte.

Am Ende stand ein fertiger Arbeitsplan, auf den sie sich geeinigt hatten und alle warteten nur noch auf Althoff, um dessen Zustimmung zu den geplanten Maßnahmen einzuholen. Ein weiterer Wachtmeister und zwei Unterwachtmeister hielten sich für sie bereit; Fräulein Hubbert war von Voß gebeten worden, einige wichtige Telefonate zu führen.

Althoff entging die Spannung auf dem Revier nicht, als er um zwanzig vor neun endlich eintraf. Auf seinen fragenden Blick erklärte der Revierleiter: „Der Kollege Voß hat in der vergangenen Nacht über die Morde nachgegrübelt und ist zu interessanten Ergebnissen gekommen. Ich muss zugeben, seine Theorie klingt sehr schlüssig und ist zumindest überprüfenswert. Wir haben uns schon einige Gedanken gemacht, wie wir weiter vorgehen können, aber natürlich möchten wir vorab Ihre Meinung hören, bevor wir aktiv werden."

Der Kommissar zog überrascht die Augenbrauen nach oben und betrachtete den Kriminalsekretär mit neugierigem Blick.

Lammerskitten forderte diesen auf: „Voß, bitte setzen Sie den Kommissar ins Bild."

Der Angesprochene begann zu erzählen.

Er fing mit dem Abend des 30. Januar an, legte dar, wie sich der

Mord an Heinrich Plagemann abgespielt haben musste und stellte den Zusammenhang mit dem Tod Johannas her. Auch wie es zu deren Ermordung gekommen war, beschrieb er. Anschließend präsentierte er die Beweise für seine Theorien und führte an, welche Dinge noch überprüft werden mussten. Er erläuterte die Vorgehensweise, die sie sich zu dritt zurechtgelegt hatten.
Selbstbewusst schloss er mit den Worten: „Ich bin mir sicher, dass es sich so abgespielt hat und wir den Fall heute noch abschließen können."
Der Kommissar hatte aufmerksam zugehört. Er kratzte sich am Kinn, räusperte sich kurz und sagte: „Mein lieber Voß, mein Kompliment zu Ihren Überlegungen. Alle Wetter, das könnte in der Tat der Durchbruch bei unseren Ermittlungen sein. Wenn Sie recht haben sollten, wäre der Fall gelöst. Ich bin selbstverständlich mit allem, was Sie geplant haben, einverstanden. Lassen Sie uns zügig loslegen, ich brenne geradezu darauf, Gewissheit zu bekommen."
Fräulein Hubbert unterbrach: „Entschuldigen Sie. Herr Voß, ich habe mit der Reichsversicherungsanstalt für Angestellte und der Landesversicherungsanstalt telefoniert. Es hat zwar ein wenig gedauert, bis ich mit den richtigen Personen verbunden war, aber ich habe die benötigten Auskünfte erhalten, so hat sich das Warten immerhin gelohnt. Sie lagen mit Ihrer Vermutung vollkommen richtig, ich habe die Angaben auf diesem Zettel notiert."
Sie übergab ihm ein Blatt Papier, auf das Voß einen kurzen Blick warf.
„Sehr gut, Fräulein Hubbert, vielen Dank."
Er schaute in die Runde und sagte: „Das war die Bestätigung auf unsere Anfrage und dazu noch eine notwendige Auskunft, auf die ich gewartet habe. Gleichzeitig ist das unser Startsignal, das heißt, wir teilen uns jetzt wie besprochen auf und treffen uns anschließend wieder hier, wenn alles erledigt ist. Hoffen wir, dass uns der Beweis gelingt. Viel Glück, meine Herren."

*

Voß hatte darauf bestanden, dass der Sturmführer ihn bei seiner Recherche begleitete. Von ihren Erkundigungen hing vieles ab, doch er war sich sicher, den Beweis für die Schuld des Mörders in der Tasche zu haben, wenn sie später auf das Revier zurückkamen.

Damit dürften bei Walbusch dann auch die letzten Zweifel beseitigt sein.
Ihr Weg führte sie in die Antoniusstraße, wo sie in ein Textilgeschäft eintraten. Voß zeigte seine Polizeimarke und bat, den Inhaber sprechen zu können.
„Der steht vor Ihnen, mein Name ist Wissmann, das Geschäft „Textilien Wissmann" führe ich in zweiter Generation."
„Herr Wissmann, wir benötigen in einer Mordermittlung Ihre Hilfe. Ich nehme an, Sie halten die Verkäufe in Ihrem Geschäftsbüchern fest?"
„Ja natürlich, es hat alles seine Richtigkeit, alles wird versteuert. In den Büchern sind sämtliche Angaben zu den Kunden und ihre Bestellungen inklusive Zahlungseingänge aufgeführt."
„Sehr gut. Ich bitte Sie, uns die Geschäftsbücher der, sagen wir, letzten drei Jahre zur Verfügung zu stellen. Wir benötigen bestimmte Informationen, die wir uns herausschreiben wollen."
Ein verdutzter Wissmann beeilte sich, die gewünschten Unterlagen herauszusuchen. Er bot sogar für das Durchsehen der Bücher sein Schreibzimmer im rückwärtigen Teil seines Geschäftes an; das Zeigen der Polizeimarke hatte bei ihm offensichtlich eine bedingungslose Hilfsbereitschaft ausgelöst.
Sowohl Walbusch als auch Voß nahmen sich jeweils ein Jahrbuch vor und begannen dieses zu studieren. Der Kriminalsekretär musste über den plötzlichen Eifer seines Helfers lächeln und konnte sich diesen nur mit einem gewissen Zorn des Sturmführers über das zu erwartende Ergebnis ihrer Ermittlungen erklären. Schweigend gingen sie die Eintragungen durch, bis Walbusch nach einer Weile triumphierend rief: „Hier, ich hab's!"
Sofort schaute Voß auf die Stelle, die ihm mit dem Finger gezeigt wurde. Er übertrug die Information in sein Notizbuch. Beschwingt vom ersten Erfolg ihrer Recherchen suchten beide weiter.
Es dauerte eine ganze Weile, bis Voß den entscheidenden zweiten Eintrag fand: „Sehen Sie hier, Herr Walbusch", und er wies auf das Papier. „Damit haben wir ihn, das wird er uns nicht erklären können!"
Nach einem prüfenden Blick erklärte der Sturmführer: „Gratuliere, Herr Voß. Sie hatten tatsächlich recht. Ich habe es nicht für möglich gehalten, dass ich mich in einem Menschen so täuschen konnte. Ich bin mir inzwischen ganz sicher, dass sich der Rest Ihrer

Vermutungen ebenfalls bestätigen wird. Ich gebe zu, ich lag mit meinem Standpunkt falsch."

*

Auch Kommissar Althoff war erfolgreich gewesen. Er hatte zunächst einige Erkundigungen eingeholt. Zusammen mit zwei Kollegen brachten sie anschließend den Mann zur Dienststelle, den sie für den Mörder von Heinrich Plagemann und Johanna Hembrock hielten. Noch schien dieser nicht zu ahnen, was sie ihm gleich vorwerfen würden. Althoff hatte ihn auf seiner Arbeitsstelle aufgesucht, sich mit den Kollegen unterhalten und ihn anschließend lediglich gebeten, zur Klärung weiterer offener Fragen mit auf das Revier zu kommen. Die Anwesenheit der Schutzpolizisten schien ihn nicht zu irritieren, er ging offenbar davon aus, nach der Befragung zügig wieder an seinen Arbeitsplatz zurückkehren zu können.
Der Kommissar hatte nochmals die Argumentationskette durchdacht, die Voß präsentiert hatte und zweifelte nicht daran, die Akten in wenigen Stunden erfolgreich schließen zu können. Er gönnte seinem jungen Kollegen diesen Erfolg von Herzen und tadelte sich insgeheim, nicht selber auf die Lösung gekommen zu sein.
„Vielleicht werde ich langsam doch zu alt für diesen Beruf", dachte er mit einem Grinsen im Gesicht.
Er nahm sich vor, sich bei der Befragung des mutmaßlichen Täters im Hintergrund zu halten und Voß das Feld zu überlassen.

*

Lediglich Wachtmeister Kleinschmidt musste fast unverrichteter Dinge zurückkehren. Es wurmte ihn, nicht erfolgreich gewesen zu sein. Dabei hatte auch er einen Schutzpolizisten dabei gehabt und doch war es ihnen nicht gelungen, die gesuchte Person anzutreffen. Immerhin hatte er eine wichtige Auskunft erhalten. Es blieb ihm nichts anderes übrig, als zum Revier zurückzukehren und weitere Anweisungen abzuwarten. Da er vermutlich als Erster zurück war, wollte er Kriminalbezirkssekretär Lammerskitten weitere Maßnahmen vorschlagen, damit sie doch noch erfolgreich sein konnten. Dieser wäre bestimmt mit seinem Vorschlag einverstanden. Hoffentlich ging alles gut ...

*

Zurück auf dem Revier musste Kleinschmidt seinen Misserfolg dem Revierleiter gegenüber einräumen und machte den Vorschlag, die Fahndung nach dem Gesuchten auf die gesamte Innenstadt auszuweiten. Lammerskitten zeigte sich sofort einverstanden. Der Wachtmeister wurde damit beauftragt, sofort alles in die Wege zu leiten, um seinen Auftrag doch noch erfolgreich zu erledigen.
Als die anderen ebenfalls zurück waren, kamen sie im Büro des Kriminalbezirkssekretärs zusammen, um sich gegenseitig auf den aktuellen Stand zu bringen.
Lammerskitten berichtete, was der Wachtmeister erfahren hatte; dass er die gesuchte Person jedoch nicht angetroffen habe und dass weitere Suchmaßnahmen eingeleitet worden seien.
„Wenn er tatsächlich an den Morden beteiligt war, muss ihm klar sein, dass wir mit dem gesamten Polizeiapparat nach ihm fahnden. Er wird nicht weit kommen", zeigte er sich optimistisch.
Althoff schlug vor, zumindest schon einmal mit der Befragung des anderen Tatverdächtigen zu beginnen: „Ich möchte, dass Sie unseren Mann der Taten überführen, Voß. Ich werde mich lediglich für den Fall bereit halten, dass es Probleme gibt. Ich bin mir aber sicher, dass das nicht der Fall sein wird. Sie sind auf die Lösung gekommen, also haben Sie sich auch Ihren großen Auftritt verdient. Ich würde also sagen, wir begeben uns in das Verhörzimmer und holen unseren Verdächtigen hinzu."
Voß musste angesichts der Worte des erfahrenen Kollegen schlucken, fühlte sich der Aufgabe aber durchaus gewachsen. Also antwortete er: „Vielen Dank, Herr Althoff. Sie sagen es: Lassen wir es hinter uns bringen."
Alle drei ermittelnden Personen hatten bereits Platz genommen, als der Verdächtige mit lässigem Schritt hereingeführt wurde. Er trug seine Arbeitskleidung und hatte einen Schal ungebunden.
Der begleitende Unterwachtmeister stellte sich an die Wand hinter ihm.
Voß erhob sich und sagte: „Heil Hitler, Herr Kemper, setzen Sie sich bitte", und nach einer kurzen Pause: „Können Sie sich denken,

warum wir Sie hergebeten haben?"
Der Angesprochene lächelte verbindlich, nahm Platz und antwortete: „Heil Hitler, Sie werden vermutlich noch einige Fragen zum Abend des 30. Januar haben, wobei ich Ihnen eigentlich schon alles gesagt habe. Ich hoffe, es geht schnell, denn ich habe auf meiner Baustelle noch eine Menge Arbeit zu erledigen."
„Nun, ich fürchte, Ihre Kollegen werden die Arbeit alleine beenden müssen."
„Was sagen Sie da?", fragte Kemper ungläubig. „Was soll das heißen?"
„Das soll heißen: Wir werden Sie hierbehalten müssen."
„Wie bitte? Was soll das? Warum wollen Sie mich hier behalten? "
„Weil Sie zwei Menschen umgebracht haben."
„Was?", schrie er und sprang von seinem Stuhl auf. „Sie beschuldigen mich der Morde? Sind Sie noch bei Sinnen?"
„Setzen Sie sich wieder", sagte Voß energisch. Der Unterwachtmeister drückte ihn auf seinen Stuhl zurück
„Herr Kemper, wir werden Ihnen den Mord an Ihrem Kameraden Heinrich Plagemann ebenso nachweisen wie den Mord an der Kellnerin Johanna Hembrock. Glauben Sie mir, das Spiel ist aus!"
Auf dem Gesicht des Beschuldigten war belustigendes Erstaunen zu sehen.
„Das kann nicht Ihr Ernst sein", lächelte er.
„Es ist mir noch nie so ernst gewesen, glauben Sie mir. Möchten Sie sich zu den Anschuldigungen äußern?"
Kemper tat die Anschuldigung noch immer leicht ab: „Das war ich nicht! Sie sprechen mit dem Falschen."
„Sie geben es also nicht zu?"
Jetzt wurde er ärgerlich: „Verflucht, nein, natürlich nicht!"
„Gut, dann werden ich Ihnen jetzt erzählen, was in der Nacht vom 30. auf den 31. Januar und am Abend des 1. Februar passiert ist. Bitte hören Sie mir genau zu!"
Kemper schaute zu den anderen Anwesenden und sagte dann mit spöttischer Stimme: „Jetzt bin ich aber auf Ihre Geschichte gespannt. Legen Sie nur los!"
Voß holte tief Luft und begann zu erzählen: „Beginnen wir also mit der Ermordung Ihres Kameraden Heinrich Plagemann: Der ganze Sturm hatte sich bekanntermaßen am vergangenen Dienstag nach dem Fackelzug im ›Emskrug‹ eingefunden, um den Abend mit viel

Alkohol ausklingen zu lassen. Im Laufe der Feierlichkeiten kam es dabei zwischen dem Ermordeten und drei der Anwesenden Kameraden zu teils heftigen Wortwechseln, die diesen Personen einen Grund zu heftiger Wut auf Plagemann und damit möglicherweise sogar ein Mordmotiv gaben. Wir können aufgrund unserer Ermittlungsergebnisse inzwischen aber alle drei als Täter ausschließen, den Mord hat ein anderer begangen.
Heinrich Plagemann verließ das Lokal gegen elf Uhr und benahm sich dabei seltsam. Er wirkte beim Hinausgehen verwirrt und murmelte unverständliche Worte vor sich hin, das wurde uns von mehreren Zeugen bestätigt. Offenbar war irgendetwas geschehen. Natürlich lag der Verdacht nahe, dass der viele Alkohol diese Verwirrtheit ausgelöst hat. Doch wir beide, Herr Kemper, wissen, dass es etwas ganz Anderes war, was ihn so durcheinander gebracht hatte, nicht wahr?"
Kemper schaute ihn mit großen Augen an, sagte aber nichts.
Voß nahm eine Eckstein aus der Packung und zündete sie sich an, bevor er fortfuhr: „Auch Sie verabschiedeten sich kurz danach und zwar zusammen mit Ihrem Kameraden Felix Baumann. Dieser wirkte ebenfalls laut unserer Zeugenaussagen verstört, auch in diesem Fall wurde als Grund der ausschweifende Alkoholgenuss des Abends vermutet, zumal er betonte, er fühle sich unwohl. Sie gaben vor, sich um ihn kümmern und ihn heil nach Hause bringen zu wollen, schließlich wohnen sie ja in unmittelbarer Nachbarschaft zu ihm. Stimmen Sie mir soweit zu, Herr Kemper?"
Mit fester Stimme ließ dieser verlauten: „Ja, genau so war es dann ja auch!"
„Nein, so war es leider überhaupt nicht. Ab diesem Zeitpunkt läuft das Geschehen aus dem Ruder. Sie beide gingen nicht, wie angekündigt, zu Ihren Wohnungen im Dorenkamp, wo Sie Ihren Kameraden Baumann heil zu Hause abliefern wollten, sondern liefen eilig zusammen zur Baustelle an der ›Gelben Villa‹ in der Münsterstraße, auf der Sie sich ja schließlich gut auskannten, nicht wahr?"
„Lassen Sie Felix aus dem Spiel! Was auch immer Sie mir andichten wollen, er hat damit nichts zu tun", brauste Kemper auf.
„Baumann mag vielleicht nicht Ihre kriminelle Energie haben, hat Sie aber bei den Morden zumindest unterstützt. Auf seine Rolle bei den Taten kommen wir noch zu sprechen. Aber lassen Sie mich

fortfahren: Unsere Mitarbeiterin Fräulein Hubbert hat sich durch die Landesversicherungsanstalt Ihren Arbeitgeber geben lassen, dieser wurde wiederum von meinem Kollegen Kommissar Althoff aufgesucht", er wies kurz zu dem Genannten, „und es stellte sich heraus, dass Sie seit einiger Zeit auf dem Grundstück der ›Gelben Villa‹ tätig sind, um ein undichtes Dach zu reparieren. Bei unserem Gespräch im ›Emskrug‹ haben Sie uns zwar von der Art Ihrer derzeitigen Tätigkeit berichtet, aber verschwiegen, wo Sie gerade eingesetzt sind.

Sie wussten also genau, wo die Baumaterialien gelagert wurden. So brauchten Sie nicht lange, um das passende Mordwerkzeug zu finden, nämlich ein Stück Holz. Unser Polizeiarzt hat entsprechende Holzsplitter in der Wunde gefunden. Ich vermute, es war das Reststück einer Dachlatte, die die für Ihre Zwecke passende Länge hatte. So ausgestattet eilten Sie über die Hindenburgbrücke, um an einer bestimmten Stelle des Ihnen bekannten Heimweges Plagemanns auf Ihr Opfer zu warten. Und das war unten am Fuß der der Treppe, die von der Brücke hinunter zum Timmermanufer führt.

Dort lauerten Sie ihm auf, lenkten ihn vermutlich in irgendeiner Form ab und schlugen ihn mit dem mitgebrachten Mordwerkzeug von hinten nieder. Was Sie nicht wussten: Plagemann lebte nach dem Schlag noch.

Anschließend versuchten Sie zusammen mit Baumann die vermeintliche Leiche die Böschung hinunter in die Ems zu werfen. Angesichts der körperlichen Statur des Opfers hätten Sie das alleine niemals schaffen können.

Doch Sie wurden gestört und konnten Ihr Werk nicht vollenden: Ein abendlicher Spaziergänger führte seinen Hund noch aus. Durch das Gebell des Hundes befürchteten Sie eine Entdeckung und flohen, indem Sie die Treppe hoch rannten und über die Hindenburgbrücke nach Hause liefen. Plagemann, lediglich mit dem Kopf im Wasser, ist zu dieser Zeit wohl gerade ertrunken. Wahrscheinlich entsorgten Sie ihr Mordwerkzeug erst auf der Brücke, indem Sie es in die Ems warfen, wir haben eine Dachlatte von entsprechender Länge vor dem Tor der ersten Emsschleuse gefunden.

Etwas ist Ihnen allerdings entgangen: Fräulein Hembrock hat Sie beobachtet, als Sie die Treppe hoch gehastet kamen. In der Hektik nach Ihrer Tat und weil beim Fahrrad Fräulein Hembrocks das Licht nicht funktionierte, haben Sie nicht mitbekommen, dass Sie gesehen worden waren.

Habe ich mich bis hierher verständlich ausgedrückt, Herr Kemper?"

„Hat Johanna Ihnen das etwa erzählt? Sie sind ein begabter Märchenerzähler, Herr Kriminalsekretär. Bislang eine tolle Geschichte, aber lediglich Ihrer Fantasie entsprungen", entgegnete Kemper mit einem herablassenden Blick in die Runde.

„Warten Sie nur ab. Machen wir also weiter: Fräulein Hembrock hat uns bei ihrer Befragung tatsächlich einen deutlichen Hinweis darauf gegeben, dass sie auf der Hindenburgbrücke eine oder mehrere ihr bekannte Personen beobachtet hat, die in die Tat verwickelt sein mussten. Leider haben wir ihre Worte damals noch nicht verstanden und das hat sie das Leben gekostet.

Glauben Sie mir, ich mache mir deshalb große Vorwürfe und werde damit wohl noch sehr lange zu kämpfen haben. Wie auch immer, sie suchte noch am Tag unseres Gesprächs mit ihr die Person auf, die an der Ermordung Plagemanns beteiligt sein musste, wie ausgerechnet wir ihr verdeutlicht hatten: Felix Baumann. Kommissar Althoff und ich haben sie aus der Buchhandlung kommen sehen, von der wir durch die Reichsversicherungsanstalt für Angestellte inzwischen wissen, dass Baumann dort beschäftigt ist. Sie wollte nicht wahrhaben, dass Baumann so kaltblütig sein sollte, einen Menschen umzubringen und hatte deshalb zuhause bereits bitterliche Tränen vergossen, wie uns ihre Schwester versicherte. Sie kannte ihn schließlich schon lange und war in ihn verliebt; bei ihrem Besuch wollte sie ihn vermutlich zur Rede stellen.

Mit dem Besuch bei Felix hatte sie ihr eigenes Todesurteil gesprochen. Felix Baumann bat daraufhin seinen Arbeitgeber um eine Arbeitsunterbrechung, damit er nach einer kranken Nachbarin sehen könne, wie Wachtmeister Kleinschmidt auf Nachfrage gesagt wurde. Tatsächlich fuhr er jedoch mit dem Fahrrad eilig zur Baustelle an der ›Gelben Villa‹, um mit Ihnen, Herr Kemper, zu sprechen. Das wiederum wurde Herrn Althoff von Ihren Arbeitskollegen bestätigt.

Baumann berichtete Ihnen von der Gefahr, die plötzlich durch

Johanna drohte. Zusammen fassten Sie den perfiden Plan, auch sie zum Schweigen zu bringen. Felix sollte sich schon zu den Kameraden begeben. Sie selbst wussten, dass Fräulein Hembrock beim Kameradschaftsabend im ›Emskrug‹ bedienen würde und lauerten ihr an der Eisenbahnbrücke in Gellendorf auf, um sie auf dem Weg zur Arbeit mit bloßen Händen zu erwürgen. Dadurch kamen Sie natürlich verspätet zum Kameradschaftsabend im ›Emskrug‹. Doch Sie entschuldigten sich uns gegenüber mit Ihrer Arbeit, die an diesem Tag länger gedauert haben sollte. Das war natürlich gelogen, wie Ihr Arbeitgeber dem Kommissar auf seine diesbezügliche Frage bescheinigte. Auch bei Ihrem verspäteten Eintreffen in der Gaststätte hätten wir schon hellhörig werden müssen, denn ausgerechnet Fräulein Hembrock hatte uns erzählt, dass Sie und Baumann stets zusammen zu den Veranstaltungen kommen und sie auch gemeinsam wieder verlassen. In diesem Fall war Baumann aber schon lange da, bevor Sie erschienen.
Ihnen scheint es nichts auszumachen, ein Leben auszulöschen: Eine Stunde nach Ihrem zweiten Mord saßen Sie uns gegenüber, als sei nichts geschehen. Sie ekeln mich an!"
Kemper schaute Voß in die Augen und sagte verächtlich: „Nichts davon können Sie beweisen und das wissen Sie. Ich möchte jetzt sofort gehen!"
„Nicht so schnell, Herr Kemper. Sie wollen Beweise? Die bekommen Sie, warten Sie nur ab!"
Damit gab er Althoff ein Zeichen, der sich erhob und den Raum verließ. Nur kurze Zeit später kam er mit einer sauber gefalteten SA-Uniform auf dem Arm wieder herein und legte diese auf den Tisch vor den Beschuldigten.
Voß zog genüsslich an seiner gerade angezündeten Eckstein und betrachtete Kemper, dessen nervöser Blick auf die Uniform gerichtet war.
„Sie fragen sich, wessen Uniform das ist, Herr Kemper? Nun, ich verrate es Ihnen, es ist Ihre. Ihr Vermieter war so freundlich, Herrn Althoff in Ihre Wohnung zu lassen. Setzen Sie doch bitte einmal Ihre Mütze auf!"
Kemper schaute unruhig in die Runde, machte aber keine Anstalten, sich mit seiner Uniform zu befassen.
„Herr Kemper, Sie erkennen doch Ihre Uniform? Sie war in Ihrer Wohnung. Bestätigen Sie uns bitte, dass es sich um Ihre Uniform

handelt!"
„Ja, ich glaube...wenn sie in meiner Wohnung war ...", stammelte Kemper nicht mehr so selbstsicher wie zuvor.
„Dann setzen Sie jetzt bitte Ihre Mütze auf", befahl der Kriminalsekretär.
Zögernd nahm Kemper die Mütze und setzte sie sich widerstrebend auf. Da sie tief ins Gesicht rutschte, war deutlich zu sehen, dass sie zu groß war.
„Wir haben das Zeitungspapier aus dem Innenfutter herausgenommen, mit dem Sie die Mütze so mühevoll ausstaffiert hatten, damit sie Ihnen besser passt. Die Mütze hat die Größe 59 und wirkt bei Ihnen eindeutig zu groß. Wie erklären Sie sich das? Es ist doch schließlich Ihre Mütze, wie Sie sagten."
Kemper rutschte unruhig auf dem Stuhl hin und her.
„Es gab damals wohl nicht die passende Größe, ich meine, ich habe eine genommen, die gerade vorrätig war ..."
„Aber nein, Herr Kemper, das stimmt so nicht. Wir haben uns die Geschäftsbücher des Hauses ›Textilien Wissmann‹ zeigen lassen. Am 16. Juni 1931 haben Sie aus dem einzigen Geschäft in Rheine, das SA-Bekleidung in seinem Sortiment hat, eine Uniform samt Mütze der Größe 57 gekauft. Das war kurz nach Ihrem Beitritt zur Organisation und, nebenbei erwähnt, Ihr einziger Kauf bei ›Wissmann‹. Warum finden wir eine um zwei Nummern größere Mütze bei Ihnen, wenn Sie damals die Größe 57 bekommen haben?"
„Ich weiß nicht … sie muss irgendwann vertauscht worden sein. Ja, so muss es gewesen sein!"
„Vielleicht wurde sie mit der Mütze Plagemanns vertauscht? Er trug nämlich die Größe 59, wie wir den Büchern Wissmanns entnehmen konnten."
„Ich … kann mir das nicht erklären", stotterte Kemper.
„Nun, dann versuche ich mich an einer Erklärung", sagte Voß und wandte sich an Althoff um.
„Herr Kommissar, wenn ich Sie noch einmal bemühen dürfte ..."
„Aber selbstverständlich."
Er erhob sich, verließ wiederum den Raum und kam mit einer zweiten SA-Mütze zurück.„Dies ist die Mütze, die wir in der Ems gefunden haben und von der wir anfangs dachten, sie gehöre dem Ermordeten. Schauen Sie sie sich an, Herr Kemper."

Althoff übergab dem Angesprochenen die Kopfbedeckung, die dieser nur zögerlich entgegennahm.

„Wenn Sie sich die Innenseite betrachten, werden Sie feststellen, dass keine Blutspuren zu sehen sind, wie angesichts der blutenden Wunde am Kopf Plagemanns eigentlich zu erwarten gewesen wäre. Außerdem hat dieses Exemplar die gleiche Größe, wie Sie sie eigentlich tragen, nämlich 57. Ist dies Ihre Mütze, Herr Kemper?"

Dieser schaute ungläubig auf die drei Männer.

„Antworte, du Schwein", schrie Sturmführer Walbusch wütend und wurde sofort von Althoff beruhigt.

Kemper betrachtete die Mütze von allen Seiten und antwortete eingeschüchtert: „Ich bin mir nicht sicher … vielleicht ist sie mir gestohlen worden, ich weiß nicht."

„Vertauscht, gestohlen – was ist denn nun wirklich passiert? Ich sage es Ihnen: Plagemann hat seine Mütze aus irgendeinem Grund vor dem Schlag auf dem Kopf verloren. Als Sie zusammen mit Baumann seinen Körper ins Wasser werfen wollten, fiel Ihnen Ihre eigene Mütze in die Ems und Sie nahmen sich die des Opfers, denn ohne Kopfbedeckung wären Sie spätestens beim Kameradschaftsabend zwei Tage später aufgefallen. Sie versuchten, den Größenunterschied mit Zeitungspapier auszugleichen. Ihr Pech war, dass ich mich an Ihre schlecht sitzende Mütze am Donnerstagabend erinnert habe. Damit hatten wir einen Ansatz und konnten die Puzzleteile so nach und nach zusammen fügen. Wie ich Ihnen eingangs bereits sagte: Das Spiel ist aus!"

Der Beschuldigte versuchte sich noch einmal gegen das Unvermeidliche aufzubäumen:„Ich bringe doch nicht einfach so aus Spaß jemanden um. Es gab keinen Grund für mich, Plagemann zu ermorden. Warum also hätte ich das tun sollen?"

„Ich muss zugeben, dass mich Ihr Mordmotiv am meisten beschäftigt hat. Ich habe lange gerätselt, doch dann bin ich darauf gekommen. Sowohl Plagemanns als auch Baumanns von den Zeugen beschriebene Verwirrtheit beim Verlassen des ›Emskrugs‹ haben mich darauf gebracht: Plagemann hatte draußen im Hof oder auf der Toilette durch Zufall etwas gesehen, was er nicht sehen und niemand wissen durfte. Ich gebe zu, es war von mir anfangs geraten, aber meine Vermutung wurde bereits bestätigt: Zu diesem Zeitpunkt waren nur Sie und Ihr Liebhaber Felix Baumann im

Innenhof – ja, Sie haben eine homosexuelle Beziehung mit Herrn Baumann! Eine aufmerksame Nachbarin Baumanns hat Sie häufiger dabei beobachtet, wie Sie sich am frühen Morgen heimlich aus der Wohnung Ihres Freundes schlichen, wie sie dem Kommissar berichtete. Eine Aufdeckung dieser Liebschaft hätte für Sie beide weitreichende Konsequenzen gehabt. Vielleicht hat Plagemann mit der Aufdeckung Ihrer Beziehung gedroht, vielleicht hatten Sie beide auch nur Angst davor; auf jeden Fall war dieser Mann ab diesem Zeitpunkt eine Gefahr für Sie."
Kemper war zusammengesunken und hatte jeglichen Widerstand aufgegeben. Seine anfängliche Überheblichkeit war völlig verschwunden, er schwieg und hielt sich die Hände vor sein Gesicht.
Voß war jedoch noch nicht fertig: „Seit etwa dreißig Jahren kann Blut in vier unterschiedliche Gruppen aufgeteilt werden. Das hat sich natürlich auch die Kriminaltechnik zu Nutze gemacht und so schon viele Täter überführt. Etwa zehn Prozent der Bevölkerung hat dabei die Blutgruppe B, und ich gehe jede Wette ein, Sie gehören dazu. Wir werden es schon bald ganz sicher wissen, denn wir werden Ihr Blut testen lassen. Fräulein Hembrock hatte die Blutgruppe 0, hatte aber unter den Fingernägeln der rechten Hand Blut der Gruppe B, das heißt, sie hat während ihres Todeskampfes ihren Mörder an Gesicht oder Hals verletzt."
Er machte absichtlich eine Pause und betrachtete Kemper, der weiter in sich zusammensank. „Und jetzt nehmen Sie Ihren Schal ab, Kemper!"
Wortlos löste dieser das Halstuch und auf der linken Seite seines Halses wurden verkrustete Kratzspuren sichtbar. Keiner sagte ein Wort, bis Kemper leise murmelte: „Er musste pinkeln."
„Was sagen Sie da?"
„Plagemann, ich meine, er musste unter der verfluchten Brücke pinkeln. Seine Mütze ist ihm kurz zuvor vom Kopf gefallen, weil er fast gestolpert wäre, so betrunken wie er war. Sie haben richtig vermutet, meine Mütze ist mir vom Kopf gerutscht und in die Ems gefallen, als wir den Fettsack ins Wasser werfen wollten. Ich hatte keine Möglichkeit, noch nach ihr zu greifen, weil dieser Köter auf einmal kläffte. Da habe ich mir Plagemanns Mütze geschnappt, die noch auf dem Pflaster lag. Ich dachte, es fällt nicht auf, wenn ich seine Mütze mit Papier präpariere."

„Hatte er Ihnen zuvor mit der Aufdeckung Ihres sorgsam gehüteten Geheimnisses gedroht?"
„Diese Sau wollte unsere Beziehung auffliegen lassen. Seit über zwei Jahren sind Felix und ich in aller Heimlichkeit zusammen, niemand hat etwas gemerkt. Damals haben wir beide irgendwann gefühlt, dass mehr als nur Freundschaft zwischen uns ist. Und da wurde mir auch klar, warum ich mich nie zu Frauen hingezogen gefühlt habe, und wenn sie auch noch so hübsch waren. Glauben Sie mir: Mit Felix hatte ich die glücklichste Zeit meines Lebens. Ausgerechnet am Dienstag waren wir für einen kurzen Augenblick unvorsichtig, als wir uns auf der Toilette im Hof umarmten und küssten. Der Alkohol hatte uns wohl leichtsinnig gemacht. Wir haben Heinrich nicht hereinkommen hören, auf einmal stand er vor uns. Er beschimpfte und beleidigte uns auf das Schlimmste. Für den Kameradschaftsabend am Donnerstag kündigte er an, alles öffentlich zu machen. Was dann passiert wäre, war uns sofort klar. Es gab nur diese eine Möglichkeit, wir mussten ihn zum Schweigen bringen."
„Herr Kemper, Sie haben zwei Menschen eiskalt ermordet, nur um Ihre Beziehung zu Herrn Baumann zu verheimlichen. Besonders niederträchtig war dabei der zweite Mord an Fräulein Hembrock, die nichts von der Homosexualität Ihres Partners wusste und nicht nur in Felix verliebt war, sondern ihm auch vertraute. Für diese abscheulichen Verbrechen werden Sie sich verantworten müssen."
Niedergeschlagen sagte Kemper: „Ich weiß, was mir jetzt blüht und erwarte keine Gnade. Ich bitte Sie nur, Felix zu schonen. Er ist ein sehr sensibler Mensch und leidet unter der Situation. Er selbst könnte nie einen Menschen umbringen, nicht einmal in unserer aussichtslosen Lage, denn dazu ist er viel zu feinfühlig. Das mit Johanna wird er sich sein Leben lang vorwerfen. Ich habe ihn zu unseren Taten überredet, er konnte nichts dafür. Es ist alleine meine Schuld."

*

Die Ermittler atmeten durch, als Kemper abgeführt worden war. Sowohl Althoff als auch Walbusch gratulierten Voß zu seinem Erfolg. Der Kommissar nahm Voß in den Arm und forderte ihn auf: „Jetzt müssen Sie mir aber noch verraten, wie Sie auf die beiden als Täter gekommen sind."

„Das war Zufall", antwortete der. „Ich hatte in der letzten Nacht einen Albtraum, in dem vor meinem geistigen Auge die SA durch die Straßen Rheines marschierte. Ich sah die Köpfe mit den Uniformmützen vor mir, als ich plötzlich hochschreckte. Ich wusste, etwas hatte mich gestört und versuchte mich fieberhaft an meinen Traum zu erinnern. Auf einmal kam ich darauf, was es gewesen war: Ich sah die SA-Mütze Kempers beim Kameradschaftsabend vor mir, die ihm zu groß war und erinnerte mich an die Mütze, die wir in der Ems gefunden und fälschlicherweise zunächst dem Opfer zugeordnet hatten. Weil diese damals seltsamerweise keine Blutspuren aufwies, dachte ich erstmals an einen Austausch dieser beiden Mützen, der nur beim Mord an Plagemann stattgefunden haben konnte. Durch die Bemerkung Fräulein Hembrocks, Kemper und Baumann würden stets die Veranstaltungen zusammen betreten und verlassen, kam mir der Gedanke, die beiden könnten vielleicht eine homosexuelle Beziehung haben. Und damit ergab auf einmal alles einen Sinn und passte zusammen."

„Sie haben großartige Arbeit geleistet", lobte der Sturmführer. „Sie haben dazu beigetragen, die Sturmabteilung zu reinigen. Solche Elemente haben bei uns nichts zu suchen!"

„Ich möchte Ihnen meinen allerhöchsten Respekt aussprechen. Sie haben nicht nur den Fall gelöst, sondern auch den Mörder dazu gebracht, seine Taten zu gestehen", war auch Althoff voll des Lobes.

Doch noch war die Arbeit nicht beendet, denn es galt ja noch den Mittäter, Felix Baumann, zu verhaften.

Wachtmeister Kleinschmidt hatte am Vormittag den Auftrag gehabt, Baumann bei der Arbeit in der Buchhandlung aufzusuchen und für die Befragung zum Revier zu bringen. Doch dieser musste die Polizisten schon draußen bemerkt und beim Anblick der Uniformen etwas geahnt haben. Er hatte das Geschäft durch eine rückwärtig liegende Tür verlassen und war offenbar über den Hinterhof geflohen.

Kleinschmidt war seitdem mit einer großen Anzahl an Schutzpolizisten auf der Suche nach dem Flüchtigen.

Da der Bahnhof beobachtet wurde, war eine Flucht aus der Stadt unwahrscheinlich. Es war vermutlich nur eine Frage von Stunden, bis der Gesuchte gefunden war.

Althoff, Walbusch und Voß nutzten die Zeit für ein kleines Mittagsmahl, das aus belegten Broten bestand, die Fräulein Hubbert zubereitet hatte. Die Stimmung unter den drei Männern war angesichts der Aufklärung des Falles prächtig, als ein Unterwachtmeister in die Runde platzte.

„Bitte kommen Sie schnell zum Marktplatz. Ein Mann, auf den die Beschreibung des Gesuchten passt, sitzt im Fenster des Turms der Stadtkirche. Es sieht so aus, als wolle er sich jeden Augenblick hinunter stürzen!"

Die Stadtkirche, wie sie im Volksmund genannt wurde, hieß eigentlich St. Dionysius-Kirche und war in mehreren Bauabschnitten zwischen 1400 und 1520 errichtet worden. Der Namensgeber der Kirche, der heilige Dionysius, ist mit seinen zwei Gefährten Rusticus und Eleutherius im Tympanon des Südportals verewigt. Diese Darstellung findet sich auch im Stadtwappen von Rheine wieder und weist auf die Bedeutung der Kirche für Stadt hin: Goldener Grund, roter Balken mit drei goldenen Sternen, die die drei Heiligenfiguren symbolisieren. Vielleicht waren es die drei Heiligen, die dazu beigetragen hatten, dass das Gebäude den dreißigjährigen Krieg inklusive des großen Stadtbrandes im Jahr 1647 nahezu schadlos überstanden hatte. Auf sämtlichen alten Ansichten Rheines war die Stadtkirche mit dem alles überragenden Turm der Mittelpunkt, um den alle anderen Gebäude herum gebaut schienen.

Zu Füßen des Turmes, gleich neben dem Kirchhof lag der Markt, auf dem an Samstagen stets reges Treiben herrschte. Trotz des winterlichen Wetters hatten sich viele Menschen eingefunden, um sich an den zahlreichen Ständen mit Fleisch, Fisch oder Gewürzen zu versorgen. Später im Jahr würde es auch wieder frisches Obst und Gemüse geben.

Schon als die Ermittler den Platz betraten, sahen sie, dass die Verkaufsgespräche zum Erliegen gekommen waren. Die Besucher schauten alle gebannt auf den Kirchturm, auf dessen Westseite in einer der oberen Fensteröffnungen ein Mann saß, dessen Beine hinaus baumelten. Sollte dieser jetzt hinunterstürzen, würde er direkt vor dem Hauptzugang auf dem Pflaster des Kirchhofs aufschlagen, der noch heute teilweise von einer Mauer umgeben ist, die im Mittelalter die sogenannte Kirchburg umschloss und damit Teil der Stadtbefestigung war. Einen Sturz aus dieser Höhe konnte ein Mensch nicht überleben!

Eilig näherten sie sich dem Gebäude, um die Person im Turm erkennen zu können. Ihre Befürchtung bestätigte sich schnell, denn bei dem Mann handelte es sich unzweifelhaft um Felix Baumann.

Althoff schlug vor: „Treppensteigen ist etwas für junge Leute. Gehen Sie zügig nach oben, Voß, und versuchen Sie beruhigend auf Baumann einzureden. Vielleicht schaffen Sie es, ihn von seinen Selbstmordgedanken abzubringen. Ich werde zusammen mit den Schutzpolizisten den Platz so weit wie möglich räumen. Beeilen Sie sich!"

Voß eilte durch den Südzugang in das Gebäude. Er orientierte sich kurz und erblickte eine Tür, hinter der er das Treppenhaus vermutete. Diese war glücklicherweise nicht verschlossen. Sofort hastete er die Stufen hoch. Auf halber Strecke musste er kurz anhalten, um zu verschnaufen. Nach einer gefühlten Ewigkeit und völlig außer Atem erreichte er die Ebene, in der die fünf Kirchenglocken hingen. Doch für die Schönheit der teilweise aus dem Mittelalter stammenden gusseisernen Kunstwerke hatte er jetzt keinen Blick, denn Baumann hatte die Holzkonstruktion vor der Fensteröffnung, durch die der Klang der Glocken in die ganze Stadt entweichen sollte, entfernt und schaute den Kriminalsekretär nervös zuckend an.

„Bleiben Sie stehen und kommen Sie keinen Schritt näher", rief er mit einem beinahe flehenden Unterton.

„Herr Baumann, bitte beruhigen Sie sich. Ich bin alleine und werde mich nicht vom Fleck rühren. Ich möchte lediglich mit Ihnen sprechen."

„Sprechen ist gut. Ich hatte gehofft, dass Sie es sind, der zu mir auf den Turm kommt. Sie stammen aus dieser Stadt und können einschätzen, wie schwer es Menschen wie ich in Rheine haben. Ich habe Ihnen noch etwas zu sagen, bevor ich mein sinnloses Leben beende."

„Was reden Sie da? Kein Leben auf dieser Welt ist sinnlos. Und wie groß die Probleme im Augenblick auch sein mögen, es gibt immer eine Lösung."

„Nein, nein, Herr Voß, für mich gibt es weder eine Lösung noch eine Zukunft. Ich weiß, was in diesem Land mit Mördern passiert, vor allem, wenn sie auch noch homosexuell sind."

„Aber Sie haben niemanden umgebracht, das war Kemper."
„Das spielt keine Rolle. Ich habe mich der Beihilfe zum Mord schuldig gemacht. Das macht es nicht besser."
„Es ist ein gewaltiger Unterschied im Strafmaß."
„Vielleicht vor dem Gesetz, doch ich habe mich moralisch eines noch größeren Verbrechens schuldig gemacht als Paul: Ich habe Johanna, die mir vertraute, verraten. Ich habe ihr Leben geopfert, um selber mit heiler Haut davonzukommen. Das kann ich mir nicht verzeihen."
„Bitte, Herr Baumann, kommen Sie von der Fensternische herunter. Ich verspreche Ihnen, Sie werden gerecht behandelt werden."
„Schenken Sie sich diese Worte, es ist sinnlos. Paul und ich waren immer sehr vorsichtig, wenn wir uns trafen, aber Heinrich Plagemann hat uns in einem eigentlich sehr glücklichen Moment überrascht; wir hatten für einen Moment alles um uns herum vergessen. Sofort drohte er mit den übelsten Worten, uns bloßzustellen. Was danach geschehen ist, wollte ich nicht; doch Paul meinte, als Homosexuelle überstellt man uns gleich in eines dieser neuen Konzentrationslager und wir beide sehen uns nie wieder. Heinrich musste deshalb sterben.
Als Johanna mir am Donnerstag dann sagte, sie habe uns in der Nacht die Treppe hoch eilen sehen und dafür eine Erklärung verlangte, hätten wir uns der Polizei stellen müssen. Sie hoffte zu diesem Zeitpunkt wohl noch, dass es für unsere Anwesenheit an der Hindenburgbrücke eine andere Erklärung als den Mord an Heinrich geben müsse, doch die konnte ich ihr natürlich nicht geben. Ich hätte mich irgendwie herausreden müssen, stattdessen bin ich in Panik geraten und habe Paul von unserem Gespräch erzählt. Das ist genauso, als hätte ich sie mit meinen eigenen Händen ermordet. Ich wusste, dass sie in mich verliebt war. Ich mochte sie sehr, aber ich konnte ihr doch nicht sagen, dass ich mich zu einem Mann hingezogen fühlte.
Als ich Ihre Wachtmeister heute früh vor der Buchhandlung sah, wusste ich, es ist aus. Es gibt nur noch einen Ausweg für mich, ich kann mit meiner Schuld nicht weiterleben."
„Herr Baumann, bitte hören Sie mir zu. Wir ..."
Er wurde unterbrochen: „Nein, Herr Voß. Es ehrt Sie, dass Sie versuchen, mein Leben zu retten. Aber ich weiß, als homosexuelle

Mörder wartet auf uns ein Spießrutenlauf und am Ende das Fallbeil. Ich habe nur noch zwei Wünsche an Sie: Bitte sagen Sie Johannas Eltern, dass ich mich für das Leid, das ich über ihre Familie gebracht habe, von Herzen entschuldige. Für das, was ich getan habe, verachte ich mich selbst. Bitte richten Sie das aus, es ist mir sehr wichtig. Versprechen Sie mir das?"
„Ich verspreche es Ihnen, aber es wäre besser, wenn Sie persönlich mit der Familie sprechen würden."
„Das kann ich leider nicht mehr, aber danke dafür, Herr Voß. Meine zweite Bitte: Sagen Sie Paul, dass ich ihn immer in meinem Herzen haben werde. Versprechen Sie mir auch das?"
„Selbstverständlich werde ich auch das ausrichten. Ich glaube aber, Herr Kemper wäre sehr froh, wenn er Sie noch einmal sehen könnte ..."
„Leben Sie wohl!"
Mit diesen Worten stieß er sich aus dem Fenster.

Mittwoch, 7. Februar 1934

Kriminalsekretär Voß schlenderte nachdenklich durch die Münsterstraße. Sie hatten zwei Morde aufgeklärt, aber das Gefühl der Zufriedenheit wollte sich nicht einstellen. Kommissar Althoff hatte sich noch am Samstag herzlich verabschiedet, nicht ohne vorher noch eine Anregung zu geben, die Voß nur allzu gerne in die Tat umsetzte.
Es waren nur wenige Meter zu gehen, er stand schnell vor dem richtigen Haus und öffnete die Tür zum Geschäft. Durch die Türglocke aufmerksam geworden, kam Bernhard Silberstein humpelnd aus den hinteren Räumen.
„Herr Silberstein? Mein Name ist Voß, ich bin Kriminalpolizist und habe die Morde der letzten Woche zusammen mit Kommissar Althoff untersucht."
„Sie kommen nochmals zu mir? Wurden die Morde nicht aufgeklärt?"
„Ich komme nicht wegen der Morde. Mich führt etwas anderes zu Ihnen: Das Opfer hatte etwas bei sich, das Ihnen gehört", sagte Voß und zog eine Geldbörse aus seinem Mantel, die er an Silberstein übergab. „Von dem Ihnen geraubten Geld bezahlte Ihr Peiniger im

›Emskrug‹ die Getränke der SA. Als wir ihn später ermordet auffanden, hatte er zusätzlich zu dem Rest des von Ihnen geraubten noch sein eigenes Geld dabei, das wir dem Inhalt Ihrer Börse hinzugefügt haben. Damit sind Ihre finanziellen Verluste vielleicht nicht komplett ausgeglichen, aber finanziell werden Sie zumindest einigermaßen entschädigt. Mehr können wir leider nicht für Sie tun."

„Das ehrt Sie, Herr Voß. Leider zählen Menschen wie Sie in diesem Land inzwischen zur Minderheit. Ich werde das Geld dazu verwenden, dem Ehepaar Große-Schulhoff meinen Vorschuss für einen lukrativen Auftrag zurückzuzahlen. Es wäre der erste von einem Deutschen seit Monaten gewesen", sagte Silberstein verbittert. „Meine Familie und ich werden Deutschland verlassen. Das Haus ist schon verkauft, natürlich weit unter Wert, aber es ist uns egal. Wir gehen nach Groningen in die Niederlande, wo ein Vetter meiner Frau lebt, der uns zunächst einmal aufnimmt. Alles Weitere wird sich ergeben. Dort werden wir hoffentlich für immer unsere Ruhe vor diesen Anfeindungen gegen Juden haben."

Epilog

In meinem Roman werden viele zeitgeschichtliche Persönlichkeiten erwähnt: Adolf Hitler, Paul von Hindenburg, Josef Goebbels, Ernst Röhm und Viktor Lutze dürften hinlänglich bekannt sein, während Hubert Schüttemeyer, Emil Lewecke und Carl Timmerman auf lokaler Ebene wirkten. Alle übrigen Personen des Romans sind der Fantasie des Autors entsprungen.

Einige der im Buch genannten Straßen Rheines wurden nach dem Krieg und dem damit zusammenhängenden Zusammenbruch des Nationalsozialismus umbenannt: Aus Hindenburgstraße und -brücke wurden Kardinal-Galen-Ring bzw. Ludgerusbrücke; die Mackensenstraße heißt heute wieder Hemelter Straße und auch die Ibbenbürener Straße sucht man inzwischen vergebens in Rheine, weil sie zur Osnabrücker Straße wurde.

Bei den Recherchen zu meinem Roman habe ich eine Vielzahl alter Bilddarstellungen Rheines gesichtet. Leider sind heute viele der schönen alten Gebäude für immer aus dem Stadtbild verschwunden, dazu zählen auch die beiden in der Handlung erwähnten Hotels Letterhaus und Hartmann. Noch heute zieren hingegen die Gelbe und Rote Villa die Einfahrt zur Münsterstraße.

Meines Wissens nie existiert haben die Lokale Emskrug, Marktschänke und Schwalbennest. Auch das Lokalblatt Rheiner Beobachter sowie die Textilhäuser Silberstein und Wissmann sind eine Erfindung des Autors.

Rheine, im Juni 2020
Dieter Heymann

Die Martin Voß-Reihe - Historische Kriminalromane aus den 1930er-Jahren:

Blick ins Verderben
Der zweite Fall für Kriminalsekretär Martin Voß

BoD, ISBN 978-3-7534-0214-7

Kriminalsekretär Martin Voß landet im Jahr 1934 nach einer sommerlichen Fahrradfahrt durch Zufall auf einem Schützenfest im Rheiner Stadtteil Schotthock und wird dadurch Zeuge, wie der neue König der Schützengilde Schotthock 1888 ermittelt wird. Doch was auf den ersten Blick nach harmonischer Brauchtumspflege aussieht, entpuppt sich schnell als Katastrophe für das Schützenwesen des gesamten Viertels, denn einige Wochen später wird auf dem Ortskaiserschießen aller Schotthocker Vereine eine Frau auf bestialische Weise ermordet. Zahlte das Opfer den Preis für seinen ausschweifenden Lebenswandel oder liegen die Gründe für seinen gewaltsamen Tod in seiner undurchsichtigen Vergangenheit? Voß und sein junger Kollege Beckmann müssen sich zudem gezwungenermaßen an den Aktionen zur Niederschlagung des „Röhm-Putsches" beteiligen und sind über das brutale Vorgehen der SS bestürzt, die auch vor der Exekution des örtlichen SA-Führers nicht zurückschreckt. Wird es den beiden Kriminalbeamten gelingen, den verzwickten Mordfall zu lösen und gleichzeitig die Freilassung des angesehenen Bevergerner Ratsherren Fritz Kagelmann aus den Klauen der SS zu erreichen?

Verhängnisvolle Verschwörung
Der dritte Fall für Kriminalsekretär Martin Voß

BoD, ISBN 978-3-7543-1738-9

Im November des Jahres 1934 wird das westfälische Rheine durch eine Serie von Mordanschlägen erschüttert. Erstes Opfer ist der städtische Beamte Gerhard Pieper, der auf offener Straße erschossen wird. Zwar gibt es Anhaltspunkte für ein korruptes Verhalten des Ermordeten, doch gleichzeitig weisen für Kriminalsekretär Martin Voß alle Spuren darauf hin, den Täter innerhalb der Jägerschaft Rheines suchen zu müssen. Während sich einige Tage später beinahe die gesamte Polizei der Stadt an den Gedenkfeierlichkeiten zum Jahrestag des Hitler-Putsches beteiligt, werden Voß und seine Kollegen zu einem zweiten Tatort gerufen. Ein Mann wurde in seiner Villa mit derselben Waffe grausam niedergestreckt. Fieberhaft suchen die Kriminalbeamten nach einer Verbindung zwischen den beiden Taten. Gerade als sie glauben, den Schuldigen endlich gefasst zu haben, geschieht eine weitere Bluttat. Schlimmer noch: Die Ermittler finden heraus, dass sich gar eine vierte Person in allerhöchster Gefahr befindet. Unter Einsatz seines Lebens versucht Voß, den Mann vor dem sicheren Tod zu bewahren und das furchtbare Gemetzel endlich zu beenden.

Der Zündler
Der vierte Fall für Kriminalsekretär Martin Voß

BoD, ISBN 978-3-7347-5256-8

Am frühen Neujahrsmorgen des Jahres 1935 beginnt im westfälischen Rheine mit dem Brand eines aufgeschichteten Stapels Kaminholz eine unheimliche Serie von vorsätzlich gelegten Feuern, die von der Kriminalpolizei zunächst nicht ernst genommen wird. Im Vordergrund des behördlichen Interesses steht vielmehr eine im Untergrund agierende kommunistische Gruppe, die die Bevölkerung mit Plakaten und Wurfzetteln zum Widerstand gegen das nationalsozialistische Regime aufruft. Doch schon bald werden weitere Brände in der Stadt gelegt. Gibt es tatsächlich eine Verbindung zwischen den Brandstiftungen und der „Verbreitung staatsgefährdenden Propagandamaterials", wie SS-Hauptsturmführer Görges und Gestapo-Kommissar Rauher vermuten? Der nach seiner Schussverletzung wieder genesene Kriminalsekretär Martin Voß und sein Kollege Beckmann glauben im Gegensatz zu ihrem Vorgesetzten Lammerskitten nicht an diese Theorie und lenken ihre Nachforschungen insgeheim in eine andere Richtung. Als es bei einem neuerlichen Feuer ein erstes Todesopfer zu beklagen gibt, nimmt der öffentliche Druck auf die beiden ermittelnden Beamten weiter zu. Mit allen ihnen zur Verfügung stehenden Mitteln versuchen sie, dem gemeingefährlichen „Zündler" das Handwerk zu legen.

Die Neuwerk-Krimireihe:

Das Sterben auf Neuwerk
Band 1 der Neuwerk-Krimireihe
BoD, ISBN 978-3-7534-3583-1

Die untereinander völlig zerstrittenen Nachkommen des angesehenen Hamburger Bankiers Ludwig Godeffroy kommen nach dessen Tod auf der Insel Neuwerk zusammen, um das Familienoberhaupt dort zu bestatten und im Anschluss daran über das Testament des Verstorbenen in Kenntnis gesetzt zu werden. Doch nach einem gemeinsamen Abendessen der Familie mit ihrem Notar stürzt eines der Geschwister urplötzlich zu Boden und verstirbt kurz darauf. Der aufgrund dieses Vorfalls eiligst herbeigerufene Doktor Nolden vermutet eine Vergiftung als Todesursache. Am nächsten Tag gelingt es dem mit den Ermittlungen beauftragten Hamburger Hauptkommissar Richard Bruns gerade noch rechtzeitig vor einem angekündigten Unwetter auf die Insel zu gelangen, um gemeinsam mit dem Mediziner und dem Wasserschutzpolizisten Kluge die Morduntersuchung einzuleiten. Schon bald muss sich das Trio mit schier unglaublichen Vorgängen aus der Vergangenheit der Godeffroys auseinandersetzen. In den Tagen darauf kommt es zu weiteren Morden an Angehörigen der Familie. Sind die Gründe für die Taten in den Streitereien der Nachkommen um das Erbe des Vaters zu suchen oder führt ein Außenstehender einen Rachefeldzug gegen die Bankiersdynastie?

Die Vergeltung auf Neuwerk
Band 2 der Neuwerk-Krimireihe
BoD, ISBN 978-3-7583-1116-1

Der Hamburger Hauptkommissar Richard Bruns reist mit seiner Verlobten Karin zur Insel Neuwerk, um dort gemeinsam einige entspannte Urlaubstage zu verbringen. Doch nach dem grausamen Mord an einem Beschäftigten der Stackmeisterei ist es mit der Erholung schnell vorbei, denn er wird von seinem Vorgesetzten mit den Untersuchungen betraut. Bruns bekommt mit der jungen Kriminalbeamtin Deniz Yilmaz Verstärkung aus der Hansestadt. Schon bald deuten für die beiden Ermittler erste Hinweise darauf hin, den Täter unter den Gästen des Hotels Hus am Hafen suchen zu müssen. Noch während ihrer Befragungen geschieht ein zweiter Mord. Währenddessen recherchiert Oberkommissar Boris Gerdes im LKA Hamburg in der Vergangenheit des ersten Mordopfers und fördert dabei ebenso überraschende wie erschreckende Dinge zutage. Liegt hier der Schlüssel zur Aufklärung der Verbrechen?

Milton Keynes UK
Ingram Content Group UK Ltd.
UKHW022332230424
441619UK00015B/732

9 783759 703415